Ich widme dieses Buch allen Teenagern
und ihren geplagten Mitmenschen.

★

Sonntag, 22. Februar 2004

Geliebter, ich vermisse dich! Ich dachte mir, ich sollte dir schreiben. Was du gerade wohl machst? Wenn das jemals jemand lesen sollte, sollte derjenige auch wissen, dass du erfunden bist und ich dich auch nur der guten erfundenen Freundschaft wegen Geliebter nenne.. und weil ich dir keinen bestimmten Namen geben will. Damit lege ich mich zu sehr fest. Ich bedaure, dich nicht schon längst kennengelent zu haben (könnte einen Freund gerade echt gut gebrauchen). Irgendwo denkst du vielleicht auch gerade an mich, von der du noch gar nicht weißt, dass ich mal die richtige sein werde. Ich liebe dich. Ich weiß, ich werde dich lieben weil das hier nur an den gerichtet ist, den ich einmal lieben werde. haha. Bin ich komisch? Ich weiß nicht. Ich weiß nur, dass es sehr spät ist und ich hoffe, dich im Traum zu sehen.

Deine Pia

Rosenmontag, 23. Februar 2004

Geliebter! Ich habe so viele Träume und Wünsche, von denen ich weiß, sie werden nie wahr werden. Ich möchte gehalten werden, in einem großen Zimmer mit einem Hund. Ich werde mein Abi mit 1,0 Ø bestehen, wir werden beim 1. x Lotto spielen 5.000.000.000.000.000€ *LOL* gewinnen, wenn meine Druckerpatrone leer ist oder eine Kassette meiner Videokamera, liegt da sofort eine neue (ich muss sie nicht bezahlen), Hausaufgaben, Arbeiten und Tests machen sich von selbst, ich weiß immer alles, was die Lehrer fragen und ich beherrsche alle Sprachen, die es auf der Welt gibt. (Noch dazu werde ich nie als Streber bezeichnet..) Alle Akkus in unserem Haus sind immer aufgeladen. Franzi will mich nur noch als normale Freundin und geht zu Milena, Kim ist dafür wieder meine (sozusagen) beste Freundin, wir müssen nie etwas bezahlen oder ne.. wenn wir etwas kaufen, erscheint das

Ne, voll nicht Franzi ist viel netter und b.f.f.i.u.e. LOL

$ ¥

Geld sofort wieder auf dem Konto und wir leben glücklich und zufrieden bis an unser Lebensende; nie mehr wird es Krieg auf der Welt geben und nie mehr müssen Menschen hungern, alle haben genug zu essen und Geld verliert nie an Wert.
Wir werden uns ewig liiieben XD

Deine PiA

und ich hoffe dass du, Geliebter, irgendwann David heißt :P

Fastnacht, 24. Februar 2004
(Dienstag)

Geliebter. In solchen Zeiten sehne ich mich am meisten nach dir. Heute habe ich die alte Freundschaft zu Kimberly wieder aufgewirbelt. Ich habe ihr einen Brief geschrieben, von wegen.. beste Freundin usw.. Ich wünschte du wärst real und könntest zaubern, dann könntest du den Streit zwischen Milena, Kim und mir rückgängig machen. i need u.

In Liebe, PiA

Mittwoch, 25. Februar 2004

Geliebter (mir egal, ob das affig ist), ich wollte endlich auch zu den angeseheneren Mädchen der Klasse gehören und habe mir einen Push-up BH und Reizunterwäsche gekauft (heimlich) -.-
Ich fühle mich nicht wohl. Ich habe noch keinen Busen und die Unterwäsche ... ich fühle mich als würde ich versuchen wie Jenni zu sein.. Aber ich möchte eher ich selbst,

unscheinbar mit weiten Klamotten, sein.
Aber manchmal weiß ich nicht was ich will.
Ich habe immer ein schlechtes Gewissen und denke immer ich eifere Jenni nach. Ich möchte Mama nicht enttäuschen (ich würde mich nichtmal trauen die Unterwäsche in die Wäsche zu tun, weil sie sie dann sehen würde)
Bin ich mit diesem ausgestopften BH noch ich selber? Nein, ich denke nicht. Aber ich werde es ausprobieren ... PiA

Donnerstag, 26. Februar 2004

Ich kann dir heute nicht schreiben! Ich habe Probleme in der Schule und privat. Papa droht mir öfter! Ich hoffte, es blieb bei einem Mal. Wärst du doch hier... Du würdest mich in den Arm nehmen und mich beschützen. Ich bin allein mit meinen Problemen. Mama kann ich das nicht erzählen. Sie würde sicher sagen ich übertreibe.. oder sie glaube mir gar nichts. PiA

Die Zettel konnte man an der Bar abholen und abgeben!

Am 06.03.04 war eine Party im Jugendzentrum, wo jeder eine Nummer hatte und man sich Zettel schicken konnte

129 = Jennifer

7 = Milena

4 = Franzi

66 = Ann

208 = Kimberly

10 = David

MESSAGE ON A ZETTEL

AN NR.: 5

DIE MESSAGE: I ♥ U

DIE MESSAGE KOMMT VON NR.: 4

Ich an Franzi:

Lass uns briefen..

MESSAGE ON A ZETTEL

AN NR.: 5

DIE MESSAGE: Nö! Lass uns dancen!

DIE MESSAGE KOMMT VON NR.:

So haben wir alle den ganzen Abend über miteinander geschrieben... und Milena hatte ihren neuen Freund David dabei... braune Rehaugen, nur ein paar →

Ich an Milena *schleim*:

Eine Liebesmessage von mir!

MESSAGE ON A ZETTEL

AN NR.: 5

DIE MESSAGE:

Wer ist das

wer!?

DANKE

DIE MESSAGE KOMMT VON NR.: 7

MESSAGE ON A ZETTEL

AN NR.: 4

DIE MESSAGE:

Hi ihr beiden!

Luv ya 2

DIE MESSAGE KOMMT VON NR.: 7

.. Monate älter als ich, kurze braune Haare und süßes Lächeln. Franzi hat ihm über so einen Zettel die Frage gestellt, wie er mich findet und er meinte, er wolle nichts falsches sagen, wegen Milena <.<

Ich zu David:

Stehst ja auch nur rum. Lust zu schreiben?

MESSAGE ON A ZETTEL

AN NR.: 5

DIE MESSAGE: JA!

DIE MESSAGE KOMMT VON NR.: 10

Wir haben ein bisschen geflirtet und ich habe irgendwann geschrieben, dass Milena meine Freundin ist und wir uns zurückhalten sollten ...

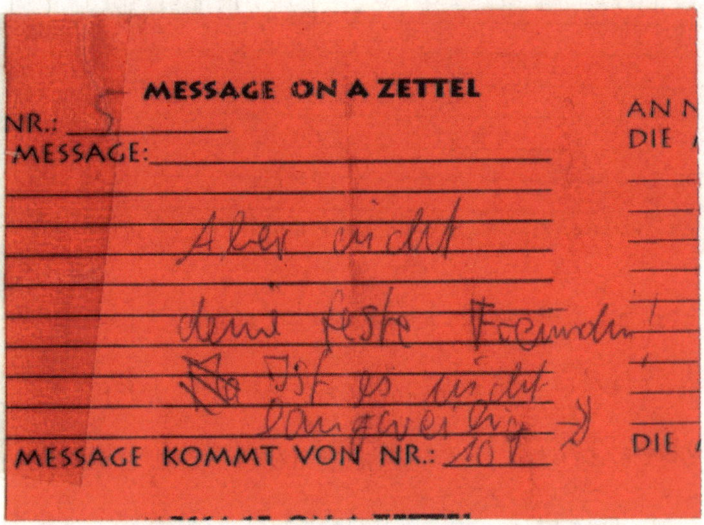

MESSAGE ON A ZETTEL

NR.: 5

MESSAGE: Aber nicht deine feste Freundin! Ist es nicht langweilig →

MESSAGE KOMMT VON NR.: 10

DAVID?

Ob es langweilig auf einer Schule nur mit Mädchen ist? Hmm ...

Oh Gott!

Was soll ich nur tun? Ich glaub ich hab mich voll in [redacted] David verliebt, aber ich werde ihn nie kriegen, denn Milena ist seine Freundin >.<

PiA

Donnerstag, 11. März 2004

Franzi geht morgen mit Milena, David und irgendeinem Christopher in die Stadt, dann gehen die in einen Fotoautomaten und Montag in der Schule schenkt Franzi mir ein Bild von David.

Dienstag, 16. März 2004

David, hey! :D Eigentlich müsstest du mich heute schon aus einem Foto heraus anlächeln ... aber Franzi fand die Bilder ja selbst so schön, dass sie sie behalten möchte. Sie meinte, sie

hat sie abfotografiert .. jedenfalls habe ich noch kein Foto von dir, meh. Morgen schreibe ich einen Vokabeltest in Französisch *kotz*
Wünsch mir Glück .. PiA

Mittwoch, 17. März 2004
(der schönste Frühlingstag)

EY! Der Vokabeltest war ganz gut, doch morgen schreibe ich ne Englischarbeit *würg* über „passive" und London. Naja. War heute mit Ma ein bisschen shoppen, habe ent neue Jacke und 'ne Mütze bekommen. Franzi hat mir immer noch kein Foto gegeben. Ich glaub sie sucht irgendeinen Weg mir doch keines zu geben, irgendeine Ausrede! Keine Ahnung wieso aber es nervt mich.

Love, Pia

Donnerstag, 18. März 2004

Na sweetie, wie geht's? ... Aha. Und wie läuft's mit Milena? ... Alles klar. Ich freue mich echt, dich mal wiederzusehen. Ok ja ich kenne dich kaum und interpretiere vielleicht zu viel in kleine Details, aber mich hat's einfach erwischt.

05.04.2004

Ich fühle mich wie so ein Psycho ... haha! Habe Mamas Schreibmaschine rausgekramt und spontan angefangen schlechte Liebesgedichte zu schreiben T_T

Lieber David,

Ich liebe dich,
ich brauche dich
Ich denk an dich,
ich kriege dich
Vergiss mich nicht
drum denk an mich,
und merke dir
ich liebe dich,

Deine Pia

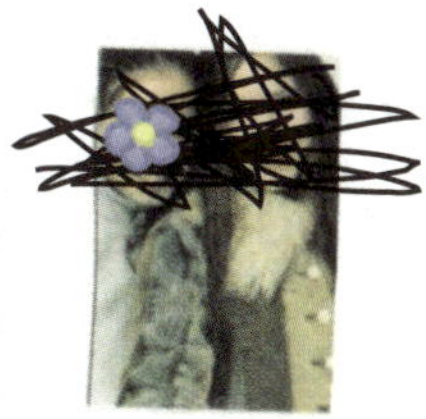

1. Besuch im Fotoautomaten am 17.12.03 ♥

Das erste mal, da sahen wir uns,
auf dieser Party, es machte RUMS
Und schon war ich total verliebt,
Ja, es stimmt, ich liebe dich
mehr weiß ich nicht
Du sahst mich kaum,
in diesem Raum
Doch irgendwann,
da kamst du an
Du schriebst mir und ich schrieb zurück
Ich dachte nur den muss ich haben,
Pflück ihn dir nur, pflück! lol!
Doch da war noch ne kleine Tück.
ile
M[redacted]a war ja auch noch da
viel Enttäuschung im Anflug war
Doch Hoffnung, die geb ich nicht auf,
auch wenn ich vor Erschöpfung schnauf ~.~
Nun, vergiss mich nicht
drum denk an mich
und merke dir,
Ich liebe dich,
ich kriege dich...

Montag, 26.04.2004

Letztens war wieder so eine Party im Jugendzentrum und oooh... Ich sah David und wusste, ich liebe ihn ^x^* Ich musste die ganze Zeit zu ihm rüberschauen und er hat mich so süß angeguckt *.* Franzi meinte, er hätte sie vor der Party gefragt, ob ich auch komme. Einmal, als ich mich durch die Menge gedrängt habe, war er hinter mir und hat quasi Platz für mich ~~[illegible]~~ gemacht, einmal war seine Hand richtig nah an meinem Po.. Franzi meinte, ich hätte 'ne Chance bei ihm und weil Daniel (Freund von Michele, mein Nachbar) in Milena verknallt ist und sie auch auf ihn steht (er hätte David am liebsten eine verpasst, als er sie geküsst hat) (... und ich Milena lol), stehen die ~~[illegible]~~ Sterne nicht schlecht für mich. Franzi und ich haben auch schon Karten gelegt und sie träumt fleißig Voraussagungen. We will see! Pia ♥

Mittwoch, 28.04.2004
(in der Badewanne...)
Milena hat mir Kimberly weggenommen (sie mochte sie schon immer und wusste, wie sie mich verletzen und ausspielen konnte), wieso mache ich dann nicht das gleiche mit David? Ich meine.. ich mache es weniger um Milena zu verletzen. Aber wenn er mich auch mag? Franzi will mir seine Handynummer besorgen, was dann passiert weiß ich nicht. Ich weiß nichts über David aber... er ist süß und wahrscheinlich sehr nett, verständnisvoll... sonst wäre Milena nicht mit ihm zusammen gekommen! Mehr heute Abend, mein Arm wird lahm vom hochhalten und das Buch wird nass... P.

Abends...

Hi Tagebuch! Wenn ich eh die ganze Zeit über David schreibe, kann ich dich schlecht so ansprechen. Auf der Party am 24.04. sah er genau so aus (also hatte die gleichen Klamotten an) wie am 06.03. ... Ich hab gerade das Fenster offen, liege auf Fensterbankhöhe im Bett (gerade ist ein Auto vorbeigefahren), irgendwo hört man eine Tür zuschlagen und wäää .. Donner! Blitz und weiter geht's ... tröpfel, platsch *regne* Ich höre gerade 'ne alte Kassette mit Songs von NENA ... Mama meinte, Liebe ist, wenn man immer mit dem anderen zusammen sein will. Ich glaube, ich liebe. Morgen ist Schule. Wieder ein Tag, an dem ich, immer wenn ich Milena sehe, daran erinnert werde, dass er sie liebt. Aber von mir will er auch was, das sagen ja auch andere, also bilde ich es mir nicht bloß ein. Ohh, Leuchtturm! Den Song liebe ich, gute Nacht, will nu

noch hören ... P.

Sonntag, 02.05.2004 (morgens)

Hey Bebe! Scherz. Ich muss unbedingt für Franze lernen ;-; Aber erst muss ich erzählen, was ich geträumt hab und was gestern passiert ist.

Gestern: Daniel hat ~~war~~ bei Michele und Moritz übernachtet und ich war Abends noch drüben. Wir haben uns erst über Ann unterhalten (in die ist Michele hoffnungslos verknallt), dann ein bisschen über Milena und Michele hat mir endlich erzählt, wofür er die dicken Eddings braucht, die er in seine Jackentasche gesteckt hat (erst, als wir alleine waren, damit sein kleiner Bruder Moritz es nicht mitbekommt) (wir sind gleich alt, so klein ist er gar nicht)

Er ~~war~~ geht nachts mit Daniel raus und bemalt Häuserwände und Zigarettenautomaten mit seinen Tags!! Ich guck heute mal, ob ich welche sehe. Sie sprayen wohl auch regelmäßig, was ich irgendwie nicht gedacht hätte, aber es ist aufregend ... überall Spuren hinterlassen und so. Außerdem treffen sie sich

seit kurzem öfter bei Paul im Keller und trinken
↳ (kenn ich noch nicht)
Alkohol .. Habe geschworen es niemandem zu sagen, weil Michele sonst tot wär .. Achja! Gestern ... Daniel meinte so zu Moritz, er solle seine Arme wie ein Pharao vor der Brust kreuzen, dann hat er den Torso so zusammengedrückt (da, wo die Oberarme anliegen) und angeblich knackt da bei jedem der Rücken. Bei mir hat es nicht funktioniert und er hat es auch eher zärtlich gemacht .. so: „ach nee, nochmal!" als ob er mich umarmen wollte. Er hatte sich an dem Tag so 'ne HipHop Gangsta-Kette aus billigem Blech geholt und mir die plötzlich um den Hals gelegt, mich den Rest des Abends nur noch beobachtet usw ... Keine Ahnung, was ich davon halten soll. Er ist zwei Jahre älter als ich und Mama meint, er sei ein Player ... außerdem ist da ja noch David .. als Daniel mich jedenfalls so ununterbrochen angestarrt hat, wusste ich

nicht, wie ich damit umgehen soll und hab irgendwas mit meinem Handy gemacht.
Als ich später im Bett lag hab ich noch lange drüber nachgedacht und schlief ein ....

Ich war in der Schule und David saß neben mir. Franzi hat die ganze Zeit geschrieben und Milena saß am Nebentisch. David hat mir erzählt, wie gut er die Partys im Jugendzentrum findet und plötzlich meint sein Kumpel so: „Du gehst doch eh nur hin um sie zu sehen!" *zeigt auf mich* David lächelt mich an und fast hätte ich nach seiner Nummer gefragt aber Milena hat dann mit Franzi Plätze getauscht...

Mein Traum ↑

Samstag, 08.05.2004

Hi Diary! ♡

Er traut sich einfach nicht, mich anzusprechen, aber das muss er, damit ich keinen Stress mit Milena kriege, darf ich nicht den ersten Schritt machen.

Ich war heute mit Michele und Franzi in der Stadt und die beiden haben sich voll ineinander verknallt. Michele schreibt mir jetzt die ganze Zeit so sweete SMS über sie ... Franzi will noch irgendwie an David's Handynummer kommen - schreiben kann ich ihm dann trotzdem nicht, wegen Milena.. Also muss ich wohl oder übel warten, bis er mich fragt .. oh man! Dreckspisskack mit Erdbeersauce. PIA.

morgens, Sonntag 09.05.2004
(Muttertag! ♡)

Hey! Bis gerade eben hatte ich noch richtig harte Bauchschmerzen.. ohh jetzt wird's wieder doller! Probiere gerade

eine Binde aus, weil Mama meint
ich bekomme meine Tage... Au! Das ist
gar nicht so ohne! Aber wenn ich auf's
Klo gehe (vielleicht sind es nur Magenschmerzen)
tut es noch mehr weh. Aber eigentlich ist
es cool die Periode zu bekommen. Ich
kann dann ganz offiziell Babies kriegen,
bin also gewissermaßen erwachsener und
reifer. Mal sehen. Schreib dir später mehr...

Ciao, Pia

Hör jetzt Beyoncé!

Abends:

Ich habe nicht meine Tage gekriegt.
Ich hab mich allerdings in David verlöved!
Aber das ist ja nix neues! Da biss deine
(ja!)

Deine *ich*

Montag, 10. 05. 2004

Whaaa! Na cool! Ich weiß auch nicht, wieso ich so aufgeregt bin, aber Daniel hat grad angerufen und gefragt, wo meine Schule ist, weil er da morgen mit 'nem Freund antanzen will. Irgendwie macht mich das nervös, obwohl ich nach wie vor davon überzeugt bin, nur an David interessiert zu sein. Bei Daniel hab ich immer so ein ungutes Gefühl.. Mehr weiß ich morgen, bis denning und BYE BYE

Pia

♡ ♡ ♡

Dienstag (mittags) 11. 05. 2004

Hi! Aaaalso ... 1. Daniel war heute tatsächlich bei mir an der Schule, um Milena zu sehen. Er stand mitten auf dem Schulhof und alle haben die ganze Zeit aus dem

Fenster geguckt. Die Vertretungslehrerin ist sogar schon runtergegangen, aber die sind immer rechtzeitig mit ihren Skateboards weggefahren.. Dann kam auch noch Jenni runter und hat ~~d~~ ihn und seinen Kumpel total angegraben (was echt funny war ...) Die beiden haben übrigens nicht geschwänzt, hatten wohl Elternsprechtag! Unnnd 2. David hat sich von Milena getrennt!!! Whaaa Ich glaube zumindest, dass es nicht andersherum war. Vielleicht war es wegen Daniel, oder weil Milena immer an ihm rumgenörgelt hat, vielleicht war es auch wegen mir!? Nö, ich glaube nicht.

Als ich es von Franzi erfahren hab (die weiß es von Jenni und die hat mit Milena telefoniert ~~und~~; die soll wohl die ganze Zeit geheult haben)

Franzi hat heute morgen ganz aufgeregt auf mich gewartet, um mir das zu erzählen, aber ich konnte mich nicht freuen. Zum einen ist es scheiße für Milena und zum anderen kann ich nicht sicher sein, dass er bei mir nicht genau so ist.. Vielleicht ist auch wegen Kimberley Schluss, David soll sich immer beschwert haben, dass Milena all ihre Zeit mit Kim verbringt und er kann sie nicht ausstehen.. Ich weiß auch nicht warum, auf jeden Fall ist jetzt Schluss. Ein bisschen freue ich mich vielleicht schon aber es hat sich auch nicht viel verändert. Milena würde mich auch jetzt noch dafür hassen, würde ich was mit David anfangen. Aber vielleicht macht er auf der nächsten Party den ersten Schritt.. und Milena kommt mit Daniel zusammen, dann könnten alle zufrieden sein. P.

Abends:

Michele war sich plötzlich nicht mehr sicher, auf wen er denn nun steht. Ich hab ihm gesagt, dass Ann das letzte ist und er nicht besser als sie, wenn er jetzt das gleiche mit Franzi macht. Hab ihn gefragt, ob Franzi nur die zweite Wahl nach Ann war (die kommt nämlich plötzlich wieder an von wegen „Michele und ich sind ja so gute Freunde!" ... klar.) Er hat mir eben geantwortet 11.05.2004 um 21:14 „Nein das ist sie nicht. Ich finde Franzi voll süß und du hast Recht mit Ann.. Franzi hat mich nie versetzt oder mir falsche Hoffnungen gemacht. Rede aber nicht mit den beiden über unsere Gespräche, sonst werde ich sauer.. mb michele"

Ich hoffe Franzi und Michele und David und ich kommen endlich zusammen. Michele muss zur Vernunft kommen (ich werde behilflich sein >:-X !) und David soll mich auf der nächsten Party anschreiben.

Ich werde mich dann dumm stellen, als wüsste ich nicht von wem der Brief kommt, und direkt nach der Handynummer fragen. Dann kann Milena mir keinen Vorwurf machen, ich wusste schließlich nicht, dass er es ist! (:-) Aber das klappt nur, wenn er mir zuerst schreibt, sonst weiß ja jeder, dass ich seine Nummer wusste und ihn gezielt angeschrieben hab. Also stelle ich mich am besten immer ganz auffällig in sein Sichtfeld und präsentiere ihm meine Nummer. Bis danni mauskii :D *ich*

12. 05. 2004

Hey BiBi! Ich hab mir eine Kette gekauft, mit einem „D“ aus Plastik dran (sieht aus wie Silber), ich fände es so romantisch, ein Armkettchen oder einen Ring mit Gravur geschenkt zu bekommen :o

Sonntag, 16. 05. 2004

Heute wollten sich Daniel und David mit ihren Cliquen treffen um sich zu prügeln ... um 16 Uhr auf dem Hinterhof vom großen Kino. Daniel mit seinen Hauptschulfreunden (alles Schläger) und David mit ~~d~~ seinen Dorftrotteln (er wohnt ja in so 'nem Kaff vor Stuttgart, noch hinter Schorndorf) ..

Telefonat der beiden lief ungefähr so ab:

Daniel: Hi! Wie geht's so?

David: Gut und dir?

* hier kam es dann irgendwie ~~zu~~ Ärger, ich hab keine Ahnung was passiert ist, haha! *

David: Ich mach dich fertig!

Daniel: Ja komm doch nach Bad Cannstatt und ich mach dich alle!

David: Ne, kein Bock, du hast nur Schiss dich in Stuttgart zu treffen!

Daniel: Sag mir wo und ich komme!

David: Sonntag, 16 Uhr beim Kino, ich mach dich alle.

Daniel: Werden wir ja sehen, pass auf, dass du nicht auf der Intensivstation landest.

Daniel wollte mit 20 Leuten kommen. David? Mit 5. Michele hat mir erzählt, dass Daniel schon so richtig gezittert hat vor Wut.. am Samstag haben wir nochmal mit ihm telefoniert, Franzi war auch da

Michele: Du machst den alle, oder?

Daniel: Klar man, ich mach den alle! Der brauch gar nicht so 'ne große Klappe haben.

Michele: Yo...

Daniel: Was machst du gerade?

Michele: Bin in meinem Zimmer mit Pia und so..

Daniel: Wer denn alles?

Michele: Pia und Franzi.

Daniel: Gibst du mir mal Pia, bitte?

...

Ich: Hi

Daniel: Bin grad auf der Kommunion von meinem kleinen Cousin..

Ich: Ja, hab schon gehört, haben Lautsprech[er] an!

Daniel: Aaaah ... :-)

Ich: Warum wollt ihr euch denn prügeln?

Daniel: Ja keine Ahnung! Der will ja unbedingt

Ich: Aber ihr wisst ja selber, dass ihr gewinnt, da müsst ihr es ihnen nicht auch noch beweisen!

Daniel: Sie haben es so gewollt.

...

Michele: Ich bins wieder

Daniel: Hast du noch Lautsprecher an? Mach mal aus und geh in ein anderes Zimmer...

Daniel hat Michele gefragt, ob Franzi was von ihm (M) will und falls ja, solle er mit ihr gehen :-) sweet.
Zu der Schlägerei wollte Daniel übrigens Hanke mitnehmen, ein Riese der zwei auf einmal wegklatschen kann ... außerdem wollte Dan sich noch die Kette von seinem Boxsack um die Hand wickeln und erstmal abwarten, bis David ihn schlägt und dann „aus Notwehr" so lange auf David einschlagen, bis er nicht mehr kann. Wenn er am Boden liegt, würde er ihm ins Gesicht treten und wäre die Polizei gekommen, hätten sie sich im Parkhaus versteckt.
All das wäre so oder so ähnlich passiert, wenn sie gekommen wären.
Daniel hat Hausarrest, weil er 'nen blauen Brief gekriegt hat; und David durfte nicht, weil er erst Freitag

in die Stadt gefahren war.

Die wollten sogar erst so tun, als wäre Hanke Daniel und andersherum, aber zu all dem ist es ja nie gekommen.

Ich weiß nicht, warum Daniel mich am Telefon sprechen wollte, ich glaube er steht irgendwie auf mich und ich weiß gar nichts mehr ...

Samstag war's irgendwie cool. Wir waren erst zusammen in einem Eiscafé und Michele wusste einfach nicht, was Eisschokolade war :D

Bald wollen wir uns wieder treffen, mit Daniel noch dabei, im Fotoautomaten und so .. wird sicher lustig, freu mich schon. Nicht unbedingt wegen Daniel aber irgendwie auch schon .. Ich will nicht auf ihn stehen .. er ist irgendwie so angeberisch und macht auf cool *

Ciao, Pia

Wenn ich an sein Lächeln denke ...

Montag, 17.05.2004

Hey Ho Diggedi! Am Mittwoch schreiben wir Mathe und ich kann das voll nicht :-(So ein schlechtes Gefühl hatte ich nie bei meiner ~~aktuellen~~ letzten Mathelehrerin, bei der ~~[illegible]~~ immer. Vielleicht hätte Mathe mein Lieblingsfach werden können, mit einem anderen Lehrer …

Sinan war nie mit Ann zusammen! Sie meinte so zu Michele (in einer Textnachricht): „Mein Freund wollte mich küssen aber ich ihn nicht .. Ich weiß nicht, ob ich Schluss machen soll und bin voll fertig wegen ihm!" Alte Sc*lampe Es war genau andersrum!! Kimberly ist jetzt mit Sinan zusammen :-) und Ann hat das voll verdient! Die baggert das ganze Wochenende Michele an, erzählt NUR Lügen und ist dann noch so dreist Kim zu schreiben: „Wir sehen uns in der Hölle, Schatzi." Hallooo? Sie unterstellt Kim, ihr den Freund ausgespannt zu haben, dabei wollte Sinan NIE was von Ann! In ihren Träumen vielleicht … Sie ist so eine N…. Hurenbockfussischweinscheiße mit geleckten Würstchen paniert. Sie ist der letzte Abschaum Nein, der Schleim, der auf dem letzten Abschaum schwimmt. Schlimmer … Der Eiter, der aus dem Schleim hervortritt, der auf dem letzten Abschaum schwimmt!!! Das habe ich aus einem Film. Ich hasse sie! Angeblich wollte sie sich ja sogar umbringen. Jaaa … klar. Da war Nix! Keine Beziehung der sie nachtrauern könnte, sie ist nur unglücklicherweise in den Typen verliebt, mit dem Kim zusammen ist !!?!!!!! Und jetzt baggert sie die ganze Zeit Michele an. Ich hab so eine Wut auf sie. Wahrscheinlich schreibt sie ihm sogar: „Ich hab mit meinem Freund Schluss gemacht

... wegen dir! ♡" SCHLAMPE! Es gibt gar kein passendes Schimpfwort für diese miese, fiese, durchtriebene, lügende, gemeine ... ARGH!! Ich mach sie so fertig. Ich zerkratze zuerst ihre angewixten Kontaktlinsen während sie sie noch trägt, dann reiß ich ihr Augäpfel raus und trampel darauf herum und dann... ach.. ich werd schon sehen, was ich dann mache! >:-) >:-D

Naja.. Franzi hat Michele mal einen Brief geschrieben, den er dann als er bei mir war gelesen hat (zu sehen auf der nächsten Seite) ⟶

Ann soll Michele nicht noch ein einziges Mal anmachen sonst mach ich sie echt fertig

mit Daniels Hilfe >:-) !

Vonmir aus kannst du gerne mit ihr zusammen sein, aber fall nicht nochmal auf dieser Schlampe rein. Sorry, das ich sie Schlampe nenne aber immoment ist sie das!
Ich hoffe das du sie vergessen kanst!
Sonst wirst du nur wieder verletzt!
Ich schreibe dir das alles weil du mir echt viel Bedeutest und ich dich sehr gerne mag.
Hoffentlich bist du jetzt nicht sauer auf mich, denn das fände ich sehr schade.
Da ich zugeben muss, dass ich mich irgentwie in dich verknallt hab ... :)

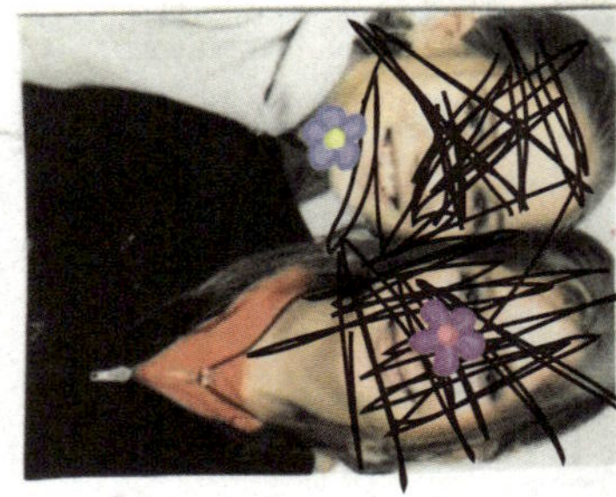

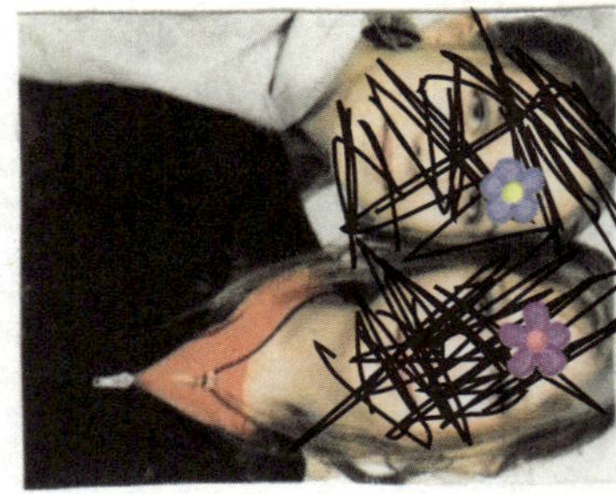

Mittwoch, 19.05.2004

(um ca. 5 vor halb 12)

Na ... Am Donnerstag, den 13.05.2004 in der Pause, zwischen der 4ten (Religion) und der 5ten (Biologie) Stunde, habe ich meinen 1. (von mir aus auf der rechten Seite) Knutschfleck bekommen! Am Hals .. und zwar von Kim! Er war riesig groß, dick und ganz lila (sie wollte ihn gar nicht so riesig machen). Aber jetzt ist er leider schon wieder verblasst. Schade, irgendwie war das voll cool den zu haben, weil alle immer gefragt haben: „Oh, von wem ist der denn?" und sie es mir nie geglaubt haben, wenn ich ihnen die Wahrheit erzählt habe. Immer so: „Oh, ja ... Natüüürlich .. :-)!" Das war lustig. Naja. Ann habe ich erstmal einen fiesen Brief geschrieben und sie war voll empört: >:-(Ich: >:-D schadenfroh! Aber später hat sie sich wieder eingeschleimt ... Letztens meinte sie so: „Hat Michele seine Tage oder warum ist der so schlecht drauf?"

Ich hätt' sie killen können! So, als ob sie das als nicht ernstzunehmende Phase von ihm abstempeln würde. Ich darauf: „Ne, der is im Stimmbruch!" Grrr...
Franzi hat endlich die Fotos von David abfotografiert hihi! Morgen ist Christi Himmelfahrt = frei, Freitag = frei (da schläft Franzi bei mir), Samstag = Franzi holt die Fotos ab, Sonntag = nix, Montag = David lächelt mich aus den Fotos heraus an! ♥ Das schönste schleppe ich dann immer mit mir rum. *g* oder *g* was ist schöner? Ach, egal...
:-) :-D ;-)

Ich liebe David fine

(wie Franzi immer sagt.. soll heißen: für immer und ewig!)

Michele schreibt nie back.. der hat irgendwie nur noch 50 ct.. wie der Rapper haha.
Good neit! nee... Gutt neit! hä? nöö
GOOD NIGHT ya, jes hääää egal :-O
PIA

Christi Himmelfahrt 20.05.2004 Donnerstag

Hi! Ich war heute so mit Ma bei meiner Tante und hab viva+ geguckt, der Bildschirm sieht da immer so aus:

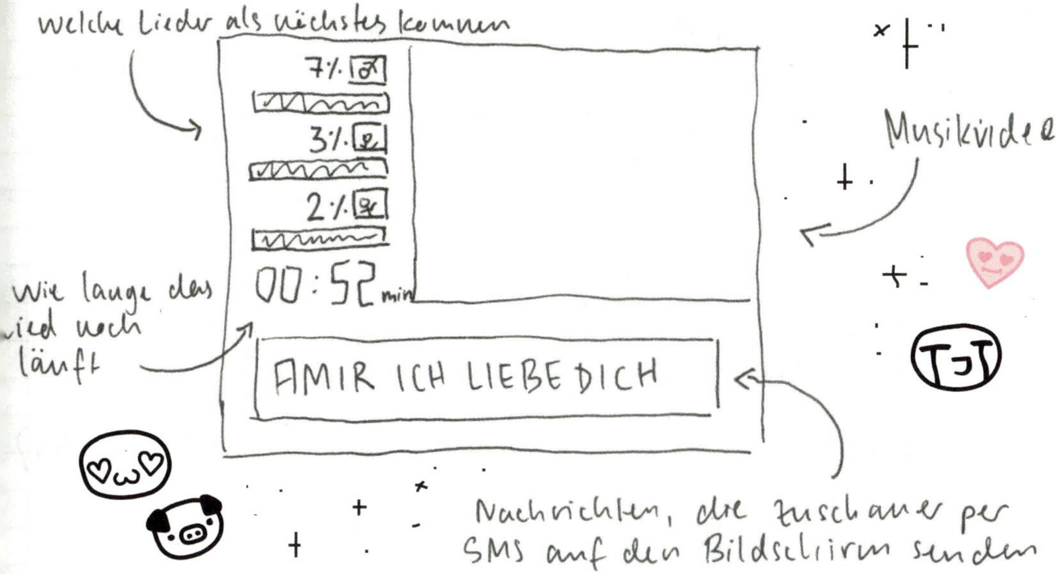

und auf einmal, um 14:10 h, als Mario Winans feat. P. Diddy & ENYA mit „I don't wanna know" läuft, steht da so: AMIR ICH LIEBE DICH voll witzig, war garantiert Jenni. Wenn ich mit David zusammen bin mach ich das auch; und wenn das dann auf dem Bildschirm zu sehen ist (hoffentlich erscheint es bei dem

Lied, bei dem ich es abgesendet habe)
filme ich das mit meinem Camcorder.
Ich find das voll süß! Vielleicht macht das
sogar mal jemand für mich .. süß.
Pro SMS 49 cent, glaub ich.. geht ja noch.

GOOD NIGHT, PIA

21.05.2004, Freitag

(Original:)
Hey muckda muckt! (Franzis Version: muck da muckg)
Franzi schläft gerade bei mir ✩ gg ✩ ! :-) !
Es ist Stadtfest und wir haben direkt vor
der Tür ne Oldieband *kotz*
Franzi lästert gerade über Davids Teil, sie
meint, er wär ein Zigarettenstummel! :-(!
Also sein Ding. Dafür ist Micheles ne
verschrumpelte Mini-Bratwurst! :-D :-) !
Aber immer noch besser als ein verkohlter
Zigarettenstummel. Ich liebe David!

I ♡ D ♡ ♡Franzi ♡ Michele !

Sonntag, 23. 05. 2004

Hi BabyBoy! ♡ Franzi hat ihr Fotoalbum hier vergessen .. also hab ich mir (ich weiß, das ist voll fies, aber ich liebe ihn nunmal) ein Foto geschnorrt (:-S Wenn ich es ihr morgen mitbringe und es ihr auffällt (habe extra eins genommen, auf dem sie sich hässlich findet), sage ich, dass es wohl Zuhause liegen muss.. (:-S (:-3 ist echt mies von mir, ich weiß, ~~aber~~ sie hat mir sogar eins geschenkt.

Es ist 19:15 h und ich muss noch aufräumen und ne Englischberichtigung machen. (hab ne 3+!) :-) Draußen läuft richtig laut Jazz Musik, immer noch wegen dem Stadtfest, und ich find's voll scheiße ... :-(

BYE, PIA

♡ ♡ ♡

Ich liebe ihn, ich liebe ihn einfach so sehr...

I ♡ David 4eva
and 4all dayZ

I LOVE HIM...
I LOVE HIM SO
MUCH...

Ich liebe David.

Ich liebe
ihn einfach
so sehr und habe Angst,
dass er nicht das
gleiche für mich
empfindet

Ich denke
immer nur
an ihn...

IN LOVE
FOREVER

Was er jetzt
wohl gerade macht...?

Was denkt er gerade...? Denkt er an mich..?

Nein. :-(♡ ♡ ♡ ♡ ♡ ♡ ♡ ♡ ♡ ♡ ♡ ♡ ♡

Wir kommen zusammen :-D :-(:-| :-)

24.05.2004, Montag Mittag

Nie wird jemand Kimberly ersetzen können. Sie war die erste Freundin, der ich wirklich alles hätte erzählen können, der ich vertraut habe. Und auch jetzt, wo ich schon andere Erfahrungen gesammelt habe, ist diese Freundschaft anders als die anderen. Kim ist was besonderes und man sollte stolz darauf sein, sie als Freundin zu haben. Als beste Freundin.. was sie leider von mir nicht mehr ist. Diese Freundschaft wird mir als besonderste in Erinnerung bleiben, ganz bestimmt. Von allen.. als.. nein, nicht als allerschönste.. irgendwie auch doch, aber.. halt.. die Freundschaft mit Kim war so, wie nie mehr eine andere sein kann. Mit Franzi, Bubu, Linda, Jenni.. ja, mit all meinen bisherigen besten Freundinnen hatte ich soo viel Spaß! Doch mit Kimberly war es einfach.. anders. Deshalb wird die Freundschaft mir auch anders in Erinnerung bleiben. Irgendwie hoffe ich.

dass sie wieder meine beste Freundin wird, ja.
Aber es könnte nie mehr so wie früher werden
und das ist einfach so schade. Das letzte
Wochenende hat Franzi 2x bei mir gepennt
und die Zeit war echt schön. Franzi ist
meine Freundin und auch noch mehr als das...
schon irgendwie meine beste im Moment.
Aber sie ist eben nicht wie Kimberly und
deshalb.. Ich weiß auch nicht. Vielleicht muss
man einfach so wie Kimberly sein, um meine
beste Freundin zu sein. Nein. Oder?
Wenn man die Zeit einfach zurückdrehen
könnte ... puuh.. Franzi meinte am Weekend
die ganze Zeit: „So viel Spaß hattest du mit
Kim doch nie, oder?" DOCH! Sie weiß nicht
wie es ist mit ihr. Es ist einfach unbeschreiblich
das muss sie akzeptieren. Kim wird für mich
in jeder Freundschaft eine Rolle spielen und dass
ich sie als Maß aller Dinge sehe wird natürlich
auch störend für Beziehungen sein aber ich

werde weiter hoffen... Aber! Beachte: Ich werde nie wieder eine Freundin fallen lassen. Niemehr! Den Fehler hab ich schon viel zu oft gemacht.

Pia

Sehr geehrte Damen und Herren!
Da ich der Meinung bin, dass die heutige Jugend zu viel vor dem Computer sitzt und zu wenig in der Natur ist, beschreibe ich hier, wie ein Karpfen geangelt wird, aber ersteinmal stelle ich mich vor:
Ich heiße Konrad Bienmann und komme aus Ostpreußen.
In dem Jugendroman "Das Jahr der Wölfe" von Willi Fährmann, wird beschriben, wie ich mit meiner Familie als 12-Jähriger in den Jahren 1944/45 im Krieg auf der Flucht bin. Jetzt bin ich zwar schon ziemlich alt, aber ich werde nie vergessen, wie ich damals eigenhändig einen Karpfen angelte, was
auch im ersten Kapitel des obengenannten Buches zu lesen ist. Da ich den jungen Leuten von heute demonstrieren möchte, wie spannend das Karpfenangeln ist, schreibe ich hier einen kurzen
Ausschnitt des 1.Kapitels von dem Buch "Das Jahr der Wölfe" hin. Also aufgepasst!

lol

1.
"Hier ist es." Der Junge verharrte und hob seine Angel wie einen spitzen Speer. Der Sommer reichte heiß und hoch bis in den blauen Himmel.Drei dicke, weiße Wolken segelten faul im flauen Wind, der vom anderen Ufer des Flusses her dann und wann über das Wasser sprang. Der träge Strom erzitterte leise und schob seine krause Gänsehaut weit in die Bucht hinein. Die Weiden regten sich und fächelten

DAS HAT MEINE FREUNDIN BUBU INS GÄSTEBUCH VOM JUGENDZETRUM GESCHRIEBEN :-D

Mittwoch, 26.05.2004

Wat jeht? Jeht's jut? Ich hab ma wieder ein paar Meldungen zu machen *lol*

Heute, um 18:27h bei Avril Lavigne - Don't tell me stand bei viva + „Ich liebe M. Liebt er mich auch?"

Ob das wohl Franzi war? Frage sie morgen.

Ich hab dann total oft versucht „David, ich liebe dich! oder so zu schreiben, es wurde aber nie angezeigt! (49ct pro SMS! :-(!) Und ich hab dann ma für nix und wieda nix 3 € oderso ausgegeben. Hamma, ne?

Hoffentlich darf ich auf die nächste Party im Jugendzentrum, sonst bin ich tot... Ich hab David am Montag genau 1 Monat nicht gesehen und das ist soo hart 💔 I LOVE D.

Und da ich ihn soooo .... sehr liebe, hoffe ich, dass er mich anspricht (was er eh nicht machen wird :-(aber man darf ja noch träumen)

GOOD NIGHT, luv ya

Pia

♡ ♡ ♡

27.05.2004 ein Donnerstag!

Hi ICQ! Scherz .. Spass .. Spasss bei Seite .. Witz, du verstehst? Wir haben bald (<u>ICH</u> habe bald) ICQ! Das ist wie so ein privater Chatroom mit Nickname usw. Da kann man dann mit Freunden chatten und so, ist auf jeden Fall richtig geil. Ich hab heute versucht Davids Adresse rauszufinden (im Internet) aber es gibt so viele mit seinem Nachnamen .. ich weiß auch nicht, wie seine Eltern heißen :-(Naja. Irgendwas wollte ich noch erzählen .. Ich weiß es nicht mehr, ich weiß nur 1 ... Ich liebe David und das werde ich immer tun !!!!!!!!!!! In 9 Tagen ist die nächste Party !! :-D Juppiiii ... dann sehe ich ihn wieder. I ♡ D

Bye then ... PIA

Sonntag, 30.05.2004

Hi... Eigentlich hab ich keinen Bock zu schreiben aber es ist sooo viel passiert, also los:

Gestern: Franzi war bei uns, also drüben bei Michele und Momo. Erst waren wir draußen, abends haben wir „Independence Day" geguckt und whooo... voll am rumfummeln die beiden.. die ganze Zeit!

- Also sie haben Händchen gehalten und Michele hat sie gestreichelt usw. awww... Ich bin gespannt.. wenn Franzi mir erstmal alles erzählt hat.. ich konnte ja nicht so viel sehen, weil wir alles dunkel gemacht haben. (Das war das 3. Date von den beiden und wir haben uns geschworen, dass es bei uns beiden beim 3. Date was wird).

Heute morgen hab ich erfahren, dass M+M's Mutter nachts einen epileptischen Anfall hatte. Die schläft grade und ihr geht's wohl sehr dreckig. Das kommt von Stress wegen Michele und Momo, weil die sich IMMER ärgern, noch schlimmer als meine Schwester und ich. Momo's Zimmer sieht sooo SCHLÜMM aus!! Die Regale .. Oh Gott .. Alles voller Müll! Naja.

BYE, Pia

Dienstag, 01. Juni 2004 AAAAA...

AAAAH!!! In 4 Tagen ist die Party, weißt du überhaupt, wie viel mir das bedeutet? Diese Jugendzentrumspartys sind mein Leben!! Warum? Weil ich David wiedersehe! Whaaa!!! Ich kann es gar nicht abwarten! Ich bin sooo aufgeregt! Ich liebe David! Michele und Franzi sind zusammen! Wheeee ^_^

Ich gestern die ganze Zeit zu Michele (wir hatten heute und gestern frei und ich war gestern bei Momo) ach nee .. ich meine Samstag. Samstag meinte ich zu Michele: „Schreib ihr endlich .. frag sie endlich, mach schon ..“ usw. Er traute sich nicht, seine SMS abzuschicken und letzenendes hab ich

einfach auf den Knopf gedrückt.. Die Nachricht war abgeschickt! Franzi antwortete nach langem Hin und Her („willst du wirklich unsere Freundschaft damit auf's Spiel setzen?" und dieser Scheiß :-)) mit JA! und sie schreiben sich jetzt immer voll süß ... „Du bist so sweet, das ist unrealistisch" oder „I MISS YOUU.." usw. aww.
Ohh, ich muss absolut IMMER an David denken.. DAVID.. ohman. Ich liebe ihn so sehr. Ich denke echt absolut immer an ihn. Ich verspreche hiermit hoch und heilig, dass, wenn ich mit ihm zusammen bin, ich hier schöner rein schreibe und mir mehr Mühe mit den Einträgen gebe.
Ich werde mir so oder so aber auch bald schon mehr Mühe geben. IN LOVE, PIA

02.06.2004 Mittwoch in Mathestunde (Vertretung von Bio :-)

Hi! Ich hab mich eben so mit Milena und Franzi unterhalten und Milena immer so: „David ist voll unhygienisch und ich hab mich immer nur mit dem gezofft..." usw. Und dann meinte sie so zu Franzi: „Versprich mir, dass du Pia auf der Party verkuppelst!" Dann Franzi: „Wenn da nur gute Jungs rumlaufen würden!" Milena: „Da~~vid~~! Ja,
David
genau! Warum nicht!?"

Die ist jetzt mit so 'nem Robin zusammen und hat wohl zu David gesagt: „Du findest auf der Party eine neue Freundin!" woraufhin er gesagt haben soll: „Darauf kannst du dich verlassen!" Juppiiiii.. Milena hätte nichts dagegen, wenn ich mit ihm zusammenkomme! Ich muss mal mehr mit Milena reden, vielleicht weiß sie auch irgendwas, vielleicht will David mich auch näher kennenlernen... Muss jetzt zu Physik ... Bye! Pia

→ Abends:

Jetzt weiß ich ganz sicher: Ich kriege David! Yes! Aber <u>WEHE</u> (!) wenn Michele und Daniel ihn verprügeln, mach ich die alle! Bwaah.. Franzi hat mir versichert, dass sie dann auch sauer auf Michele ist.. aber echt.. dann versauen die mir den ganzen Abend auf den ich über 1 Monat lang gewartet hab. Das wird meine einzige Chance sein. In (3) Tagen! Ich liebe David... wehe.. das könnte ich Michele **NIE** verzeihen.

BYE, PIA

Erst später merkt man, wie lang so ein Tag sein kann..

Der Countdown läuft

Ab morgen oder ab Samstag schreibe ich schöner!

MB!

Also... Ich lenk Daniel ab! MB

↓ mit einem Bussi?! SSSZ

(NEIN!)

haben wir today in Deutsch geschrieben →

Jup, ich komm zu dir aber ich trau mich das nicht,
wenn Daniel dabei ist oder ich trau mich das generell nicht!
Möh *ZITTER* ?
°

MB

~~Stimmt~~ ... wenn Dany dabei is, is das peinlich...
Aber wenn du nur so „Hi!" sagst is das
auch nen bisschen komisch. Du musst ihn ja
~~wat~~ net an die Hand nehmen, wie wärs
wann ZC... ...nstruction) OK?

OK...!
Aber... ich glaub ich trau mich das nicht mit
Michele, mit David schon aber... :o(*zitter* *angstschweiß*
Möh, gnach, Much da Muchas und doppeltes lach!
Write back MB

Donnerstag, 03. 06. 2004

Hey! Noch ② Tage und der Countdown läuft...
Ich hab jetzt eine noch schönere Kette mit
„D"-Anhänger ... auf dem Buchstaben sind
Strasssteine drauf und die Kette ist gröber,
die Metallringe, die ineinander gehakt sind,
sind ungefähr so groß → 

PAPA IST GRAD reingekommen und hat mir verboten auf die Party zu gehen

Ich kann nicht mehr...

.. Ich würde mich am liebsten umbringen!

Das ich da hin darf
musste ich mir 1 Monat
lang aufbauen und
jetzt ist alles weg nur
weil er mich hasst!
Das ist ungerecht! Das
kann der nicht machen!
Ich hasse ihn! Er zerstört einfach
mein Leben!!! Das wär meine
absolut einzige Chance gewesen!
Ich kann nicht mehr... Es ist
vorbei... Es ist alles vorbei! Ich will
sterben.. Das wär meine einzige
Chance gewesen.. meine einzige!

Freitag, 04.06.2004

Hey! Juppiiiiii... ich darf doch zur Party! Zwar nur bis 22 Uhr aber ich sehe DAVID! Was ich voll doof finde: Ich darf danach nicht bei Momo pennen :o(Schade.

~~Ich~~ Wir treffen morgen um 18:45 h Michele und Daniel an der Haltestelle vorm Jugendzentrum. Franzi holt mich von Zuhause ab! Milena kommt nicht und als ich mich heute von ihr verabschiedet hab, hat sie mir so ins Ohr geflüstert: „Ich hab dich lieb!"

Ich weiß auch nicht. Irgendwie bedeutet mir das viel. Sehr viel. Sie unterstützt mich dadurch gewissermaßen.. :o) Ich werde David Samstag Abend die ganze Zeit simsen (ist doch klar, dass ich seine Handynummer krieg! :o))

Mehr Infos morgen Abend... denn der Countdown läuft... hart für mein 💔, wenn ich ihn nicht krieg.. Aber: Ich kriege ihn!! Ich bin zuversichtlich :oD Bye, Pia

♡ ♡ ♡

Ich erkläre hiermit feierlich, dass mein ♥ ab jetzt mein Glücksbringer in allen Lebenslagen ist, denn ich hab es immer in mir …

Bei Arbeiten, Tests oder so … in der Liebe …

Samstag, 05.06.2004 PARTY!

Hey! :oD In genau 6 Stunden holt Franzi mich at home ab! hihi :o) Oh man! Ich freu mich so! Mehr Infos heute Abend Der Countdown läuft ... Bye, Pia

Welche Lieder ich mir beim DJ wünsche:

Britney Spears - Everytime

Kelis - Trick me

Usher - Yeah!

Christine Aguilera - Lady Marmalade (oder Dirrty)

Mario Winans - I don't wanna know

usw.

Ich ruf jetzt nochmal schnell Franzi an ... :oD

10:30 Uhr ABENDS ...

Aaaalso ... Ich latsch da so mit Franzi zur Haltestelle vorm Jugendzentrum und Michele umarmt sie so voll verklemmt und Steif ... :o) ... Wir kannten anfangs niemanden, waren halt auch die 1. die drin waren.

Ich hab die ganze Zeit darauf gewartet, dass David den Raum betritt, doch er kam nicht. Ich war schon voll traurig, als auch noch Kimberly kam und meinte: „Hab gestern mit Milena gesprochen, keiner aus dem Kaff kommt heute!" Aber dann war plötzlich Franka da und ich so: „Hey Franka, du bist ja die einzige aus deinem Kaff!" und sie antwortete: „Naja, David is auch da ..." In mir ging ein Feuerwerk hoch, ich schaute Kim an, doch die guckte nur beschämt auf den Boden (hää?) und dann sah ich ihn ... Er sah ganz anders aus als die Male zuvor aber ... seine Augen! Und dann schrieben wir uns ... Ich = Nr. 2 Er = Nr. 121

Franzi = Nr. 3

2

Ich an David: Kommst du auch zur nächsten Party?

MESSAGE ON A ZETTEL

AN NR.: 8

DIE MESSAGE: Ja, und du?

DIE MESSAGE KOMMT VON NR.: 13

David zu Franzi: Na, auch hier?

Franzi an David: Ja, mit meinem megasüßen Freund!

MESSAGE ON A ZETTEL

AN NR.: [illegible]

DIE MESSAGE: Der ist der Freund von Daniel oder?

DIE MESSAGE KOMMT VON NR.: [illegible]

von Franzi ↓

Wie findest du Nr. ??

Gut! Cool! Nett!

← von David

Franzi → Die süß neh?! Ich schreibe das nicht in ihrem Auftrag oder so, neh!

David → Ja!

David hat auch noch gefragt, ob ich einen Freund habe, was Franzi natürlich verneint hat … dann hat David geschrieben … →

→ „Wie findet sie mich denn? Stimmt es, dass Pia sich in mich verliebt hat? Milena hat das Mal erzählt …" worauf Franzi geantwortet hat „Ich glaube, sie findet dich ganz süß" (auf der Rückseite von dem Zettel)

↓

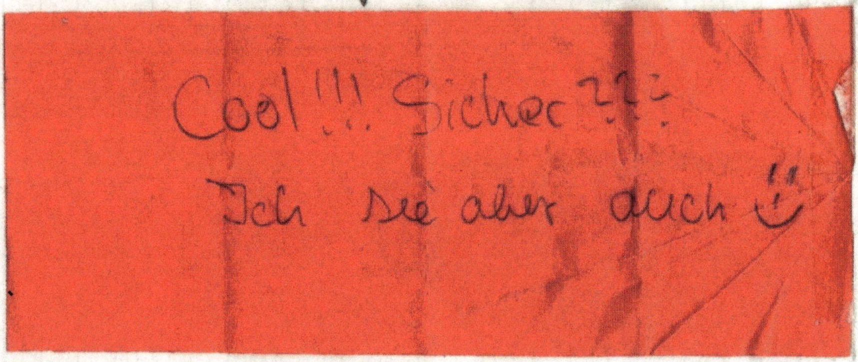

Darauf hat Franzi dann geantwortet:

„Soll ich ihr deine Nummer geben?"

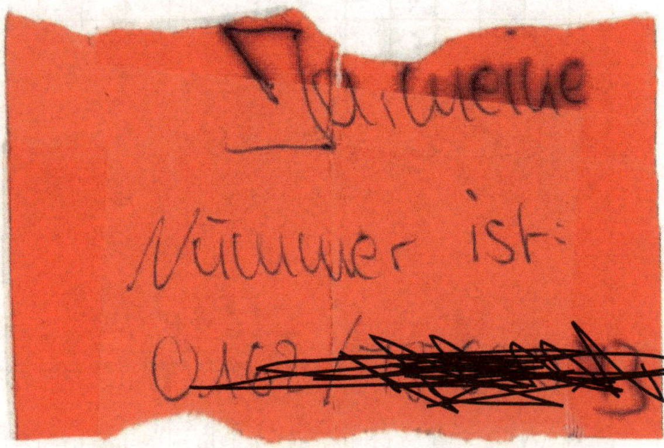

Sie hat ihm dann auch meine Nummer gegeben und ich habe ihm geschrieben, dass ich gleich gehen muss und hoffe, dass die Nummer richtig ist …

Ja, sie ist richtig
Wann [illegible]

... und dann konnte ich mich nicht mal richtig von ihm verabschieden :o(
Papa musste mich vorm Jugendzentrum natürlich auch völlig blamieren (was David zum Glück nicht gesehen hat :°O ! :o))
Ich hab auch nochmal drüber nachgedacht, ob ich überhaupt bereit bin für eine Beziehung ... Aber jetzt weiß ich nur 1 ...
Ich hab mich in David verliebt. Er hat mir immer voll süß und mit leicht zitternder Hand die Briefe übergeben .. und er hat mich wieder die ganze Zeit angeguckt .. oooh .. Ich muss die ganze Zeit dran denken! Ich habe bloß auch tierische Angst vor'm Küssen. Ich meine, ich hab das ja noch nie gemacht.

Daniel hat sich übrigens auch bei David entschuldigt und Michele und Franzi haben nicht getanzt, geschweige denn geschwoft :oS

Ich hab Schiss vor dem Moment, wenn ich David wiedersehe .. Ich bin so verunsichert, weil er schon so viel Erfahrung hat. :o(

Ich hoffe er schreibt zurück. Maybe ist es doch nicht seine richtige Nummer (:oO! Nein :°O ... Er sitzt jetzt bestimmt im Zug Richtung Schorndorf und sein Handy liegt Zuhause .. Juppiiii: ich bin so gut! Ich hab ihn echt erobert hihi ...

Achja, Ann hat wegen einer Fast-Schlägerei ein für-immer-Jugendzentrumsparty-Verbot bekommen! >:-) Weil die aber auch echt immer Ärger macht, verdient! Ich hab Angst, dass Milena sauer auf mich ist, wenn sie das mit David erfährt .. aber eigentlich hat sie es ja auch vorgeschlagen!

Sie hatte mal gesehen, wie ich „David"

in meinen Kalender geschrieben hab :öO
Da war sie noch mit ihm zusammen :o{
Deswegen hat sie ihm wohl auch erzählt,
dass ich in ihn verliebt bin.
Ich hätte ihn ihr nie ausgespannt, sie ist
schon echt nett. Jetzt schlafe ich, es ist
schon halb 12! Bye, Pia

sch ... mök! schmöck = scherz
weil der Akku von unserem Telefon immer
"möööök" macht wenn er leer geht und
ich in dem gleichen Moment „Scherz"
gesagt habe, hat es sich für Franzi
angehört wie schmööök.
<u>Jetzt heißt Schmök Scherz!</u>

06.06.2004, Sonntagmorgen

Juhuu... Ich hab (mehr als eine) eine SMS von David
bekommen! ⟶

Hey ... Ich hoffe das ist die richtige Nummer. :-)
Ich musste früher gehen, weil ich Zoff mit meinem
Vater habe. SSSZ! H.D.L. Pia (nr. 2) :oD

Moin pia! Bin gerade noch zur tankstelle gehdtzt,
wegen der karte ... und wie fandest du es gestern?
Wie findest du mich? hdgggdl! David

War voll cool gestern ... Hast du dir extra noch
ne karte geholt? :oD freu mich schon auf
nächstes mal ... hdgggdl! Pia

Ja, für dich!!!!!! War echt cool! Fahr um eins
nach Stuttgart, unser Verein hat da ein Spiel.
Wie findest du mich jetzt? Hdl

Weißt du das nicht schon von Franzi? :-D
hdgggdL Pia

Ähh.. sag doch einfach ... dann sag ich dir auch
was ... hdgdlfine

Du siehst gut aus und bist nett ... Muss dich aber
erst besser kennenlernen ... :o) Hab keine Kohle
mehr, hohl mir sobald wie möglich ne karte.
Hdgggdl!

Danke! Du bist auch total nett, siehst gut aus und bist cool drauf!!! Du, Franzi, ich und nen Kumpel von mir können ja mal ins Kino gehen! Wär cool!! ... schreib mir sobald du wieder geld drauf hast!!! Hdgggdlfine und...

↑ und was?

Uh... wow... keine Ahnung, wie ich all das deuten soll, diese Art der Kommunikation ist neu für mich ~.~

Außerdem ist es seltsam, wenn die Phantasie plötzlich Realität wird und er nicht so feinfühlig ~~und auf~~ ist, wie erträumt. Aber ich warte erstmal ab, muss mir sobald wie möglich ne neue Karte ho[redacted]len .. Er [redacted] hat schon viel mehr Erfahrung hmm... aber vielleicht wird es auch einfach nur schön. Aber ich hab schon Schiss, vielleicht ist er echt gar nicht so, wie ich ihn mir vorstelle. Vielleicht, vielleicht, vielleicht. Hab Schiss.

PIA.

Am selben Tag um 10 vor 6

Wir haben 3:2 gewonnen!

War doch klar, dass ihr gewinnt :o) Klar können wir 4 ins Kino! hdgdl !! ssss! Pia

... Ich frag dich jetzt was... also... bist du ein bisschen in mich? Hdgggggggggggdl

Ich weiß nicht wirklich ob ich in dich bin, dafür kennen wir uns zu wenig. Aber du bist mein typ. :o) hdgggdl, Pia

Die letzte SMS hab ich aus versehen auch Kimberly geschickt, woraufhin sie schrieb: „Also ich könnte mir eine Beziehung mit dir vorstellen .... scherz... hdgdl Kim"

(Erinnert mich grad daran, wie wir noch vor einem Jahr gemeinsam davon geträumt haben, einen Jungen kennenzulernen...)

f**king hell! Er antwortet nicht mehr, ich glaub er ist sauer auf mich. Man, er ist voll sweet, aber wieso können wir uns nicht erstmal sehen, bevor sowas kommt?

Bist du sauer auf mich? Was hab ich falsch gemacht? :o(... hdl .. Pia

fxck it. Was sollen diese Spielchen? Ich glaubs nicht, es reicht, wenn er jetzt in so einem Moment plötzlich nicht mehr antwortet bin ich echt sauer :°o(! :°s!

heul ... :-(... :-(*schluchz*

...

Ich hab grad mit Franzi telefoniert und die meinte, dass sein Handy aus ist! :°) :°O! Außerdem hat David sie gefragt, ob wir mit ihm aufs Schützenfest gehen wollen (darf aber bestimmt nicht einfach so da hin ...) und er hat sie gefragt ob ~~sie~~ er mich fragen soll, ob ich mit ihm zusammen sein will. Uuups. :°S Der geht alles wohl ein bisschen schnell an! Franzi hat geantwortet: „ Pia braucht ein bisschen länger um die Leute kennenzulernen! Vielleicht nach dem 3. Date oderso!"

Er hat's wohl verstanden und ist nicht sauer auf mich. Franzi hat ihm auf der Party auch noch einen Zettel geschrieben: „ Schöne Grüße von Pia, die musste schon früher gehen!" dann hat er wohl voll traurig geguckt.. nawww... Franzi hat übrigens später doch noch mit Michele geschwoft! Hach... ich glaube echt, dass ich verliebt bin, sonst wäre ich doch auch eben nicht so enttäuscht gewesen, als ich dachte, er sei sauer. Hab ihm nochmal geschrieben:

Sorry, war nen missverständnis! Hdgggdlfiuw Pia

Der wollte mich echt schon fragen, ob ich mit ihm zusammen sein will... Eigentlich war es das was ich mir gewünscht habe aber ich <u>will</u> ihn einfach besser kennenlernen.

...

Hab's grad auch nochmal ausprobiert, sein Handy ist wirklich aus ... :8O :o) :-D haha, ich hab soo einen unnötigen Wirbel gemacht, der Arme wird sich wundern, wenn er sein Handy an macht.

Ich geh besser nicht mit aufs Schützenfest... wegen Milena ... und allen anderen auch! Ich geh lieber mit ihm ins Kino!

Was war ein missverständnis? Hdgggdlfine

Ist schon ok! Du hattest dein Handy aus, ne? Hdgdl! Pia

Ja, akku war leer, sorry! Ich war bis gerade weg! Jetzt sag, was für ein missverständnis? Hdgdl

Ich dachte nur du wärst sauer, weil du nicht geschrieben hast. Ich bin nicht sauer oderso *lol* hdgdl

Ja ok! Was ist jetzt mit Kino? Sitzen wir

denn da nebeneinander? Hdgdl

Klar! Aber wann? Hdgggdl

Jetzt am Wochenende ist schlecht, weil da Schützenfest ist!

Wie wärs am 19. oder 20. Juni? (übernächstes Wochenende)

Ja ok! Hast du denn bock händchen zu halten? Hdgggggggggdl

(Wer fragt denn sowas und lässt es nicht einfach passieren? Wo bleibt das Knistern? Grrr...)

Weiß nicht! :o) Weiß ich erst wenn es soweit ist... Hdgdl

Wie jetzt? ← >:-S?

Mal gucken! Vielleicht, vielleicht auch nicht. Brauch nen bisschen mehr Zeit! Hdgggdl!!

Ja ok! Kannst du mir denn morgen schreiben, ob ja oder nein? Geh jetzt pennen SSZ

↑ häää sowas bespricht man doch nicht, wie unromantisch....

Ob das mit Kino geht oder was? Schlaf gut und träum süß … Hdgggdl!

Schade … dachte er schreibt irgendwas süßes zurück :o(… :o) aber er ist sweet.
Wenn er mich wirklich mag … liebt … ?!
kann er warten, bis ich soweit bin.
Ich frag Franzi morgen ob es am 19. oder 20. geht und dann frag ich meine (mother) madder.
Ich sag ihr <u>NATÜRLICH</u> nix von David!
Ich gehe offiziell nur mit Franzi ins Kino und sollte sie was rauskriegen: Die Jungs haben wir zufällig dort getroffen! :o)
Good night. PIA.

Kann auf gar keinen Fall mehr simsen, sonst krieg ich Ärger von Mom.

Hab heute ne neue Karte bekommen und hab jetzt schon nur noch 12,09 € :o0

14:47 Uhr, 07.06.2004, Montag

Hi, David hat mir geschrieben...

Hi Pia, was ist jetzt mit händchen halten im kino ?! Hdggggggggggggggggggggdl David

Weiß ich noch nicht. Kennen uns ja noch nicht richtig. Mal gucken, ok? hdggg...dl! Pia

Ja ok! Wär aber cool! Also übernächstes wochenende?

Ich glaub das geht, ja! Ich sag dir wenn ich wirklich weiß obs geht... Danke, dass du mich verstehst. hdggggggghmsdlfine Pia

Ja klar, kein problem! Muss jetzt homework machen! Kannst mir ja heute nachmittag nochmal schreiben!

Ey, übrigens... Susanne [redacted] meinte heute so nach der Schule: „Hey, Pipipipi.. Pipi.. Pipipipipi! Du gehst doch den selben Weg wie ich, ne?" Ich: „Ja!" Sie: „Ok, dann warte mal eben auf mich!" Sie laberte dann so rum und ich bin einfach gegangen. Hatte keinen Bock mit der zu gehen. Hab mich dann voll

beeilt und bin an der Straße entlang gegangen, nicht wie sonst durch den Park. (Ich hätte nicht gewusst, worüber ich mit ihr hätte reden sollen, geh lieber allein…)
Hab dann gesehen, wie sie ein Stück von mir entfernt ~~an~~ mit dem Fahrrad gefahren ist (und nix gemerkt hat)
Die hat sich bestimmt geärgert 

und gehofft, dass sie mich noch einholt >:o) … Naja.. bin verloved und glücklich. Bye, Pia

Hi du … Das mit kino geht!!! *freu* aber aufs Schützenfest darf ich nicht. Franzi kommt glaub ich. Wir sehen uns ja im kino. In welchen film gehen wir? hdggg…dl!

Können wir ja vor Ort entscheiden! Hdgdl

Ok! Viel Spaß aufm Schützenfest … :o(…
Erzählt mir später wie es war. Hdggghmsdlfine pia

Was machst du gerade?

... später

Du hast bestimmt dein Handy aus ... Träum süß ... Hdgggggghmsdlfine pia

Ich stell mir die ganze Zeit vor, wie es im Kino sein wird ... :o) Er hält meine Hand.. Franzi meinte es wäre richtig cool, wenn wir mal mit David und Michele in so ner Jugendfreizeit Urlaub machen würden.. Aber die mögen sich ja nicht. Auf der Party haben die sich immer voll komisch angeguckt. Milena meinte letztens so: „Ich glaub ich mach Schluss!" Hallooo..?! Die ist doch grad erst mit Robin zusammen gekommen! Sie geht zusammen mit Kim zum Schützenfest, hoffentlich macht sie sich nicht an David ran. Ich werd ihn in ner Beziehung so lieb haben, dass er gar nicht Schluss machen <u>will</u>! :o) Bye! Pia

Dienstag, 08.06.2004

Was machst du gerade? Ich bin bei der theater ag! *kotz* hdggghmsdlfine pia

Hör gerade musik! Freu mich auf kino! Weißt du wer morgen bei uns aufs Schützenfest kommt ... Ann ... hdgggggggsdl

Was will die denn bei euch? Ich hab Franze mit der ... Die ist fast mein Nachbarin. Freu mich auch ... Hdggghmsdlfine pia

Jan! Welche augenfarbe hast du? Konnte man auf der party nicht so gut erkennen.

Grün .. und du braun, ich liebe braune augen ... :o) hdggghmsdlfine pia

Danke! von deinen brauchen wir ja gar nicht ~~so~~ zu reden ... Hammergeil hdgggggggdl

Danke ... Franzi hat mich grad angerufen, sorry. Sind es bei euch auch 30 grad? Hdgggdlfine

Ja

99 Luftballons fliegen übern Horizont, einer fliegt gleich her zu dir, sendet dir nen Kuss von mir!

(*lol* wusste nicht was schreiben und hab mich von Franzi beraten lassen)

Jetzt im ernst? Würdest du mich küssen?

Wenn wir uns besser kennen würden... vielleicht... bussi wahrscheinlich auch jetzt scho

Jan! Haben gerade wasserschlacht gemacht und ich hab ein weißes t-shirt an! Hdgggdl

↑ wtf.

Wer wir? Hdgggdl fine

Ich, mein Kollege und meine ex ex ex ex und ihre Freundin und so hdgdl

Achso... Have fun! Hdgggdl fine

Es nervt irgendwie, dass er so unromantisch ist und alles so wörtlich nimmt und immer nachhakt. Aber er ist immer noch süß und ich bin verloved. Bye, Pia

♡♡♡

Am selben Tag Abends... *g*

Schlaf gut, träum süß... Hdgggdl fine

Du auch... von mir! *smile* hdgdl

Werd ich bestimmt *g* :o) hdgdl!

Fuck! Hab nur noch 9 € und 5 ct und

habe die Karte erst 2 1/2 Tage. F**king hell.
Bye nochmal… Pia

Moin!

Hast du ne freundin? Sags mir bitte… Sollen wir in den ferien mit Franzi und Michele zelten? Hdgggggglmsdlfine pia

Nein ich habe keine freundin! Ich… Hdgggdl

Kannst du denn mal mit zelten oderso?

Ja! Ich hätte aber gerne ne freundin… und drei mal darfst du raten wen. hdgggdl

Ich find dich ja auch voll süß und möchte auch mehr, aber trotzdem möchte ich erstmal so mit dir befreundet sein. hdgggdl und…

Ja, verstehe ich!

Danke… Hab dich nämlich super doll lieb und möchte nicht, dass du enttäuscht bist.

… später

Ruft ihr mich jetzt heute abend an? Schreib

dir heute abend wieder SSSZ hdgggdlfue

Weiß noch nicht ob ich bei Franzi penne, aber die will dich noch irgendwas fragen. Hab dich lieb!

Klar penn ich bei Franzi und sie wird ihn später am Telefon alles fragen, was ich wissen will *lol*

Hi du ... Wo bist du gerade? I miss you... Würd jetzt gerne bei euch bzw. dir sein. Hdggggghmsdlfiue und...

Danke gleichfalls!

Hat Franzi dich eben angerufen? Mach bitte keinen Scheiß... Miss you.

...

1000 Herzen sind auf Erden, 1000 Herzen lieben dich, doch von diesen 1000 Herzen liebt dich keines so wie ich!

...

Warum hast du dein Handy immer aus? Wir wollten dich heute anrufen. Wo warst du den ganzen tag? miss you <3 pia

12.06.2004

Habe seit 3 Tagen nix mehr von David gehört (und ich hab ihn seit 2 Tagen pausenlos angerufen *ups*)
Jetzt kann ich „The person you have called is temporarily not available" auswendig.
Ah! Grad hat er sein Handy an. 5 nach halb 5.
Ist es freakig sich so zu verhalten?

Wir gehen doch dann nächsten samstag ins kino, ne? SSSZ! Hab 2 Tage versucht dich zu erreichen! Miss you… Pia

Ich telefonier grad mit Franzi und die meint, dass David vielleicht auf nem Turnier ist oderso. Bye, Pia

Still this evening on 12 o'clock at night
Hab grad Troja geguckt, bin aber vorm Ende eingeschlafen. Ich glaube, David hat kein Geld mehr aufm Handy.

Hast du kein Geld mehr oder hast du mich schon wieder vergessen? Hdgggdl Pia

...

Hey sweetie, schlaf gut und träum von ... mir! *g*

Sonntag, 13.06.2004 (um 23:15 Uhr)

Warum holt er sich keine neue Karte.. für mich!? Ich war this weekend bei Momo, auf jeden Fall war Daniel auch da und meinte so voll interessiert „Hey, alles klar...?"
Er steht glaub ich auf mich. Momo war im Krankenhaus :oS *heul* Blindarmentzündung genau wie bei mir ist er aber drin geblieben. Hab ihm erstmal alles über David und mich erzählt... Ich liebe ihn und er mich doch auch, oder? Bis denne ... deine *ich*

Franzi und ich planen Zelten mit David und Michele, bei F im Garten ... beide haben zugesagt, obwohl Michele findet, dass David ne Schwuchtel ist >:o(

Muss pennen, ist schon 23:40 Uhr :oO!

Montag, 14.06.2004

Hi Tagebuch, ich muss dir was erzählen.... :oC *heul* ES ist voll schrecklich! Milena kam heute so in die Klasse, direkt auf mich zu und hat ~~direkt~~ gefragt: „Bist du in David verliebt?" Ich nehm sie so an der Hand und zieh sie erstmal mit raus... Hab ihr erzählt, dass er mir geschrieben und auf der Party mit mir geflirtet hat. Milena meinte dann: „Ich kann mir jetzt bildlich vorstellen, wie der sich bei dir einschleimt! Ich meine, man merkt voll, dass der noch in mich ist, ne! Der ist voll notgeil, hatte mit irgendeinem Mädchen Petting, ich meine hallooo? Der hat Vanessa's Tanga fotografiert! Was hat der dir geschrieben?" Ich musste erstmal schlucken.
Ich meine...! Ohhh gott ich habe nicht vor mit dem in die Kiste zu steigen! =.O
Ich weiß nicht, ob ich ihr das glauben soll.

Ich hab das alles Franzi erzählt und die meinte: „Ich könnte mir das wohl vorstellen aber ich glaub das nicht. Ich weiß ja nicht, aber kann es sein, dass Milena David irgendwie extra bei dir schlecht machen will, damit ihr nicht zusammenkommt!?"

Der ist erst 13, so wie ich, und hatte schon Petting... mit „irgendeinem" Mädchen?!

Ich mein gut, kommt vor, aber das find ich... sorry, aber.. das find ich eklig.

Ich mein, wenner sie geliebt hat OK!

Aber einfach so?! Der ist ja bei mir auch so schnell und unsensibel rangegangen...

Vielleicht will er mich ja echt überhaupt nicht kennenlernen, wie Milena sagt.

Aber Franzi meint, dann hätte er sich schon längst ne andere geholt, weil es bei mir zu lang dauert. Wenn er wirklich so drauf ist bin ich nicht die Richtige für ihn.

Sollte er wirklich, wie Milena sagt, die ganze

Zeit nur an ihn denken und so ... naah.
Ich hab Milena erzählt, dass er mit mir ins Kino will und ihr auch ein paar SMS gezeigt ... außerdem auch, dass ich geschrieben hab, dass ich erstmal nur mit ihm befreundet sein will.
Sie wusste aus irgendeinem Grund von dieser „1000 Herzen" SMS, vielleicht war es falsch ihm das Gedicht zu schreiben.
Spielt er wirklich nur ein Spiel? Alles nur ein Plan, um mich rumzukriegen?
Dann wäre ich wirklich richtig enttäuscht.
Ich würde niemals mit ihm ins Bett gehen, ich bin noch nicht mal fertig entwickelt, praktisch ~~vom~~ äußerlich noch ein Kind, auch wenn ich innerlich und laut meiner Geburtsurkunde schon (fast) ein Teenie bin.
Wenn er mich wirklich nur ausnutzt, mach ~~ich~~ ich ihn fertig, da brauch ich nichtmal Daniel für (nur im Notfall >:o(!>:o))
Ich hoffe nur, dass es nicht wahr ist

weil ich David echt mag … nur im Moment kann ich ihn irgendwie nicht mögen, weil ich immer diesen perversen Typ vor Augen hab. Oh man .. Ich muss irgendwie rausfinden, ob das stimmt. Wenn er am Samstag schon so ran geht, denkt er entweder ich finde das toll, odr ich hab die Bestätigung. Wenn er mir irgendwie zwischen die Beine geht kriegt der Ärger! Ich hoffe so sehr, er ist wie ich ihn erträumt hab …
Wenn er nur mit mir ins Bett wollte und mich vielleicht sogar gar nicht gut findet, wieso hat er mich dann immer so angeguckt und wieso war er immer so schüchtern mir gegenüber? Das war glaube ich keine Masche. Der Rest?

Dienstag, 15.06.2004

Hab echt keinen plan, warum du dich nicht meldest! wie viel sms soll ich dir noch schreiben?

Gehen wir jetzt ins Kino? Das nervt mich voll, dass du nie antwortest. Und mach mal dein handy an! vergiss nicht: hdngdlawdnb ~~hdngdlawdnb~~

hdngdlawdnb = hab dich <u>noch</u> ganz doll lieb auch wenn du notgeil bist! *g*

Bye, Pia

Vielleicht hat David es sich nach der „1000 Herzen" SMS anders überlegt, wurde ihm zu ernst, weil er nur mit mir ins Bett wollte oder so. Kann ja sein! Wäre aber mies.

Montag, 21.06.2004 Sommeranfang

Wir sehen uns dann heute um 15:30 Uhr vorm cineplex, freu mich schon... Bis später...

...

Danke, dass du mich versetzt hast!! Pia

Ja, David hat mich echt versetzt! Franzi und ich standen 'ne viertel Stunde am Kino rum und haben nach David und auch nach Milena und Daniel Ausschau gehalten, die eigentlich auch ins Kino wollten... Niemand. Kam.

Dann sind Franzi und ich in „The Day After Tomorrow"
gegangen! War geilo. Ich war schon n bisschen
sauer auf David und hatte die Befürchtung,
dass das der endgültige Beweis ist, dass
er mich nicht will … doch dann habe ich
heute nochmal probiert ihn anzurufen und
sein Handy war an >.< Franzi meinte ich
sollte mit ihm telefonieren aber die ersten
Male habe ich immer aufgelegt, weil ich
viel zu aufgeregt war.. Irgendwann hielt ich
durch.. Herzrasen, Beine zittern … „Ja?"
Oh GOTT! „Hi, hier ist Pia…" – „Ahh..! :o)"
und dann gings los…
Ich konnte super mit ihm reden! Er meinte,
ihm täte es voll Leid wegen Samstag, dass
er ein Turnier gehabt hätte und die SMS erst
spät Abends gelesen hätte. Er hatte wohl auch
erst vor mich noch anzurufen, allerdings war
es dafür schon zu spät. Er meinte, er sei echt
nicht so ein Typ, der Spaß daran hätte mich

da so warten zu lassen, aber wir hätten ja auch vorher gar keine feste Uhrzeit oderso abgemacht (stimmt, war alles ein bisschen kurzfristig .. :o) ..) Er hasst sein Kaff und die Mädels dort nerven ihn ... doch dann ist er auf mich gestoßen! (und kein Scherz, so hat er es wirklich gesagt ... :o) ...)
Er war voll lieb und verständnisvoll - auch anderen gegenüber! Er hat mir viel erzählt ... wir haben über alles mögliche gelabert.. Schule, Schützenfest, das Jugendzentrum, Milena, Daniel, Michele and my and his family, Kuhkäffer, Stuttgart, Ann, Kino und über UNS! 1 Stunde und 3 Minuten haben wir telefoniert (und ich hab ihn auf dem Handy angerufen, das kostet bestimmt 18 € oderso)
Er will das mit Kino auf jeden Fall nachholen.. Mit Milena war er 3 Monate und 3 Tage zusammen........
Er war echt sweet und gar nicht schüchtern.

Aber auch nicht wie ein Macho (im Gegensatz zu Daniel!!!) Ich soll mich nochmal melden, wegen Kino (ich will aber lieber in die City!)

Good Night … :o) Pia

P.S.: Meine Schwester kriegt <u>echt</u> alles mit … mit David und so … :o(I hope she won't tell Daddy … :o(

Montag, 28.06.2004

Ich fang mal von vorne an. Ich habe das ganze Wochenende bei Franzi gepennt. Am Freitag waren wir in einer Tanzschule, weil ich eigentlich gern wieder mit Ballett anfangen würde … Danach hab ich von Franzi aus Michele angerufen. Er hat mir von seiner Klassenfahrt usw. erzählt und meinte plötzlich so was von wegen: „Nee.. das kann ich dir nicht sagen, Franzi würde mich umbringen..“ ~~wtf~~ WTF! Dann habe ich rausgekriegt, dass er mit seiner Ex,

Carina, rumgemacht hat! Angeblich
wollte sie sogar erst nicht, wegen Franzi,
aber sie hat sich drauf eingelassen, weil
Michele nicht locker gelassen hat und es
ja auch soooo schön war! >:o(!!! *kotz*
Aber sie liebt ihn natürlich nicht, die
beiden wollten nur ein bisschen Spaß
haben! >:8O Franzi war voll am Boden
zerstört und nur am heulen; ich hab
Michele erstmal sooo fertig gemacht
und Momo direkt gepetzt, dass er regel-
mäßig sprayen geht. Wenn er das ihren
Eltern erzählt gibt's mega Ärger. Aber
was fällt dem auch ein??
Auf der School's Out Party, im Jugendzentrum,
wird der noch richtig was zu hören kriegen.
Die halbe 7d und auch darüber hinaus welche
sind auf unserer Seite!
Dann war ich auch noch mit Franzi,
Sandro und David in der Stadt und

es war alles <u>perfekt</u> !! Bis er später Franzi auf die SMS „Willst du noch was von Pia?" mit „Nö, das dauert mir alles zu lange!" geantwortet hat. >.< Franzi hat dann mit dem telefoniert und ihn extrem runtergemacht (von wegen „notgeil" und so...)
Der wusste sich nicht mehr zu helfen. :-o
Dabei war in der City noch alles O.K.!
Wir haben uns zum Abschied am Bahngleis umarmt und so weiter... Ich bin noch voll depri, hab aber ein bisschen geahnt, dass er so drauf ist. :ô(
Sonntag, als wir mit der Klasse im Musical „CATS" waren, hat Milena mich im Zug die ganze Zeit genervt... „Du gehst echt nicht mit David, ne? Du hasst ihn, ne?"
CATS war geilo, bin erst um 24 Uhr wieder zuhause gewesen. Naja, muss eben rüber und Momo einen Film zurückgeben,
Bis dann: manski ~

… abends …

hey babe! :p Michele das Riesenarschloch! Einfach nur dreist, keine Ahnung, was in ihn gefahren ist.

Franzi und ich haben eine Gang gegründet, die ihn jetzt terrorisieren wird

(eternity = ewigkeit)
ETERNITY GANG!

Wir hinterlassen dann auch überall unser Zeichen, also das →

geilo, nicht? Franzi (G) und ich (A) sind die Oberhäupte, Momo (N) und Franzi's kleiner Bruder Marlon (G) die 1. Agenten (zusammen das Wort GANG) Jenni (E), Ann (T), Molly (E, sie ist ne Freundin von Franzi), Leona (R, auch Freundin von Franzi), Rieke (N), Franke (I) und Bubu (T) sind Agenten und von Franzis altem Handy (das geheime Handy) aus schreiben wir immer richtig fiese SMS.

Das geheime Handy = Y, ergibt zusammen ETERNITY!

Cool, ne? War Franzi's Idee. E-T-E-R-N-I-T-Y.
Ich war so in David verliebt.. aber ich hätte von Anfang an Milena glauben sollen ... fuck!
Ich will nicht in ihn verliebt sein aber was soll ich machen? Es geht mir schon etwas besser und ich vermisse ihn nicht mehr so doll wie gestern ...
Achja, noch zu unserem Plan was die School's Out Party angeht (ist am 21.07.2004)
Rieke hilft uns (Ann kann nicht, wegen dem Party-Verbot.. die hatte ja auch mal was mit Michele)
Franka bringt noch Susanne mit (die letztens mit mir Heimgehen wollte, weil sie bei mir in der Nähe wohnt... sie ist die hübscheste an der Schule, aber auch eine Schlägerbraut), außerdem noch Freunde von ihr und so ne Marina (Schlägertusse), noch ein paar aus unserer Klasse, Kimberly, Milena, Bubu (die will ein Kotzgetränk mischen, was sie auf ihn kippt) und Jenni kommt mit Amir (ist seit 10 Monaten ihr Freund, er liebt

__ABER__ schlägt sie!!!) >.< Jenni kann anderen richtig gut ihre Meinung sagen. toll. David ging das nicht schnell genug!! Franzi hat ihn voll runtergemacht. Ich meine, so ne Beziehung braucht Zeit und so, man kann nicht nach dem 1. Tag sagen: „Ich liebe dich!" Aber wenn das so ist, weiß ~~ich~~ er nicht was Liebe ist. Dann scheiß ich auf ihn!

Es gibt noch genug andere, auch wenn er schon mega süß, nett, gutaussehend, … ist! :°(

Auf der letzten Party meinte Franka anscheinend zu David: „Sind die nicht n bisschen klein für dich?" (sie meinte Franzi und ~~ich~~ mich, sollte lustig sein) Und er meinte: „Nö, wieso?! Haben doch genau die richtige Größe für mich.." pffft.

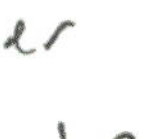

Schade eigentlich.. wirklich..

Ich muss ihn endgültig vergessen. Wenn er sich jetzt sogar schon an Franzi ranschmeißt kann das ja nur im Arsch sein. Der fette Sandro fand uns auch süß, meinte er zu uns :oo

Bye, Pia

Dienstag, 29.06.2004

Habe heute mit Franzi in so 'nem Ramschladen Tangas für je 1€ gekauft .. die sehen so billig aus, mit eingenähtem Schmetterling + Glitzersteinchen aus Netzstoff usw... Ich kann die nicht anziehen, fühle mich da wie ne Schlampe, aber irgendwie war der Anreiz auch doch da >.<

Vielleicht bin ich einfach nicht bereit?

Gerade hab ich mich daran erinnert, wie ich mal mit Kimberly Kondome gekauft habe... Ich muss immer noch die ganze Zeit an David denken... Hab heute so ne Serie geguckt, in der zwei Teenager sich gezofft haben (nur um sich später zu versöhnen und einander zärtlich zu küssen) und vielleicht liegt es an meiner Trauer (also Einbildung), aber die beiden sahen ein bisschen aus wie David und ich! Sie waren so süß und ich hätte fast geheult ... Warum? Warum kann er mich nicht so lieben, wie ich ihn? Warum musste er mich so herabstufen? Hab ich nichts besseres verdient? Wieso ist er so drauf? Warum gibt es nicht auch im echten Leben so Typen wie im Fernsehen? Milena meinte er hätte nur mit ihr Schluss gemacht, weil sie noch nicht weiter mit ihm gegangen ist .. weil er das mit seiner Ex Ex Vanessa schon gemacht hat (also Petting). Und mit mir hätte er das gleiche abgezogen, meinte Milena. Und sie hat bestimmt Recht. Ich bin so enttäuscht, überleg mal, ich bin so unglücklich verliebt .. Ich muss immer an ihn denken .. Auf der S.O.P. stelle ich ihn zur Rede, möchte echt mal wissen, wie er dann drauf ist. Bye! Pia

* giggel di giggel di quack quack * ← insider mit Franzi

Mittwoch, 30.06.2004

Ich hab irgendwie ein schlechtes Gewissen Momo gegenüber, wenn ich Michele auf der S.O.P. fertig mache ...
Grad hab ich die Lösung gefunden! Michele darf nicht kommen! Ich muss es irgendwie verhindern ... Egal was für ein MEGAARSCH er war und ist, das hat niemand verdient und er ist immer noch mein Freund. Das ist echt <u>DIE</u> Lösung um mein schlechtes Gewissen zu besänftigen.
Ich will ab jetzt netter zu ihm sein und ihn ein bisschen in Schutz nehmen. Das ist maybe auch Scheiße für Franzi aber wie schon (geschrieben) gesagt: Das hat niemand verdient! Ein bisschen leiden soll er schon und vielleicht auch Schiss kriegen ... Aber was haben die anderen damit zu tun?! Ist schon 'ne ziemliche Scheißaktion gewesen mit Franzi und seiner Ex Carina .. Aber ich denke wir haben ein bisschen überreagiert

und ich versuch noch mit Michele befreundet zu bleiben ... eternity ist zwar ne fette Idee aber man muss es nicht so übertreiben. Nur ein bisschen eternity soll er abkriegen! Ne Freudin von Franzi, Molly, will dass sich Michele in sie verliebt um ihn dann hart abzuservieren! DAS hat er verdient und das werde ich nicht verhindern, ich werde ihn auch nicht beschützen. Aber der Rest? Nö! Außer Angst machen, mach ich da nicht mit. Ich hab keinen Bock bei Momo's Familie einen schlechten Eindruck zu hinterlassen. Ich kenn Michele seit 7 Jahren oderso und er ist kein Monster!

und ich auch nicht. Naja, mehr morgen oderso. Bye! Pia

Mir gehts scheiße.

Donnerstag, 01.07.2004

Habe heute einen Brief von mir an mich selbst erhalten, den ich zu einer Zeit geschrieben →

P.S.: Haben wir jetzt einen boyfriend ???

habe, als es mir sehr schlecht ging.
Weil Kim sich mit Milena angefreundet hat und Bubu mich extrem gemobbt hat.
Sie hat angedeutet, dass in ihrem Brief auch was über mich steht und schämt sich sogar für ihr damaliges Verhalten (Brief ist vom 09.10.2003).
Es war auch nicht richtig, wie sie mich 
behandelt hat! Sie weiß das auch und deswegen reite ich nicht darauf rum.
Zum Glück ist mittlerweile alles wieder halbwegs gut, Kimberly ist zwar eigenartig zickig und so geworden aber Bubu ist ne gute Freundin von mir, Franzi meine beste und Ann auch ne gute, ich versteh mich mit Rieke und Jenni gut, Milena und Kim ... naja. ok! Dann ist da noch meine Theater AG .. Annette (die Lehrerin bzw. Leiterin), Linda, Lou, Nora und Hannah, Caro aus der 6d .. und Aki ist dumm ich meine die mag ich echt nicht :/
Also: Alles o.k. soweit! Passt schon.

Das mit dem Brief war ne Aktion in Reli zum Thema Freundschaft und so. Frau Störz hat den Brief (die Briefe) dann ne Zeit lang eingesackt und heute haben wir sie wiedergekriegt.

Bye! Pia

P.S.: Zu der Frage im Brief ob ich/wir mittlerweile einen boyfriend haben: FAST! Wird schon noch. Der Typ in den ich mich verknallt hab war n Arsch aber ich such uns schon noch nen neuen, vertrau mir! ... bzw. dir! *lol*

Sonntag, 04.07.2004

Hi, ich sitz grad im Bus weil ich noch nicht nach Hause will und ich nicht mehr bei M+M bleiben konnte, weil die jetzt essen (hab letzte Nacht schon da geschlafen) und nicht mehr Leute eingeplant haben. Deshalb fahr ich jetzt noch ein bisschen rum! Momo ist so muck da :-) Franzi hat mich grad angerufen (und ruft mich

später nochmal Zuhause an, weils auf Handy zu teuer ist.
Carina war gestern bei Michele.. mit Toni und Anne, kenn ich alle nicht, außer Carina. Carina sieht geht so aus. Eigentlich ganz gut. Aber Franzi besser, und das sag ich nicht nur, weil sie meine Freundin ist. Auf jeden Fall haben die bis 23 Uhr überzogen, 22:30 war abgemacht. Michele hat voll Anschiss bekommen weil wegen ihm alle wach bleiben mussten und es nicht so vereinbart war usw.
Auf jeden fall (ist glaub ich grad mein Lieblingswort) hab ich Carina gesehen, im Dämmerlicht einer kleinen Lampe im Flur, als sie nach Hause musste. Momo hat dann heute so gefragt: „Was habt ihr gestern eigentlich gemacht?" Doch Michele

blieb still! Ich hab gefragt: „Bist du mit Carina zusammen?" Michele blieb still! Zumindest für 'ne Zeit, dann meinte er: „Nein!"
Die haben WETTEN rumgemacht! Ich sags dir, is so, glaub ich! *g*
Wir halten schon so lang am Hauptbahnhof, aber hier halten alle Busse lange, is halt so. Als Carina so aus Micheles Zimmer kam, hat die mich irgendwie voll komisch angeguckt! So... ich weiß auch nicht!
Ein bisschen erschrocken, als ob sie irgendwas von mir zu befürchten hätte. (Ist der Satzbau richtig?)
Der Bus fährt weiter ... am Jugendzentrum vorbei ... Ich vermisse die Party, auch wenn es bald anders sein wird, alles! Wegen David.
Ich freu mich nicht mehr so doll

darauf wie früher. Warum wohl?
Muss jetzt aufhören, steige bald aus.

Bye, Pia

ich will mir dieses angewöhnen! Jenny
giggel giggel

... Hi nochmal!

Ich muss immer an David denken. David? David! Who the fuck is David? Na, David eben! Der Typ, den ich so sehr liebe, obwohl ich es gar nicht will, obwohl ich ihn lieber hassen würde. Aber ich kann nicht... Ich kann nicht... Ich liebe ihn so, aber was soll ich machen? Er ist ein Arsch, W*chser, notgeile S... ich weiß! Ich bin so ein dummes Kind, niemand liebt mich.

P.S. Mama war auf einem Klassentreffen und die Kinder von einer Freundin haben Fotos von mir gesehen (4 und 7 Jahre alt) und meinten wie hübsch und toll ich doch sei.. Wieso kann David das nicht auch so sehen?. (:o(

Dienstag, 06.07.2004

Franzi und ich waren today so in der Stadt und ich hab mir flauschige Handschellen gekauft HAHA aber dat is Nebensache. Wir waren vorher auf 'nem Spielplatz und ich hab so Quatsch gemacht, Franzi war auf eine Art Hängematte, als plötzlich so ein Typ kam … Jeans, grau-beiges Shirt, circa 30 Jahre alt, blond, Bart (Vollbart!) .. Der ist voll komisch gelaufen und hat mich irgendwie eigenartig angeguckt. Er war groß und kräftig, erst dachte ich, er wäre ein Park-Gärtner und ich hätte irgendwas falsch gemacht .. Doch dann kletterte er zu mir aufs Gerüst und er sah irgendwie so aus als ob er betrunken und/oder behindert wär! Ich bin runtergesprungen und Franzi und ich sind um unser Leben gerannt! Der ist einfach hinter uns hergerannt, falls man das so nennen

kann, eher gehumpelt oder gestolpert.
Ich hatte solche Angst!!! Dann haben
wir uns in so 'nem Laden versteckt und
der Kassierer-Typ meinte so: „Sucht ihr
irgendwas?" Wir: „Nein, wir wollen nur
gucken ..." Er: „Versteht das nicht falsch
(wieso siezt er uns?)
aber viele Kinder in "**ihrem**" Alter klauen.
Warum <u>seid ihr</u> da hinten, versteckt
ihr euch vor jemandem?" ... Das war so
heftig, natürlich sagten wir NEIN!
Aber ich trau mich morgen nicht
zur Schule, weil ich durch den Park
[redacted] muss (da ist der Sp

mein Stift ist leer :-((da ist der Spielplatz)
Was soll ich machen? Ich hab so Angst...
Bye, Pia

Ich habe Verfolgungswahn ...

 Ich hab so Angst!

Mittwoch, 07.07.2004

Michele hat morgen Geburtstag! Franzi will ihm eine SMS von dem Handy ihres fathers schicken (ihr's ist ja verloren bzw. wurde geklaut): „HAPPY BIRTHDAY! Hab dich immer noch ganz doll lieb und kann nichts dagegen tun! Franzi" Süß, ne? Muck da... Muck da muckg! Ich komm morgen ins Fernsehen, mit der Ballettgruppe... Bye
Pia

Donnerstag, 08.07.2004

Frag erst net! OK, Fernsehen war gut, es war eine lokale Sendung... Die waren vielleicht alle stumpf. Die Kameraführung: ÄTZEND! Ton: GRAUENVOLL! Moderation: MITLEIDERREGEND!
Es war total ätzend, dauernd ist irgendwas schief gegangen. So zwei Mädchen haben gesungen und somit einen Ausschnitt aus einem, bzw. ihrem Musical vorgestellt. Die waren in der 7. Klasse und die mit den großen Ohrringen (siehe Video oder

DVD, die ich bald haben werde) sah voll gut
aus ... wir waren auch supa!
David hat sich ja neu verliebt ... !! Arschw* ... !
Der kann sich ja echt schnell verlieben, ha, ha!
Ein Kumpel hat sich bei Milena verplappert
die durfte mir aber nicht sagen in wen ...
SUPA! Ich hätt's ja wohl kaum jemandem erzählt.
Ich will wissen in wen. Ich bin nicht mehr so
traurig. Ich werde ihn wohl immer hammersüß
finden aber ich glaub ich bin drüber hinweg.
Is schon schade aber irgendwie empfinde ich
nix mehr für ihn. Find ich gut. ABER: Wer
ist die kleine Schlampe die besser zu sein
scheint als ich? DAS akzeptiere ich nicht! >.<
Wenn der sich so schnell verlieben kann
(wahrscheinlich nur in die Titten), dann weiß
der doch echt nicht, was Liebe ist!
Notgeile S* ... Aber bevor er mit Milena zusammen
war, war er 5 Monate oder 9 Single. Mit
Milena war er 3 Monate und 3 Tage zusammen.

Respekt ... Das muss man ihm lassen, ich meine, gut für <u>seine</u> Verhältnisse. Notgeil <u>ist</u> und <u>bleibt</u> er trotzdem ... Ich will mal wissen, wie er auf der nächsten Party auf mich reagiert. Franzi quetscht ihn aus .. und ICH auch ... >:o) ... >:oD .. *g* Bye, Pia

09. 07. 2004

Daniel war ja gestern bei uns an der Schule, mit Ben. Milena und Daniel haben kein Wort miteinander gewechselt, haben sich noch nicht mal angeguckt, dabei wollten die sich doch unbedingt treffen ... Ben wollte ja ursprünglich Micheles altes Fahrrad kaufen, für 300 € oderso, Michele hat sein neues schon bestellt und vergeblich darauf gewartet, dass Ben kommt und das Fahrrad abholt. Er hat sich wohl nicht getraut anzurufen und ist einfach nicht gekommen. Diese 300 € fehlen Michele jetzt und sein Vater musste vorstrecken. Der will Ben nie wieder sehen und Michele ist auch voll sauer, weil Ben ja meinte: „Verkauf das nicht, ich nehm das auf jeden Fall!" Supa!! Ich habe Ben dann voll angemotzt (also gestern): „Du bist ja echt nen guter Freund, echt super, genau die 300 € fehlen Michele jetzt, toll gemacht!" Der hat nur auf'n Boden geguckt und Daniel beobachtete es mit einem Gesichtsausdruck, der sagte: „Wie reagiert der jetzt? Ich wär nicht gern in der Situation.." Voll lustig! Ich bin heute mit Susanne nach Hause gelatscht und sie war echt voll koreckt! Scherz.. korrekt! Wir haben über Schule und so gelabert und sie hat mich ihrem Vater vorgestellt, voll nett war der!!! Sie meinte so sie fänd mich voll hübsch... *grins* :o)) Milena hatte letztens so ne Kette um und Ann guckte sich die so an:

Milena dann so: „Nicht, die ist von David!" Ich glaub die is noch in den... Schlampe! Wenn ich ihn nicht bekomme soll ihn keine andere haben! Auch wenn ich ihn nicht mehr liebe! Ich weiß, das klingt dreist, aber kann man es nicht ein bisschen verstehen? – OK. Gewonnen, überzeugt. Ich kann mich ja auch nicht verstehen…

Bye, Pia

↰ hat Momo gefunden und mir geschenkt! Süß, ne? *g*

Montag, 12.07.04

Hey Babe! Eigentlich bin ich viel zu faul zum schreiben aber ich fühle mich dazu verpflichtet, weil ich es später bestimmt nicht bereuen werde! Ich hab letzte Nacht geträumt, ich wäre in meiner Schulaula und es würde ein Theaterstück aufgeführt werden. David hätte einen Typen gespielt, der die Frauen nur hinterging… Also ging ich auf die Bühne und tat so, als gehöre es zum Stück. Ich bewarf ihn mit Requisiten, Zeitungen etc.. David hielt die Arme vor sein Gesicht und wich mir aus. Ich fing an zu weinen und er nahm mich in den Arm. Wir küssten uns, das heißt:

Er küsste mich .. vorsichtig und zärtlich. Es war so wunderschön und tief in meinem Innern habe ich gemerkt, wie sehr ich ihn doch eigentlich liebe. Ich liebe ihn! Denn Träume kommen aus dem Unterbewusstsein, aus dem tiefsten Innern eines Menschen – und das zeigt mir, wie verbittert und enttäuscht ich bin .. und gleichzeitig wie verliebt! .. ♡ .. ♡ . ♡ .. ♡ ... ♡ ..

... ♡ ... ♡ ..

Ich hab am Samstag mal wieder mit Michele telefoniert. Seine Eltern waren bei seinen Großeltern und er hatte Daniel, Carina, Desirée usw. zu Besuch. Ob sein Papile davon wusste? Franzi meint, Daniel will was von mir. Ich glaub das auch. Der hat immer das Telefon genommen und meinte: „Ich komme aber zur Party!" Ich dann: „Ja, kannste machen." Er: „Ach.. :o) .. wieso soll ich kommen und Michele nicht? :o) *grins*"

(Als ob ICH wollte, dass ER kommt!)
Michele dann so: „Weil man MICH verprügeln will!" Daniel: „Dann hauen wir denen nen paar!" Michele: „Was soll ich denn gegen die 18jährigen Freunde von Susanne machen?" Daniel: „Schlag sie und fertig!" Der hat gut reden! Michele will kommen aber ICH will das nicht. Ich hab keinen Bock, dass der verprügelt wird .. dann lässt Papa mich außerdem NIE MEHR auf die Party, is mir grad so aufgefallen! SUPA!!! Aber ich schwör, wenn Carina kommt kratz ich der die Augen aus!!! Ich fühle mich manchmal fast schon so, als hätte Michele mich betrogen. Heftig, nicht?

Bye!

HDGGG … HMASDLFIUEUDA …
(Hab Dich Ganz Ganz Ganz … Hamma Mega Asch Supa Doll Lieb Für Immer Und Ewig Und David Auch)

PIA

.. leider!

Dienstag, 13.0[redacted]2004

Ey! Hab wieder.. nein scherz! Hab so mit Momo telefoniert, weil ich schon seit einer Weile nicht mehr raus darf von Papa aus.. Ich wollte ihn eigentlich nur fragen, ob er morgen zur Theater-AG Aufführung kommt! (Ich bin die Psycho-Kindesentführerin) Aber Momo dann so: „Daniel möchte mit dir sprechen!" Ich: „Super! Ich aber nicht mit ihm!" Momo übergibt mich..

Daniel: „Hallo?" Ich: „Hi..." Er: „Wer ist da?" Ich: „Pia" Er: „Du wolltest mich sprechen?" Ich: „Nein! Moritz meinte <u>DU</u> wolltest <u>MICH</u> sprechen!" .. Er so (war nicht mehr am Hörer): „Boah, du kleiner H*rensohn.." Dann Michele: „Hi!"

Ich: „Hi! Kannst du mir Momo geben?"

Er: „Wieso Momo?." Ich: „Weil ich mit Momo sprechen will!" Momo dann so (lacht): „Michele will mich schlagen!" usw. . voll das

Durcheinander .. Shit! *fucking hell* Daniel denkt jetzt immer mehr, dass ich was von ihm will! fuck! fucking .. MÖK! Ich liebe David .. männo ... *heul*

Donnerstag, 15.07.04

Den 26.06.2004 werde ich in meinem Leben NIEMALS vergessen ... Franzi meinte, als wir in so 'nem Sportklamottenladen waren, also an diesem besagten Samstag, hätte David mich voll süß und verliebt angeguckt. In der Eisdiele hat er einen Erdbeerbecher bestellt und wir haben uns die ganze Zeit verliebte Blicke zugeworfen. Warum? Was ist vorgefallen? David ist neu verliebt ... Vielleicht ist SIE Schuld an allem! Das könnte sein.. Ach, übrigens! Michele hat des gar nicht seinen Eltern erzählt, mit bomben u.s. Mich kann der nicht verarschen! Irgendwie muss ich den erpressen. Momo meinte, er hätte ihm gesagt, dass er es ihrem Paps sagen soll, aber Michele wollte nicht. Wenn der das rausfindet dürfte Michele praktisch NIX mehr. Mir geht's so Scheiße .. Ich will David! Ich liebe ihn! Ich will ihn berühren! WARUM?! *fucking hell* Ich brauche ihn, ich liebe ihn doch so sehr, das kann man sich gar nicht vorstellen...

sooooo sehr .. Bye PIA

ich vermisse ihn einfach so sehr

DAVID DAVID *heuling*

David ist wie Bray von THE TRIBE!

„Er ist ein Herzensbrecher, in der einen Minute gehört er dir und in der nächsten macht er sich an eine andere ran!"

(– Celine von THE TRIBE)

fucking hell, ich liebe ihn.

knutsch

Everything's now in the past, I wish that you could show me love! Show me love (5×) 'till I'm screaming for more! (- t.A.T.u)

manche habens!

manche nicht ...

dazu gehöre ich ...!

Der glühelektische Effekt der Liebe!

(Die Hand sollte nicht so tief drin sein! *g* wumps! ...)

Freitag, der 16.07.2004

Heute war Daniel wieder bei mir an der Schule ... und da der kleine Süße mir voll-
kommen ergeben ist >:OD ... *g* hat er mir alles gesagt, was ich wissen wollte! Carina hat 'nen Freund und es ist nicht Michele!
JAAA! JUPPIIIIIIE! Daniel will zur nächsten Party kommen und Susannes Freunde verprügeln!
HA! Da kann ich ja nur lachen ... *g*! Heute war der relativ letzte Schultag..
Montag = Projekttag, Dienstag = Wandertag,
Mittwoch = Zeugnistag und dann..

SOMMERFERIEN!

Die schönste Zeit im Leben eines Schülers!
Nur, dass man 16°C über Null nicht gerade als Sommer bezeichen kann.
Irgendwie find ich geil, wenn Daniel auf mich steht. Ich meine, er sieht nicht schlecht aus und ist nicht unbeliebt - wer findet es nicht schön, von solchen Typen umschwärmt zu werden?
(Ich will NIX von dem!!! !!!)

I miss David so much …

Bye, Pia *heul*

Sonntag, 18.07.04

Liebes Tagebuch! Ich bin so verzweifelt! Was soll ich bloß tun? Ich liebe ihn doch so sehr! Er fehlt mir so, auch wenn ich ~~ihn~~ noch nicht richtig mit ihm zusammen war … leider..

Ich hab bestimmt schon irgendwie was verpasst, auch wenn er ein Mega-Arsch ist. Ich kann ihn einfach nicht vergessen.. Was soll ich tun?

Bye! Die Liebeskranke Pia

Montag, 19.07.2004

Heute hab ich ne lose Klammer bekommen!

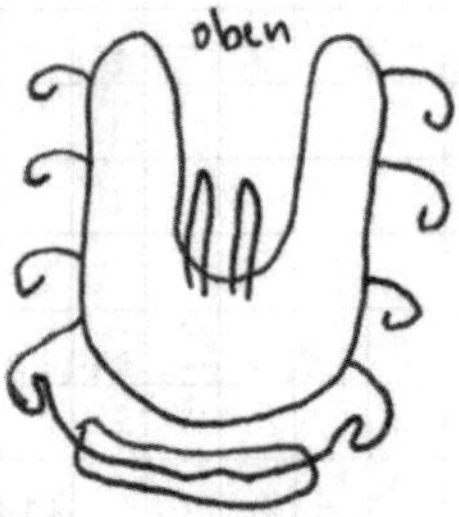

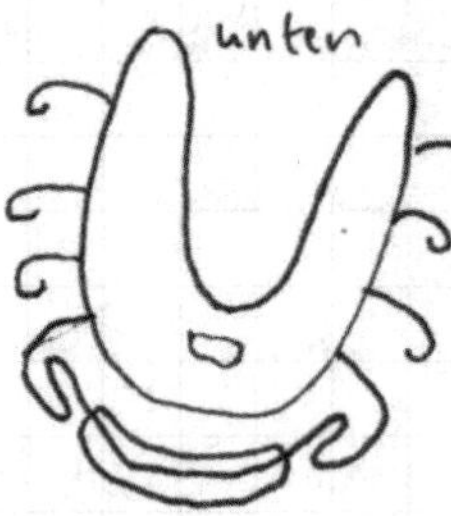

Nicht mal die Farbe konnten die richtig machen! Ich wollte oben und unten einfach nur sonnig gelb und jetzt haben die oben noch so megahässlichen, bunten

Glitzer reingemacht! Wenn's wenigstens Silber wäre aber nö! Es muss ja so kunterbunter sein, der das alles Kackbraun und hässlich aussehen lässt. Oben diese komischen Stäbe sollen bewirken, dass ich richtig zubeiße und keinen Vorbiss (oder wie das heißt) habe. Dr. Humburg (seine Tochter ist bei mir in der Parallelklasse, 7a) hat unten die Drähte voll stramm gemacht, tut voll weh. Oben müssen meine Zähne jetzt nur noch gehalten werden, weil die feste Zahnspange 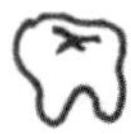 die ja schon gerade gemacht hat. Diese Stäbe sind voll komisch.. Bye, Pia

P.S.: Ich muss die tagsüber mindestens 2 Stunden und IMMER nachts tragen :o(Bäh! Aber ich mach's <u>auf jeden Fall!</u>

P.P.S.: Es heißt „Überbiss" nicht „Vorbiss"! *gg*

Donnerstag, 22. 07. 2004

Gestern war SOP (School's Out Party) und David hat mich ganz oft angeguckt, irgendwie süß ... Ich hab ihn böse und enttäuscht zurück angeguckt, weil ich dachte (denke), er hat's verdient! Michele ist nicht gekommen und Daniel wurde von seiner „Tanzpartnerin" mitten auf der Tanzfläche stehen gelassen! :o) (Ben auch :oD ..) Ich dachte echt, ich wär über David hinweg, weil Milena mir ja auch so viel Mist über ihn erzählt hat und er zu mir auch ziemlich scheiße war. Ich dachte Milena wär meine Freundin!

Die hat den die ganze Zeit angebaggert, wollte mit ihm tanzen, hat ihn umarmt, seine Wange gestreichelt .. und ihn geküsst .. er machte mit .. hat gelacht ... Milena hat gesehen, dass ich es gesehen hab! Sie hat es extra gemacht! Ich weiß, sie hat David irgendeinen Scheiß über mich erzählt und deshalb ist er von einem auf den

anderen Tag wie umgekrempelt gewesen! Als Milena mir letztens sagte, sie sei verliebt, hab ich DAMIT nun nicht gerechnet!
Aber jetzt wird mir auch einiges klar! Warum die immernoch die Geschenke von ihm mit sich rumgeschleppt hat und immer so komisch war, wenn es um's Thema „David" ging. Sie hat mich von ihm vergrault und gesagt sie fände ihn hässlich und würde ihn hassen! Diese Schlampe, ich dachte echt sie wär meine Freundin! Ich konnte es dann nicht mehr aushalten und bin aufs Klo gerannt. Schon auf dem Weg konnte ich meine Tränen nicht zurückhalten.
Franzi: Hinter mir her. Es war ergreifend! Wir schlossen uns in einer

Kabine ein und ich heulte und heulte...
Franzi: „Du liebst ihn immer noch, Pia!?"
Ich: „Ja!" und in dem Moment hab ich selbst erst mitgekriegt und rausgefunden dass ich ihn tief im Innern nach wie vor so sehr liebe! Ich hab mich von keinem mehr verabschiedet, nicht mal von Ricke, Ann, Buby etc. ...
Ich bin einfach nur raus und zu meinem Vater gegangen, mit Franzi. Er hat natürlich gemerkt, dass was nicht stimmt, weil ich nur da saß und kurz vorm Heulen war (ich hab kein Wort gesagt, mir war nicht danach überhaupt irgendwas zu sagen!)
Mein Dad hat mir dann noch einen Vortrag gehalten, was mir einfallen würde so ein Drama zu machen, dass ich vollkommen gestört sei und bloß nicht flennen solle.

Als ich dann im Bett lag konnte ich nicht mehr, ich heulte und heulte, bis Momo kam.
Er hat das Fenster gegenüber von mir, manchmal können wir uns hören und er kann durch dieses Blumenbefestigungsdingsbums, an dem Efeu wächst, zu meinem Fenster klettern. Moritz ist gut im Klettern, er hat mir sogar gezeigt, wie man bei uns auf's Dach kommt. Jedenfalls hat er sich zu mir gelegt und ich hab ihm alles erzählt, das tat sehr gut. Es war eine totale Leere in mir und ich wollte am liebsten tot sein. Das klingt vielleicht blöd aber <u>WIE</u> ich mich wirklich fühlte kann man glaub ich kaum zu Papier bringen. Ich liebe **David**! Ich liebe ihn, wie konnte Milena mir das nur antun?! Bye, Pia

GEGEN AIDS!

Freitag, 23.07.2004

DU BIST EIN GEWALTIGER SMARSCH!!
ICH HASSE PAPA ICH HASSE IHN
MEHR ALS ALLES ANDERE
AUF DIESER WELT, ER IST
NUR NOCH BESOFFEN UND
SCHUBST MICH UMHER. ICH
HAB DIE FAXEN DICKE, FEIERABEND
NUR WEIL MEIN VERFLUCHTES
ZIMMER NICHT ORDENTLICH
IST, ABER ER SITZT SEIT
10 JAHREN IN SEINEN

ABGEDUNKELTEN ZIMMER
UND MACHT NICHTS AUSSER
MUSIK HÖREN UND SAUFEN!!
und jetzt hat er mitten in
meinem TKKG Computerspiel
uns strg. alt entf. und fährt
meinen Computer runter, falls
man das so nennen kann. Der
hat voll gehangen und so 'n
Typ im Spiel hat dann immer
„gegegeegegege" gesagt. Wehe,
wenn das Spiel nicht gespeichert
hat, also mein Compi! Er lässt
mir nix auch nur ein bisschen
Spaß >.< Dieser Megaw*xxer weiß
genau, dass mein Compi anfällig,
alt und kaputt ist und alles,
was er mir hier noch gelassen

hat, mein einziges Fenster hier raus. Ich hasse ihn abgrundtief und das ist keine Phase mehr

ICH HASSE IHN! 

Bye, Pia

Hallo! Heute ist der 24.07.04 und ich war mit Franzi in der Stadt (im Minirock ... uuuh HOT

I ♡ D I ♡ D I ♡ D I ♡ D I ♡ D I ♡ D

↑ (David, nicht Daniel)

I just wanna let you know, that I don't wanna let you go!

Ich liebe David, warum hasst er mich ?

Ich will ihn nicht vergessen.

30.07.04

Ich hatte gehofft, er würde mich lieben, wie er noch kein anderes Mädchen geliebt hat! So, wie es mir mit ihm ging ... Wie kann er mir das nur antun? Ich weiß! Ich schreibe einen Brief an ihn.. Er wird ihn nie bekommen, aber es hilft mir vielleicht ein bisschen.

Lieber David,
Ich liebe dich und ich glaub du weißt das auch! Du warst am Anfang so lieb und süß und ich wollte auch, dass wir ein Paar werden. Okay, wir waren ineinander verknallt, aber wir kennen uns noch gar nicht richtig! Und als wir in der Stadt waren, ich meine, ich war richtig verliebt in dich! Und ich dachte, dir ging es auch so. Ich schätze, du warst nie richtig in mich verliebt, nicht? Denn wenn man liebt, kann man nicht von einem auf den anderen Tag nicht mehr lieben. Verstehst du mich? Ich mag dich sehr, egal was für ein Arsch du anscheinend bist.. Ich wollte Milena nicht glauben, nichts von dem, was sie mir erzählt hat..

dass du notgeil seist und mich, nachdem du deinen Spaß hattest, wieder fallen lässt. Jetzt glaub ich.. oder nein, ich weiß nicht, was ich glauben soll! Bitte sag mir, dass du nicht so bist, denn ich möchte mich nicht immer in die Falschen verlieben... Das Schlimmste war, als du auf der Party Milena geküsst hast.. oder nein, sie hat dich geküsst! Ich meine, ich dachte sie wär meine Freundin. Erst sagt sie mir, wie scheiße du bist, und kaum glaube ich, was sie sagt, macht sie wieder mit dir rum! Wieso musste ich mich in dich verlieben? Ich war so glücklich als du sagtest, du liebst mich, und jetzt bin ich so am Boden zerstört... Ich denke immer an dich und frage mich, warum du nicht warten konntest. Verstehst du das denn nicht? Du kennst nichtmal meinen Nachnamen! Ich war kurz davor „Ja" zu sagen .. aber dann hast du es ja beendet, bevor es überhaupt etwas sein konnte. David, ich liebe dich, mit all deinen Macken und Fehlern, wieso hast du mich vergessen? I 

U! Schreib zurück!

Deine Pia

31. 07. 2004

Ich vermisse ihn, es ist alles zum verzweifeln und alle kotzen mich an. Sie verstehen mich einfach nicht, sie verstehen nicht, wie viele Situationen ich schon im Kopf mit ihm durchgespielt habe; für mich war es, als wären wir zusammen gewesen ...

Meine Schwester meint gerade, ich würde schreiben: „Schon wieder ein Tag, an dem ich ihn nicht gesehen habe, das würde ich schreiben, wenn ich nicht so schmalzig wär. Also schreib ich nur: Ich hab ihn nicht gesehen." Das ergibt keinen Sinn. Cool. Sie weiß nichts von meinen wahren Gefühlen und sollte einfach ihren Mund halten. Sie hat nur so ne große Klappe, weil Papa immer bloß mich schlägt. Bye, Pia

Mittwoch, 04.08.2004

Ich kann ihn einfach nicht vergessen und muss ständig an ihn denken. Wieso hänge ich so sehr an einer Phantasie, die anscheinend nie hätte sein sollen? Bye, Pia

Freitag, 06.08.2004

Mein rotes Shirt riecht nach Daniel, das ist ein bisschen so, als ob ich seine Freundin wär und er mir sein Shirt geliehen hätte. Ich stelle mir einfach vor, es wäre Davids Shirt ... wäre es wirklich so, würde ich es nie mehr ausziehen wollen. Schade nur, dass es nach Daniel und nicht nach David riecht.

P.S.: Daniels Parfum ist Jean Paul Gaultier Le Male ♥

P.P.S.: Papas ehemaliger bester Freund hatte heute Geburtstag, Papa und er hatten mal eine Band zusammen aber Papa meldet sich nie bei ihm und er will deshalb NIX mehr von ihm wissen.

Sonntag, 15.08.2004

Der Cousin und die Cousine von Michele und Monzo sind grad bei denen zu Besuch. Claire und Henry, der 4 Monate jünger ist als ich und voll sweet! Er ist original wie Michele, vielleicht find ich ihn deshalb so süß (wenn Michele nicht mein Bruder wäre, wären wir vielleicht schonmal zusammen gekommen).. Claire ist 11 Jahre alt, mit ihr verstehe ich mich supi! Sie meinte, dass ihr Bruder Zuhause wohl jede rumkriegt.. Ich hab ein bisschen das Gefühl er stempelt mich als „klein" ab, weil ich mich mit seiner Schwester abgebe. Dabei bin ich ja sogar älter! Er bleibt sogar sitzen dieses Jahr, der arme Sweety. Niemand ist perfekt.. Aber er ist echt nett.. Das wird eh nix. David ist auch nicht perfekt, er hat vielleicht ein makelloses Äußeres, ist nett und untreu, weiß nicht was Liebe ist oder wie man Schluss macht. LOL *heul* Aber wenn man mit ihm zusammen ist, ist er bestimmt hinreißend. *seufz* Alles FUCK, fu*king hell >.<

Ich merke, wie Henry in meiner Gegenwart immer auf den Boden guckt und er weiß, wann ich Geburtstag hab! *g* Pia

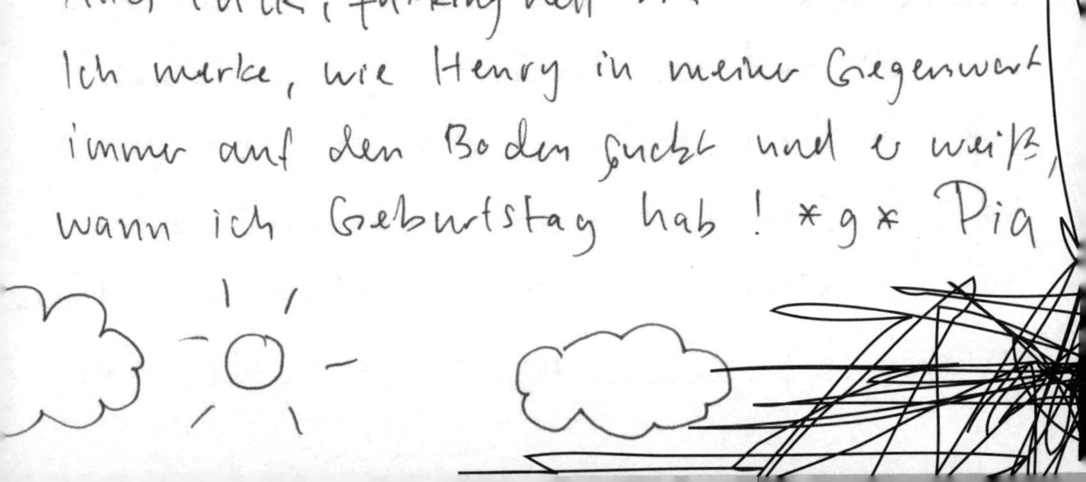

Montag, 16.08.2004

Ooooh! Die Hand hat er mir geschüttelt! Zum Abschied! Oh man.. wie schrecklich. Mehr nicht? Das war's? Das war's! Die Hand! Und er hat mich nicht mal dabei angeguckt! Ich hab mein schönstes Lächeln aufgesetzt und er guckt mich nichtmal an!!! Ooooh man. Er ist so süß! Und jetzt ist er wieder weg und wir sehen uns für eine laaange Zeit nicht wieder.. Warum ich? fucking hell! Sowas passiert auch echt nur mir! Ich sollte ein Buch schreiben, haha! Naja, möge diese Ferienliebe ruhen und schon bald in Vergessenheit geraten. Ich nenne mein Buch... tja, das weiß ich erst, wenns fertig ist.

Die Blume hab ich von Henry gekriegt!

Sonntag, 05.09.2004

Franzi war heute bei mir, hat mir ein Foto von David geschenkt, morgen ist Schule.

Franzi hat ein neues Handy, ihr altes wurde ja geklaut. Sie hat wieder das A55 von Siemens, wie ich.. auf jeden Fall hab ich mir dann ne neue Karte gekauft und David ne SMS geschrieben..

Hi david, bist du da? Hör zu, es ist alles ziemlich schief gelaufen.. können wir trotz allem noch freunde bleiben? sssz! Hdl, Pia

Ja können wir! Ich kann net mehr schreiben weil ich nach dieser SMS kein geld mehr hab! Sag das mit der freundschaft und so auch franzi! Heggggggdl tut mir leid wegen früher

Ok! :o) hast du was mit milena? Sz wenn du wieder kohle hast! Hdgggdlfine! Pia

Jetzt wird wieder alles gut. I LOVE D!

Bye, Pia

11.09.2004 +

Ich war today mit Franzi in da City! Und hab mir nen voll süßen Tanga gekauft.. Ich hör mich vielleicht tussig an aber langsam.. weiß auch net.. ich fang an mich mit Reizunterwäsche wohl zu fühlen! Auch wenn es vielleicht „billig" wirkt.. Ich will nicht nuttig sein oderso.. aber.. ich weiß auch nicht. Ich will halt auch nicht mehr als Kleinkind in my class behandelt werden, nur weil ich klein bin und NO TITTIES hab! *kotz* Ich probiere mich da einfach mal aus, wenns mir zu prossich wird, lass ich's wieder!

peinlich

↳ (kommt von Prostituierte hab ich grad erfunden)

Bye, Pia

Dienstag, 21.09.2004

Ich habe heute rausgefunden, wie man geheime, unsichtbare Tinte macht, einfach mit Zitronensaft schreiben und wenn man dann drüber bügelt (bzw. es erhitzt), wird es da braun. Mama war wie immer nicht da, deswegen hab ich Papa gefragt, wie das mit dem Bügeln geht. Der wollte nicht, also hab ich mir überlegt.. es muss ja nur heiß werden! Also hab ich es mit dem Feuerzeug gemacht. Das hat Papa gerochen und direkt rumgebrüllt: „WAS HAST DU GEMACHT?" Ich hatte so Angst und hab gesagt: „Gar nichts.." Aber dann wollte er sehen, was ich in der Hand halte. Ich sagte ein Brief an Franzi und er wollte ihn sehen >.< dann wusste ich nicht mehr weiter, wollte ihn auch nicht zeigen und gestand, dass ich ein Feuerzeug halte. Ich drückte es ihm in die Hand und prompt hatte ich einen Schlag gegen meinen Kopf kassiert. Er hat mich durch den Flur geschubst, mein Rücken schmerzte unter einem kräftigen Schlag. Er schrie: „Ich könnte dir schon wieder so eine auf die Fresse hauen!" Ich hatte so Angst, er verbot mir schon wieder die nächsten Wochen das Haus zu verlassen und ich sollte direkt ins Bett (20 Uhr) Dabei wollte ich doch David auf der nächsten Party die Meinung sagen, denn ich hoffe, dass ich ihn endlich überwunden habe. Soll ich das irgendwem erzählen mit Papa? Ich schäme mich so. Es ist ja schon öfter passiert! Fast hätte ich es Franzi gesagt aber ich schäme mich. Sie hat gesagt, wenn er mich schlägt, soll ich es ihr sagen.

Dienstag, 14.09.2004

Was soll ich nur tun? Ich fühle mich so allein. Es ist kalt und er liebt sie. Er liebt meine beste Freundin! Ich spüre das, nur sie meint, dass es Quatsch sei, aber eigentlich fühlt sie sich insgeheim geschmeichelt! Sie sagt, sie fühlt sich schlecht, wenn ich sage, dass er sie liebt und nicht mich. Aber was soll ich dann sagen? Ich kann diese ätzende Situation nicht mehr ertragen. Ich liebe ihn, warum, versteht mich denn hier niemand? Sie meint, ich solle ihn vergesen, aber wie soll ich jemanden vergessen, der seit dem 1. Tag an den ich ihn gesehen hab, in meinem Kopf herumspukt?

HERBSTANFANG! 22.09.2004 whaaa

Heute war ich bei Franzi und wir haben Fotos aus dem Fotoautomaten kopiert! Achja: Ich darf nun sicher nicht auf die nächste

Party. Ich halte ja noch Hoffnungen, aber... falsch gedacht. Die nächste ist erst am 06.11.04! WAAAH! Das halte ich doch nicht aus, da sind alle aktuellen Konflikte schon wieder vergessen! F*CK ICH MUSS DA HIN! >.<

Briefe zwischen Franzi und mir im Unterricht

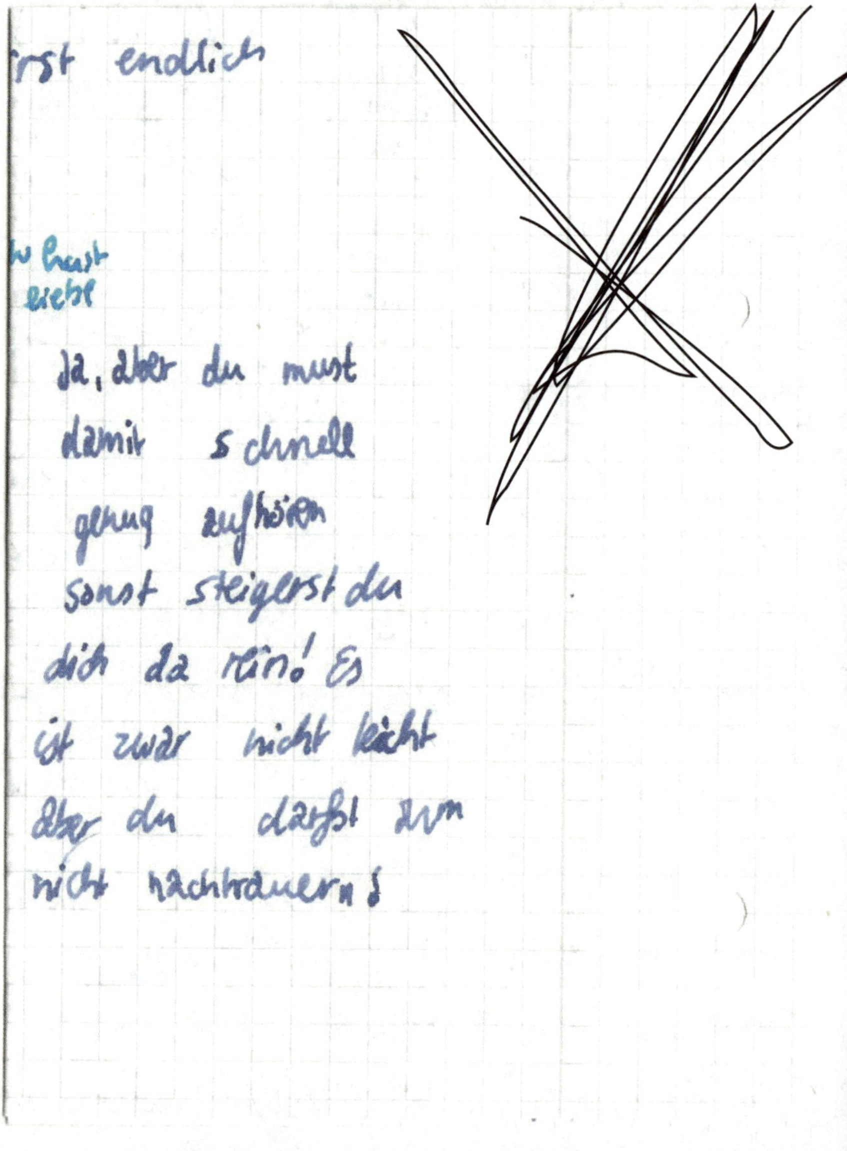
rst endlich

u hast
iebe

Ja, aber du must
damit schnell
genug aufhören
sonst steigerst du
dich da rein! Es
ist zwar nicht leicht
aber du darfst ihm
nicht nachtrauern!

MORGENS

Heute ist der 26.09.04, Sonntag, und gestern war Party im Jugendzentrum! ohne mich.. Mit Franzi! ... Sie hat mich gestern um 23:00 Uhr (ich hatte schon gepennt *g*) angerufen (auf Handy!) und hat mir ALLES erzählt

Papa hätte es nie erlaubt wenn sie es auf Festnetz versucht hätte.

Kimberly, Milena, Daniel und Michele waren NICHT da! Cool, denn dann konnte Franzi niemand daran hindern sich mit David zu unterhalten. Sie erzählte mir, dass er die ganze Zeit von mir geredet hat! Sie haben sich so unterhalten, und er sofort: „Ist Pia auch da?" .. „Ist Pia noch sauer auf mich?" (Sie antwortete: „Ich glaub nicht, aber es hat sie ziemlich verletzt!" Er: „Es tut mir echt Leid!") Oder: „Hat Pia nen Freund?" Sie: „Nein, sie sucht noch ihren Mr. Right!" Also die ganze Zeit von mir gelabert! Ich meinte zu Franzi: „Er liebt mich nicht, weil er mir das sonst nie angetan hätte!" Aber sie meinte, am 26. (also an DEM Samstag, wo wir in der Stadt zusammen waren) wär er noch in mich verliebt gewesen .. danach war ja ne Party und Franzi vermutet, dass er da vielleicht eine kennengelernt hat.. aber daraus ist dann eventuell nix geworden und er hat gemerkt, dass er eigentlich doch mich will! Naja, ich denke, das ist eher unwahrscheinlich. Bye, Pia

P.S.: Ich weiß irgendwie nicht, ob ich ihn noch liebe!

P.S. 2: Papa hat mich grad im Zimmer eingeschlossen bis ich aufgeräumt hab, meint er.

P.S. 3: Franzi meinte, David hätte noch mehr Bartwuchs über der Oberlippe bekommen. Süüüß!

Dienstag, 28.09.2004

Toll! Ich glaub ich bin schon wieder verliebt! David ist aber auch einfach zu cute. Was, wenn er sich wirklich so verändert hat wie Milena sagt und er voll lieb ist? Ich will ihn nicht mögen. Also… Ich hab ihm ja ne SMS geschrieben..

Ich bin nicht sauer auf dich und habe keinen Freund weil du der einzige für mich warst (das wolltest du doch von franzi wissen) es hat mich alles verletzt. Du hast mich verletzt! Aber ich mag dich und frage mich, warum du mir nie zurückschreibst und mir erklärst warum du mir das alles angetan hast! Hdgdl sst Pia

…

Siehst du! Das meine ich! Du schreibst mir nie zurück!

Das tut mir alles mega doll leid! Ich mag dich echt mega super gerne, mehr als manch ein anderer!!!!!! Hdggggggggggggggdl bitte verzeih mir! dein david

was passiert ist kann man jetzt eh nicht mehr ändern! Ich bin echt froh, das ich dich noch als freund bezeichnen kann! Ich find dich nämlich auch besonders mega super nett *g* und bin froh dich zu haben! *smile*
ich hab dich auch gaaaaaaaaaanz doll lieb!
Deine Pia

Danke ... können uns ja irgendwann nochmal treffen mit franzi oder so! G dgdl fineimhg
david

Ok, hab bock auf kino! Mit franzi? Und ...
Wer noch?

Mal gucken, Chris oder so!

ICH HABE ANGST, DASS ICH MICH WIEDER IN IHN VERLIEBE! (Φ3Φ)

...

oder .. hab ich das schon? Nein! ... Ach,

Scheiße! Ich glaube nicht, aber es ist alles so kompliziert, ich verstehe mich selbst nicht mehr. Ich vermisse es, einfach nur zu spielen und verschrammelte Knie zu haben, aber ich bin so neugierig auf all diese neuen Gefühle :(Ich bin die ganze Zeit hin und her gerissen, will in einem Moment etwas unbedingt und hasse mich im nächsten Augenblick dafür. Alles verändert sich so schnell und ich bin so verwirrt und komme einfach nicht hinterher! Mein Körper ist so eklig und unförmig ... Dann noch meine Gefühle >.< Ich will ihn wiedersehen, aber was mach ich, wenn ich ~~mich~~ in dem Moment, da ich ihn sehe, verliebt bin wie am 1. Tag? So wie auf der SOP? Was dann? Dann fängt die Scheiße wieder von vorne an! Er ist so lieb und süß und perfekt! Ich... Ich weiß nicht was ich will. Auf der einen Seite hat er mich verletzt und Gerüchten zufolge ist er notgeil etc., aber auf der anderen Seite glaube ich daran, dass er sich verändert hat (und dass ich am 26. den Kern von ihm gesehen habe..) Ich habe Angst davor, ihn zu sehen. Was

soll ich ihm dann sagen, wie soll ich reagieren? „Hi, ich hab das alles leicht weggesteckt und bin jetzt deine beste Freundin!" ha ha. Super! Was soll ich machen? Franzi meinte, wir wären ein ~~gutes~~ super Paar und würden total gut zusammenpassen, dann sagt sie aber auch, ich soll ihn endlich vergessen... Letztendlich will sie nur, dass ich glücklich bin. Aber was macht mich denn glücklich? Natürlich wäre ich gerne mit David zusammen gewesen aber ehrlich gesagt bin ich mir.

gar nicht mehr so sicher, ob ich das will..
Ob ich ihn liebe, oder nicht!
Vielleicht wäre es besser für mich, ihn endlich zu vergessen.. Aber das ist gar nicht so einfach...

Bye! .. Ich schlaf nochmal

PIA → 'ne Nacht drüber, ist schon 22:08 Uhr!

Mittwoch, 29.09.2004

Verstehst du den Text?:

>Halli Hallo süße Pia. Noa... alles fit?! David und du, stell dir mal vor, du warst jetzt mit dem zusammen... Brrr!! *gefrier* verstehste dich gut mit Michele?! Liest dat hier echt niemand?! Hab kein Bock auf scheiß Schule! Okay... kommey komm! *bl* Hhhh... Andra Stinka HAandra Stinka... *gg* Otay, Schwaiss! Ciao! HDGDL4e Milena ♥!<

↳ Echt ma, verstehst du das? Ich hab →

no Ahnung wat die da labert. Das hat die in mein kleines (geiles) gelbes friendbook geschrieben.

Naja ... ?! Bye! Pia

P.S.: Ich war ja nie mit David zusammen, mein sie „wärst" anstatt „warst"?

P.S. 2: Habe heute geile Klamotten gesehen

← haben früher nur Opas getragen (Mütze)

20er Jahre-mäßig, so hübsch!

DAS HOL ICH MIR! Beides in so rosa-pink Tönen.

Dienstag, 12. 10. 2004

Uuups ... Hab lange nit mehr geschreibt! Letzens, (da hatte ich gerade den Hut und die Rose gekauft, siehe 29.09.04) war ich mit Franzi in der Stadt und saß im Bus. Er stand grad an einer Haltestelle und draußen ist ein voll süßer Typ lang gelaufen, Südländisch, Spanier vielleicht. Wir halten Blickkontakt und er hat mich so sweet angelächelt! Ich wäre fast dahingeschmolzen, haha! Er ist weitergegangen, hat seinen Freund auf mich aufmerksam gemacht, sich nochmal umgedreht und mir mit seiner Tüte in der Hand zugewunken.

Dass ich von ihm beachtet wurde macht mir irgendwie Mut. Ich hab ein süßes Gedicht, zur Hälfte selbsterfunden:

Verliebt

Wie soll ich sagen,
muss mich erstmal selbst fragen.
Ich glaub, ich habe mich verliebt,
dass es so etwas noch gibt!?
Doch ich will dich nicht ansprechen,
könntest mich mit Worten erstechen.
Könntest mich tief treffen, mit deinem Pfeil,
kein Stück meines Herzens bleibt heil.
So hab ich noch nie gefühlt,
mein Leben ist echt aufgewühlt.
Meine Augen fixieren dich,
doch ich weiß genau,
du liebst mich nicht!

WHERE IS THE LOVE IN AMSTERDAM?

Salvador Dalí

Julia Roberts

Lady Diana

Beyoncé

Sean Connery

Picasso

Ich im Black Eyed Peas Musikvideo
lol

Dienstag, 26. 10. 2004

Perle ... Perle ist eine schöne Bezeichnung für eine feste Freundin, nicht? Irgendwie auch dumm aber mit den richtigen Assoziationen ...

Michele liebt Franzi! Er hat sie immer geliebt

und wollte auch gar nicht, dass Schluss ist, wegen Carina! Es tut ihm alles Leid, er wollte sie nicht verletzen und hat mir anvertraut, dass er nie aufgehört hat sie zu lieben! Ich finde das so romantisch, hoffentlich kommen die wieder zusammen.. das liegt jetzt bei Franzi. FUCK! Aber ich mische mich da einfach nicht mehr ein. Daran ist es vielleicht auch ein bisschen gescheitert, weil ich immer dabei war. Ich muss Franzi erreichen... oh man!

Und das erzählt er mir so beiläufig, während wir auf dem Dach chillen! Wie Franzi wohl reagiert? Die wird sauer sein, wenn sie begreift, dass er sie die ganze Zeit, in der sie getrauert hat, auch noch geliebt hat! Aber sie hat gesagt sie verzeiht ihm, weiß bloß nicht, ob sie wieder ein Paar werden. Hoffentlich! Wär voll schön.. ist aber alles schwer zu vergessen, es ist schwer ihm wieder zu vertrauen … Aber sie sind mega-süß zusammen und ich werd sie auch alleine lassen, sonst klappt das nie!

Bye! Mehr morgen oda so …

P.S.: Muss Momo besänftigen, weil Michele es <u>mir</u> erzählt hat und ihm nicht und ich es ihm nicht sage, wenn Michele es nicht will, weil ich Michele versprochen hab es niemandem zu sagen!!!

– Is alles voll kompliziert! –

PIA

bye! then

Lieblingsnamen
Mädchen + Jungen (ist eh egal):

Fee Liell Olivia Naomi Mia Marie Kyra
Maren Cem Daniel Paul David Fiete ~~Jan~~
~~Fabian~~ ~~Cyla~~ Silja Luana Britta ~~Aurelié~~
~~Emily~~ Ida ~~May~~ Yasmin Timo ~~Robin~~
Geneviéve ~~Yara~~ Chio Lea Luisa

Mittwoch, 15.12.2004

Ich denke immer ich wär hässlich oder niemand steht auf so eine wie mich, doch .. Ich denke langsam, maybe not! Ich mein, auf der letzten Party haben mich viele nicht schlecht aussehende Boys .. wie soll ich sagen, angeschaut beschreibt es halt nicht ausreichend! Sie fanden mich *muah*  LOL!! Unter anderem natürlich auch Daniel, aber nicht nur .. Mir ist z.B. ein Typ schon im Bus immer aufgefallen, er hat fast schwarze Augen, ist immer richtig cool gekleidet und hat einen Schokomousse-Teint, im Jugendzentrum lächelt er mir immer zu. - Und dann war da auch heute noch einer am Dom, als er mich gesehen hat (er saß auf den Stufen) hat er auf einmal richtig breit gegrinst und sich nach vorn gebeugt ... war kurz davor, mir hinterherzupfeifen! Now I've got some hope, lol.

PIA.

Montag, 03.01.2005

Cool, nicht? Es ist schon 2005, uuuh! Daran muss ich mich erstmal gewöhnen .. 2005! 2005! 2005 ...! Also. Ich hab echt 'n Problem. Ich hab mir mit Franzi geschworen, dass wir mit 13 unseren 1. richtigen Kuss haben. Naja, sie hat Michele ja schon ♥ geküsst, aber was soll *ich* sagen? In ein paar Monaten bin ich 14 ~~und~~ und die Kindergartenküsse mit Henny zählen nicht! Ich hab nichtmal ♥ jemanden, den ich küssen könnte .. Manchmal denke ich, Daniel ist gar nicht so schlecht. Aber manchmal find ich ihn auch ziemlich hässlich (lol was?) Das ist ja wohl nicht alles >.< I mean ...

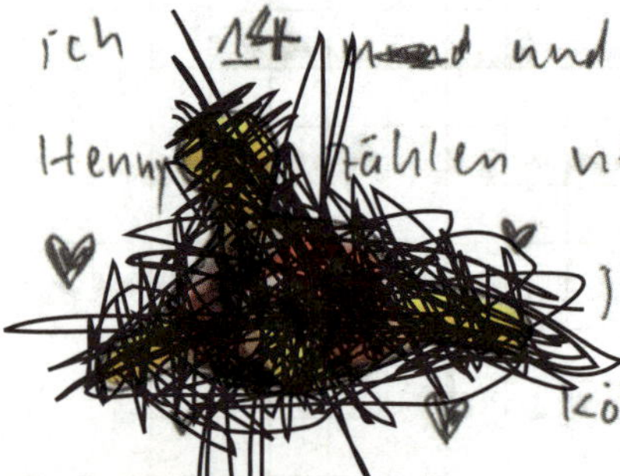

It's so difficult to find a boy who is nice to me and cares for me and who really loves me! Like Michele and Franzi .. So... Genug für heute.

I ♥ U! PIA

und gibt es nur nicht zu< Hahahaha! Ich hab ihr dann gesagt der ist voll hässlich und so!"

HAHA! Ja, guter Witz! >.< FUCK. ②

Daniel what shall we do? Ich weiß nicht mehr so Recht, Franzi will vielleicht mit Michele Schluss machen, wegen unserer Freundschaft, weil er wie mein Brudi ist und das immer so komisch ist, wenn sie sich ohne mich treffen. Wenn sie mit ihm zusammen ist und ich dabei bin kommt sie mir so erwachsen vor! Bei mir alone ist sie ganz anders, mit mir will sie noch nicht erwachsen sein. Alles voll kompli!!! Andererseits haben wir dann weniger Kontakt zu Micheles Kumpels und so.. Wo sollen wir sonst Typen kennenlernen, auf 'ner GIRLSSCHOOL? Och, ich weiß nicht. Mein Arm wird steif, weil ich das Buch die ganze Zeit über Wasser halten muss → hab ich doch gut hingekriegt?! ☺

Bye
Pia

Ich glaube es ist Sonntag der 09.01. 2005! :>

Hey! Aaaalso... Ich sitze gerade in 'ner Wanne (1)
<u>VOLL</u> mit Wasser... Jaaa! Ich weiß nicht, was ich machen soll, ich glaube, ich bin ein bisschen verknallt. Ich träume sogar schon von Daniel! Und das nicht nur Nachts! ... *seufz*

Das Schlimme ist ja, dass im Grunde jeder von mir denkt, ich fänd ihn <u>voll</u> bescheuert.
Sogar mein DIARY hab ich beschissen.
Aber als ich ihn das 1. Mal gesehen hab, im Freibad, fand ich ihn schon ganz süß und da war ich 10 oderso. Das zweite Mal.. habe ich glaube ich sogar hier drüber berichtet.
Da war ich voll in David und Daniel hat sich sau an mich rangeschmissen und söß war er auch.. möp. Franzi hat mich letztens gephoned und meinte: „Meine Madda meinte echt >Ich glaube, Pia findet Daniel ganz gut

Sonntag, 23.01.2005

Oh man, ich hab echt Probleme (Komplexe)! Ich bin definitiv in Daniel verknallt und denke mir: „Warum eigentlich nicht? Wär doch keineswegs ne Schande, wenn er derjenige wär, der mich in Sachen KÜSSEN "entjungfert"!"

Manche würden sich vielleicht sogar drum schlagen und mir ward es quasi angeboten lol. Auf der Party sah er so gut aus... Wow. Er ist nett, lustig, hat ein tolles Lächeln und Stilbewusstsein (bzw. kleidet sich so, wie ich es ansprechend finde) Er trug ein weißes Kopftuch und drüber eine Camo-Cap. WOAR

Seit letzter Nacht hat sich alles geändert

lol

So frei hab ich mich schon lang nicht mehr gefühlt, ich hab so abgedanced, unglaublich! In dieser Nacht wurde das Jugendzentrum zu einem DIRRTY UNDERGROUNDCLUB für einen Haufen Mindejährige oder wahlweise zu einer Parodie von einem Nelly Musikvideo xLolx Daniel gab mir das Gefühl, so wie ich bin wichtig zu sein; alles durch sein Lächeln, wenn er mir in die Augen sah... IN DIE AUGEN. Nicht auf meine flachen Brüste T^T

Er war nett zu mir und irgendwie habe ich gemerkt, dass ich mich nicht so verstellen muss, wie ich es bei David getan habe. Die Jungs haben ihre Shirts ausgezogen, Breakdancer zeigten ihr Können, Girls begannen wild und hemmungslos zu tanzen und ein paar standen schüchtern in der Gegend rum (so wie Ben). Es war wie ein großer Freundeskreis, jeder kannte jeden und man brauchte keine Angst vor Spott zu haben!

Wir hatten einfach Spaß und haben herumgealbert, uns war alles egal! Es hört sich vielleicht doof an, aber dieser Abend veränderte mein Leben, meine Ansichten, ALLES! *lol* Franzi findet Daniel auch voll nett ^.^ PIA

SOLL FRANZI MIT MICHELE SCHLUSS MACHEN?

PRO:
1. Kann mit ihm reden, wenn sie alleine sind
2. Fühlt sich zu ihm hingezogen
3. Mag seine Berührungen
4. Sein Aussehen

CONTRA:
1. Still in Begleitung von Freundinnen
2. Hat ihr sehr weh getan
3. Sind sehr verschieden
4. Zu selbstsicher, denkt er müsse nur mit dem Finger schnippen (war bisher auch so)
5. Hält die Beziehung für selbstverständlich
6. Denkt, dass Franzi eh nie Schluss macht, weil er so toll ist *g*
7. Hängt an Carina
8. Spaßbremse
9. Ist Pia's Brudi und ~~dir~~ ich hänge dazwischen
10. Hält keine Versprechen

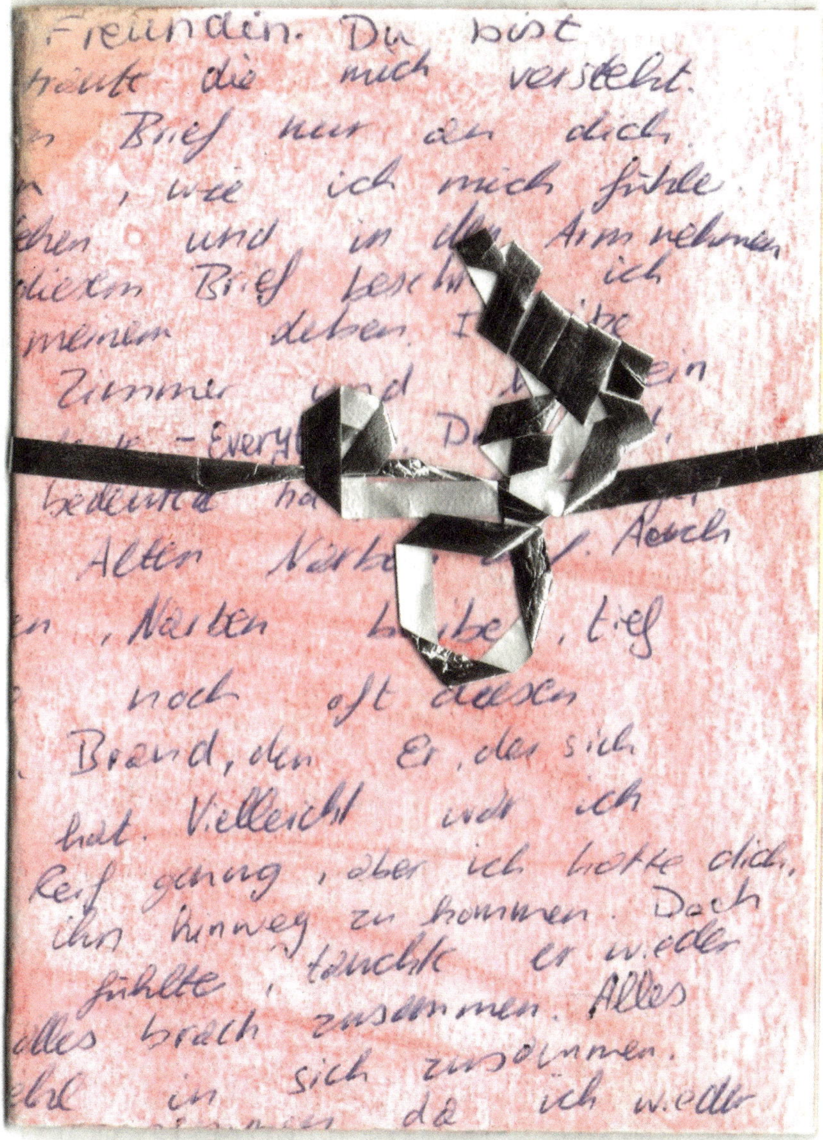
Freundin. Du bist
die mich versteht.
Brief nur an dich
, wie ich mich fühle
und in den Arm nehmen
Brief ich
meinem Leben.
Zimmer und
– Every
Alten Narbe Auch
, Narben , tief
noch oft diesen
Brand, den Er, der sich
hat. Vielleicht noch ich
Reif genug, aber ich bitte dich,
ihn hinweg zu kommen. Doch
fühlte, tauchte er wieder
alles brach zusammen. Alles
in sich zusammen.
da ich wieder

Mo, 24.01.2005

Franzi hat heute mit Michele Schluss gemacht! Man kann ihr das nicht verübeln, sie war nicht glücklich in der Beziehung. Ich hoffte nur, ich hab ihr da keinen Floh ins Ohr gesetzt. Manche Sachen waren vielleicht falsch interpretiert und übertrieben.. und sind deshalb auf der CONTRA Liste gelandet. Punkt 4 ist zu übertrieben, glaub ich. 5 stimmt glaub ich nicht.. Vielleicht haben wir ihn falsch eingeschätzt. Aber zum Glück war das nicht der Trennungsgrund, den beschreibt Franzi in dem Brief an mich! (zu viele Enttäuschungen)
Daniel ist echt seuit! [βè-uît] ha ha.
Bald wird er 16, er ist total vielseitig.. Jedenfalls weiß ich, dass er Karate macht, richtig gut Inliner fahren kann und in 'ner Breakdance Tanzgruppe ist. Er fragt mich oft, was ich mache, ob ich zur nächsten Party komme und so weiter. Ich hab mich

noch nicht getraut "HDL" zu schreiben, könnte er falsch verstehen.. Ich meine: Er darf es nicht richtig verstehen, noch niiiiicht ... !

g Aber er is sooo…

Bye
PIA

31.01.05, Mo

Hey! Es wurden auf der letzten Party Fotos gemacht aber die sehen alle Scheiße aus! Daniel hat was gemerkt und hat Franzi gefragt: „Kanns sein, dass Pia mich mag?" F: „Wenn, dann nur freundschaftlich!" Jaa.. hmm... Ja, stimmt. Natüürlich.. Ich will ihn küssen, ich will, dass er mich vergöttert! XD

Bye Bye, PIA

Di, 01. [redacted] 05

Heute war Wandertag, auf der Rückfahrt im Bus war alles dunkel und Franzi und ich haben viel nachgedacht und uns überlegt, uns gegenseitig Aufgaben für die nächste Party zu stellen. Wir haben alles aufgeschrieben aber ich schieb schon Panik, weil ich die Zettel nicht mehr finde. HABEN ES AUSGELOST! :O

	Franzi	Pia
Küssen	Typ ..... ? Robert	Typ ? Daniel
Antanzen	Robert	Robert
Flirten	Benni	Benni
Anlabern	Daniel	Daniel
Nummer	Typ	Typ "

Mir kommt das ganz gelegen, weil ich ja eh noch jemanden Küssen muss.. Voll cool, dass ich Daniel gezogen habe! Hihi Aber Schiss hab ich auch, wie soll ich das anstellen? Das wird mein 1. Kuss!! Aber ich will auch die Wette bzw. den Schwur nicht brechen.. → bis 14 nicht mehr ungeküsst sein! Außerdem hab ich so auch eine gute Ausrede bei Franzi, und kann mich an DAN ranmachen! Eigentlich alles voll perfi! Aber.. hoffentlich schaffe ich es, ihn auf der Party zu küssen. Ich trau mich nicht!! >.<

Freitag, 04.02.2005

Schock! Franzi hat Daniel gewritet, in einer SMS:

Ich will das jetzt mal wissen, wie findest du eigentlich Pia, ich verrat auch nix!

Daniel hat geantwortet:

Also, ich könnte mir ~~schon~~ vielleicht eine Beziehung mit ihr vorstellen! Ich komme mit meiner Tanzgruppe zur nächsten Party!

SCHLUCK! Uuups.. Aber wenigstens weiß ich jetzt, dass er mich bei meinem 1. Kuss nicht abweisen wird. Aber wenn ~~da~~ der mit seiner Tanzgruppe da ist, hat er vielleicht gar keine Zeit für mich. Wenn er irgendwo sitzt, setze ich mich dazu.. wir labern.. kommen uns näher... und küssen uns! Wenn es dann doch nicht dazu kommt, bin ich DEAD! Meine letzte Chance ist die nächste Party, weil ich danach wahrscheinlich vor meinem Geburtstag nicht mehr hin darf >.< FUCK! Traue mich nicht.. PIA.

HÄSSLICHE FOTOS, DIE MAN EIGENTLICH VERBRENNEN SOLLTE:

Rosenmontag

Heute war Karneval und ich habe festgestellt, dass ich keine Freunde habe. Alle haben sich nur mit der Mailbox gemeldet und Kimberly hab ich erreicht aber: „Du kennst hier ja niemanden!" >.< Die wollte mich nur nicht dabei haben. Päh. Dan hat auch nicht zurückgeschrieben.. Franzi war bei ihren Großeltern und ich den ganzen Tag frustriert vor der Glotze. War voll scheiße!! Nächstes Jahr geht's ab! *g* Kann's kaum erwarten von Dan zu träumen. Meine Augen tränen vom Teebaumöl auf meinen Pickeln! BYE

Dienstag, 22.02.2005

Oh man... it's over! Dan will nix von mir.. das sagt er zumindest Franzi. Ich muss ihn küssen! >.< Außerdem... hab ich mich ja auch in ihn verknallt. MICHELE WOLLTE AUCH ZUR PARTY! Dann hätte ich ihn erst recht nicht küssen können, nicht vor ihm, Franzi also so (SMS): „Michele, wir müssen reden, es geht um uns.." bla! *g* und nach vielem Hin und Her: EIN DATE! Am Samstag um 19:30! Um 19 Uhr fängt die Party an.. Dann kommt Franzi aber nicht zur Haltestelle, wo Michele sie abholen will (voll süß, san der Gentleman! Er ist mein Brudi und ich mag ihn :3 WÄ..!) sagt aber, sie wär da gewesen! Auf der Party tut sie dann vor Dan's Augen voll aufgelöst: „Er war nicht da und dann bin ich allen hierhergekommen.." *dramatischer Auftritt* VOLL FUNNY! Dann sagt Dani so zu Michele: „Franzi war voll fertig, wo war's de, Alta?" Juppiiii

Aber Dani will was von Franzi, ich spür das. SAU SCHEIßE! Alle wollen was von Franzi. Ich krieg nie einen ab und wenn mir einer gefällt, will er sofort was von Franzi, sobald sie sie gesehen haben! Das is SAU SCHEIßE FÜR MICH! WÄ! HDGDL!

Alle Typen wollen was von ihr – und was ist mit mir?

Bye Pia

Ich dachte, DAW wär ne Ausnahme …

Di, 01. 03. 05

Ich finds jetzt ma sau scheiße! Franzi spannt mir echt alle Typen aus! Erst David und jetzt Daniel! Ich meine .. DANIEL! Der Typ wollte schon immer was von mir! Ich bin so enttäuscht von ihr, das gibt's gar nicht. Auf der letzten Party hat er mich sau oft angegrinst und irgendwie zögernd angeschaut, als ob er sich überlegte .. Ja, also … wegen mir und so! Und David

hat mich die ganze Zeit ANGEGLOTZT!
* boah, kotz! * Ach ja .. und Franzi bildet sich jetzt ein, sie wär voll der Daniel-Kenner und writet ihm angeblich nur der Connection wegen, Kumpel u. so! Boah, das nervt mich. Man lässt doch nich einfach jeden Typen denken, dass man auf sie abfährt! „Ich mach ja nix!" Also irgendwas muss sie ja machen! oder? T_T wie soll das werden, wenn alle Typen, in die ich verknallt bin, Franzi geil finden..
So toll find ich sie nicht! PAH!

... some time later

Hab grad mit ihr telefoniert und mich ausgeheult. Haben das geklärt. Sie schreibt jetzt Dan: „Du findest doch Pia süß, halt dich an die, die is noch solo!" Sie will ihm erzählen, dass sie nen Freund hat, **CEM!** Hihi! Nach Dominik der 2te erfundene Freund, den Franzi schon hatte! →

Daniel will David schlagen, wenn der
mich nicht in Ruhe lässt!
„Ich box den, wenn er dich nich' in
Ruhe lässt! David ist voll der Schisser!"
YEAH! DANI I ♥ U! DA FÄLLT
MIR EIN, so zwei voll heiße,
südländische Typen, Hip-Hopper-Style,
16 - 17 Jahre alt, sind letztens ~~an~~ vor
mir aus ~~de~~ einem Bus ausgestiegen
und haben mich von oben bis unten
ausgecheckt, als würden sie mich attraktiv
finden. Leider war Mummie auch da
und dann konnte ich nicht drauf
eingehen, die nämlich auch sofort:
„Kennst du die???" Ich: „Dann
hätt ich ja wohl HALLO gesagt!"
Tzzz.. Mütter!!! *lol* Ach ja, und
als Franzi und ich letztens so
Eisschleckend durch die Ciddey gelatscht
sind, kam so ne Gruppe attraktiver,

junger Dudes uns entgegen. Mir blieb erstmal die Spucke weg und ich ließ das Eis sinken *WOW* HOT* hahaha ~

Als der „Anführer" so meinte: „Leck weiter!" so als würde er sagen wollen: „Wär ich nur das Eis!" HAHA, ernsthaft! Franzi meinte, alle hätten ausnahmsweise mal MICH angeguckt *lol* so nach dem Motto "uh baby, hot".. nach dem Motto, you know XD Boah! Dan is so süß!:

... David is ein Schisser, kannst ihm ja sagen, wenn er dich nicht in ruhe lässt box ich ihn. mb daniel

Ich:

Danke, das is voll lieb *g* du bis' echt süß, weißt du das? *lol* !o) ne, jetzt ernsthaft, danke! PiD ← Spitzname aus Vor- + Nachnam

Tja! Ich trau mich was! Ich hau jetzt rein und

bin nich mehr die kleine schüchterne Pia! Irgendwie muss er sich ja in mich verlieben! Wenn nicht von alleine ... aber was mich wundert, er stand jahrelang auf mich und jetzt is' er voll benebelt ... Franzi .. tzz! Mein b. F.! Die Ex seines b. F.! Überleg ma! Und sie will nix von ihm! Tzz .. Doppel Tzz ... Tja, I ♡ HIM AND I WANT TO 💋 HIM! * lol *

Bye, ~~Pia~~ Pi-D

Irgendwann am 22.01.03 ... SMS VON MIR

Und, wie fandest du die letzte party? war doch echt geil (oder so ähnlich)

ja war voll der hammer und wie fandest

ihr mein body? d;-)

ich komm auf jeden zur nächsten. mb daniel

Hättest dich ruhig noch weiter ausziehen können! *g*

(14:16!!!) (23.01.05)

[...] Hättet ihr wohl gern, dass ich mich weiter auszieh! Hab bis grad erst geschlafen. Mb daniel

...

(24.01.05)

[...] Hey! Hast du am Mittwoch geburtstag?

[...] Nicht ganz ich hab am donnerstag geburtstag. was machst du? Mb daniel

„..." (blä, endlich 16, ne?! usw.. was machst ...)

Ja, klar dann gehts voll ab. Ich hör auch musik, muss aber gleich zum training! Nächste party kommt meine tanzgruppe. Kommst du? Mb

Tanzt du? Die brakedancer waren voll hammer

(etc.) (Uuups! breakdancer, nich bra<u>a</u>ke..)

Yeah, meine Crew macht alle platt. d;-) die breakdancer waren cool. Mb daniel

. . .

Was machst du gerade? Was tanzt du denn, R'n'B? (etc. weiß nicht mehr genau und hab von mir nicht mehr alle SMS gespeichert)

War grad beim karate. Muss noch hausaufgaben machen. Ich hab zu R'n'B und jetzt lern ich breakdance. Mb dan

... endlich ∘~16~∘ ...

Hey Pia, was machst du? gehst du auch zum karneval? mb dan

Mal gucken, ich seh das von meinem Fenster aus. Michele war nicht gut drauf an deinem geburtstag, oder? wahrscheinlich wegen Franzi, oder?

Er war eigentlich gut drauf, hat sich gut mit den anderen mädchen verstanden. mb dan

Wer war denn alles da? (etc.)

Von meinem Schwager die kleine Schwester und ihre Freundinnen und noch ein paar Kollegen. hat spass gemacht, haben uns gut unterhalten. mb dan

Hey Pia ich zock grad x-box. und du?
mb daniel

Hey dan! Hast du morgen auch frei?
Ich lern französisch, um noch ne 4 zu kriegen. du hast kein französisch, ne?
du glücklicher …

Ne ich hab morgen nicht frei. Ich hab kein französisch. Was machst du morgen?
mb dan

(14.02.2005)

und, wie war dein valentinstag? Wen paar geschenke bekommen? *gg* mb !!! Pi

Hey Pia, für mich ist das wie jeder tag. und du? was bekommen? mb dan

Klar, deine SMS! *g* ;o) und, was machst du grad? Mb!!! Pi

(02:25 Uhr!!!)

Hey pia, sorry dass ich so spät schreibe.
Ich zock die nacht durch. und du?
Mb daniel

Hey Dan! Was geht? Ich glaub echt, du hättest das gepackt auf der letzten party. Ich mein tanzen, bist doch gut! oda nich? Wie findest du david? Willst du was von Franzi? Sag ma bitte

Ja ich will was von ihr. david ist ein schisser, kannst ihm ~~ausrichten~~ ja sagen, wenn er dich nicht in ruhe lässt box ich ihn. mb daniel

Hast du gemerkt, wie david mich auf der party angegafft hat? Voll schlimm! Ok, wenn der nich aufhört mich zu „belästigen" hilfst du mir? Mb! Sssz! PiD

Ja, dann verprügel ich ihn. ich kann nicht mehr zurück schreiben. mb daniel

. . .

Hey dan! Wir tanzen grad, fangen bald mit einer Choreo zu „Soldier" an! wann hast du mal zeit? Hdgdl! Mb Pi

(das 1. Hdgdl!)

(hat er von einem fremden handy geschrieben)

Ich tanz grad mit nicky, ein kollege. kein plan wann ich zeit hab, gucken! mb daniel

Du weißt nicht, wann du Zeit hast? Naja, ok, ich frag nur, kino? Mit Franzi (weil sonst würdest du nicht kommen, oder?) und einem kollegen von dir? mb Pi

...

Weiß aber nicht wann Franzi Zeit hat! Die macht im moment viel mit ihrem Freund cem! (hinter dem war die schon voll lange her, der wird schnell neidisch!)

(Cem ist erfunden, genau wie Dominik damals! Jetzt ist Daniel eifersüchtig!)

...

(Daniel hat Ann auf dem Wasen gesehen und die hat mir erzählt, dass er sie gefragt hat, ob ich was von ihm will...)

Warum fragst du dich durch meinen freundeskreis durch, ob ich was von dir will? Frag mich doch einfach! Mb PiD Hdgdl

...

Hey dan! Hast du was in den osterferien vor? hdgggdl MB !!!!!!!!!!!!!!!! PiD + diese andere bitch, die Franzi heißt... *g* ;o)

Hey Pia was machst du? ne wieso? willst du was von mir? wieso bitch? mb daniel

Ey, das mit bitch war nur n scherz! *g* ich lieg auf meinem bett und hör musik, und du? Was wär denn, wenn ich was von dir will? was machst du in den ferien? Mb

Ich bin mit meiner familie essen. kein plan was dann wär. ich trainiere wahrscheinlich und du? kommt franzi's freund zur nächsten party? mb daniel

Wie würdest du reagieren? Weiß nich ob cem kommt. Warum? Fang bitte kein' stress mit dem an, der is voll nett, ok!? David kannst du ruhig schlagen aber cem nit! Mb!

Hey Dan! Franzi meinte, dass du mit ben und paul am mittwoch zu uns an die schule kommst! Kommst du echt? Mb Hdgggdl PiD

a bit later

Ey, wenn ich dich irgendwie nerve, sags! also, nerv ich dich? Mb PiD

...

Wenn du mir jetzt nicht antwortest schließe ich daraus, dass es dir egal ist. also lass ich dich von jetzt an in ruhe!? Man, schreib doch einfach mal zurück! Pi

...

Hey pi-pi wir kommen vielleicht am mittwoch zu euch. nein du nervst mich nicht, wieso? ich hab nur kein geld aufm handy. und beantworte meine frage. mb dan

Welche frage? Komm ~~einfach~~ auf jeden fall am mittwoch, ok?! Freu mich, mb PiD

→

Und jetzt DE PAULE!

(09.03.05)

Also, wir haben die Nummer von Micheles Freund Paul bekommen, weil ... Marit kennt die „neue" von Michele (Marit aus meiner Klasse) – Isabelle! Sie hat uns die Nummer von ihr gegeben und Franzi hat eine SMS geschickt: „Molly, ist das dein neue Nummer? blabla ... Dann hat Paul von seinem Handy zurückgeschrieben: „Bla das ist die nummer von meiner mutter und das hier ist meine" (Er wird auch Gigi genannt! *g*)
Mittlerweile haben wir aber herausgefunden, dass es wohl Isabelles Handynummer ist und Paul für die bluffen sollte, so glauben wir! Weil Michele Isabelle bestimmt erzählt hat, dass die Nummer von seiner Ex Franzi ist.
Also hat Paul für sie geblufft ...

Hey paul! Kommst du nächsten mittwoch zu uns an die Schule?? Mit daniel und ben? Frag daniel ma von mir was der hat! - danke! Achso, ich bin micheles sis, pia Mb

Kein plan ob wir kommen... Frag daniel...

Wenn der mir nur nie antwortet und sowieso voll scheiße zu mir ist?! Hat michele was mit dieser komischen isabelle? Mb PiD

Die ist nicht komisch ... Aber nein der hat nichts mit der... Warum ist de so dreißt?

Ja, ok! Ich kenn die ja nicht! Daniel sitzt eh neben dir, oder? jaja, is kla. Ich glaub es nervt ihn, wenn ich ihm schreibe, aber wenn ich ihn frage schreibt er nix.

Kann ich nichts für das der nicht schreibt... Der ist nicht hier... Wirklich!

Ich glaub dir das jetzt mal. Bist du gut mit ihm befrendet? Als micheles sis müsste ich dich eigentlich kennen, aber ir seid ja nie bei ihm sondern im Stroh *g*

(Isabelle hat 1 Pferd)

Mb

Haha ... Nein der ist nicht hier ... Mit wem soll ich gut befreundet sein? Daniel o. Michele?

Ja ist doch so! *gg* in Micheles Zimmer riechts schon wie im Stall ... *g* ;o) mit daniel! Mb

Naja geht so ... willst du was von daniel?

Warum fragen mich das eigentlich alle? siehts denn so aus? Naja. Du bist noch nicht so lange mit michele befreundet, oder? Mb

Doch eigentlich schon ... So wie mir das vorkommt glaub ich du willst was von dem ...

Und warum kommt dir das so vor? Michele hat mir vorher noch nie was von dir (STIMMT NICHT) erzählt, und ich kenn schon so einige Storys ... *g* erst neuerdings taucht dein name auf, mit isabelle u. so. MB

Ach der hat auch noch nie was von dir erzählt ... weil du und Franzi nach dem die ganze zeit fragt ...

Ach, das machen wir, weil er im moment nie antwortet, also fragen wir andere. Also, michele weiß alles von mir und ich alles von ihm. meistens jedenfalls... is isabelle nett?

Ja sie ist nett aber frag ihn da selbst...

Wollt ihr 3 was von isabelle? Ich krieg meinen brudi ja kaum noch zu sehen, weil ihr jedes wochenende bei ihr seid! Und ihr seid bestimmt keine Pferde-Fans oda? Mb

Keine ahnung ob irgendwer was von ihr will...
Dann sag deinem bro, dass der mal wieder vorbei kommen soll...

Is voll krass, dass wir die selben Bekannten haben und uns trotzdem nich kennen! Voll lustig... Ey, wo wohnst du eigentlich? Nich dass wir plötzlich nachbarn sind! *g*

LOL... In Schorndorf! Und wo wohnst du?

Stuttgart. Also: Nachbarschaft ausgeschlossen! *lol* fährst du fahrrad?

Jo... Aber nicht so viel wie Michele...

Der hat ja auch nur noch sein Fahrrad im Kopf ... tz .. was machst du sonst so?

Ach ... Treff mich oft mit freunden, zock, geh schießen, party ... Und was machst du so? Ey hab kaum noch geld ... Also schreib ich erstmal nicht mehr ...

Oki! Ich geh tanzen, freunde treffen, singen, zeichnen, PARTY usw. Kommt echt ma am mittwoch zu uns an die schule! wär echt hamma! überrede ben + daniel dazu *lol* Bye, Pia

UND DANN PLÖTZLICH DANIEL!
(Antwort auf meine letzte SMS an ihn paar Seiten zuvor!)

Ob du was von mir willst? mb dan

Willst du denn was von mir?

Ich hab dich zuerst gefragt. Ich fand dich nur nett. mb dan

Da hab ich das 1. mal HDL geschrieben

Na also! *g* hdgdl PiD

Jetzt noch ne SMS die ich ma DAN geschrieben habe →

Hi dan!
Alles fit im Schritt? *gg* was machst du gerade?
hdl mb pi

[senden] [optionen]

18.02.2005 20:55

David

[AW:] Mir gehts ganz gut, hoffe dir auch! Nee, stand mit milena, franka und nem kollegen draußen bzw nachher nur noch er und ich! Ja türlich hab ich dich erkannt ... dich kann ich doch gar nicht vergessen!! Hdgdl haste eigentlich nen freund?

[senden] [optionen]

MÖP

Muss pennan! Is schon 22:10!

Bye, PiD

P.S.: Heute is Mittwoch, der 9te 3te! SCHERZ! 09.03.05, Mittwoch

P.P.S.: Ich hab Daniel und auch den anderen nie gesagt, dass ich nix von ihm (DAN) will!) →ich weiß ich bin schlau... *g*

ICH HAB NIE GELOGEN!

FUCK! hab nur noch 7,90 € aufm Handy! Vorher hatte ich noch irgendwas mit 13 oder 12 €

Bye PiD

Hey die sagen mir bescheid ob die können...
Hab grad chemie... voll öde... schreib mal
irgendwas bitte...
(10.03.05) (10:36 Uhr)

...

Sorry, hatte mein handy nicht mit inner
schule! Du weißt aber schon, dass ich aufer
mädchenschule bin?! *g* mb!
Na klar weiß ich das... was machst du
grad? wir gehen heute wieder zum Stall...
g der mädchenknast! woher weißt du
das? Ich hab gleich nachhilfe. mb!
von franzi...
achso! versucht echt am mi. zu kommen!
Is voll lustig bei uns *g* wir könn' nach
der schule noch was unternehmen, also
nehmt geld mit, ok? Mb
Ja ich frag dann nochmal... Okey? was in der
Art würden wir dann machen?
Kein plan! wozu hast du bock? können wir
ja spontan entscheiden, oder? Mb

~~jau, einfach aus dem bauch~~ kp was... frag du die dann aber auch nochma... Ja? Dann entscheiden wir dann eben spontan... ... Aus dem bauch heraus... Lol

jau, einfach aus dem bauch heraus *g*
ok, mach ich! Mb

Dann hat Michele mir geschrieben:
„Nur weil dein zimmer nach mich nich rausgehen stinkt. wieso textet ihr beiden paul die ganze zeit zu."

(unlogische SMS! >.<)

Ich an Michele:

1. Geht dich nix an, ich misch mich ja auch nicht in deine Angelegenheiten ein!
2. Wir texten uns gegenseitig zu! Is ja wohl unsere Sache, wenn wir uns gut verstehen!
3. War nicht böse gemeint mit deinem Zimmer. Was hast du für n problem? Is doch alles easy! Mb hdgdl PiD

Ich an de Paule:

Wir nerven dich nicht, oder? Mb

Ich an Isabelle >:o!!!

Hey isabelle! Wie gehts? Hab rausgefunden dass das dein handy ist und nicht das von paul's mutter! Warum lügt ihr uns an? Egal, michale wird sauer wenn ich dir schreibe.

Isabelle an mich:

Hey wer auch immer du auch bist ... Warum sollte Michele sauer werden wenn du mit mir schreibst? Bist du die Ex oder Sis von Michele? Kennst du eine Lisa? Mb

Ich bin seine sis! Die is in meiner Parallelklasse! Weil Michele nicht will, dass ich mit seinen freunden texte! Bei paul nervt ihn das auch an. Mb PiD

Ist das jetzt so Zufall, dass du meine Nummer hast oder!..? Wer ist denn diese Molly, der

du gestern geschrieben hast? Wie heißt du weiter? Mb Isabelle
Molly is die freundin von franzi, michele's ex, und die hat ihr wohl irgendwie die falsche nummer gegeben. Deine nummer! Is n ziemlich krasser Zufall, hab ich auch gedacht
Paul an mich:
Ach, meinst du weil Michele das geschrieben hat? Fand er nur krass wie oft wir uns geschrieben haben...
Tja, is er neidisch? *g*
freu mich auf mittwoch! Du kommst aber wenn nur mit ben + daniel, oder?
Naja, bis dann! Bye PiD
Ich an Isabelle:
Warum habt ihr uns erzählt, dass es die nummer von pauls mutter ist? Mb
Kein plan... Dachte dat wäre voll die Verarsche.
Wie heißt du und wie alt bist du?

Kommt Paul jetzt am Mittwoch zu euch???
Isabelle

Jan, glaub schon, wenn er kann! Zu uns in den Mädchenknast! *g* Ich heiße Pia und bin noch 13. Bald 14. Warum?
Mb PiD

Paul an mich:

Du bist doch sowas wie seine Schwester, oder? Keine ahnung, ich weiß ja gar nicht genau wo die schule ist. wenn die nicht wollen soll ich alleine kommen...?
Mb

Klar! Warum nicht!? Ja, ich denk schon! Wieso, sagt er etwas anderes? Doch, ich bin seine sis – und die von Momo natürlich.
Mb PiD

Ich mein damit das du seine sis bist und warum soll er dann neidisch sein!? Mal sehen ob ich alleine komme...

Nein, ich meine nur, dass du mit uns

~~schreibst~~ textes! Is ja auch egal... Willst du denn alleine kommen? Und wenn ja, warum? Ben und Dan wissen, wo unsere Schule ist! Mb PiD

Aber ich weiß nicht ob die wollen...

Klar wolln' die! Dan meinte, er würd komm'!!! Mb PiD

Hey, bin jetzt bei paul. Beim schießen. Habe kein geld mehr auf meinem handy. Hast du gerade paul angerufen? Soll Michele erfahren, dass wir uns schreiben? Isabelle

Is mir egal, weiß nicht wie er reagiert! Kann er aber ruhig! Mb pia

Okay mal gucken... Was machst du gerade? Und was machst du heute abend noch? Hast du was gegen pferde? Isabelle

Nö! Wie kommst du darauf? Bin früher selbst geritten! Ich hör musik und heute abend nix. Lernen, werd morgen in französisch abgefragt. Mb PiPi

Ahh... Wie heißt deine oder dein lehrer? Wo bist du früher geritten? Woher kennst du Lisa? Muss sie gleich mal fragen, ob sie dich kennt. Isa

Ich kenn die nur vom sehen, is aber bei michele's ex in der lateinklasse! (heißt franzi und ist meine b. Freundin!)

. . .

(Insider von Franzi und Paul)

Hey, hier ist die am besten aussehende Pia! *gg* viel spaß heute abend... Mb S

Aha, ok! Und was willst du mir damit sagen? *g* mb

Nichts... Haben uns um mein Handy gestritten und dabei gesendet... sorry... Das geht nicht, ich seh am besten aus *g* michele ist grad gekommen...

. . .

Einigen wir uns darauf: Michele sieht am besten aus, ok? *gg* Schöne grüße an meinen bro! PiD

. . .

Ich hab jetzt franze, werd gleich abgefragt … :oP was hast du grade? Mb PiD

Hab grad musik …

Schreib ma was is voll langweilig, ja?

Wir ham' jetzt vertretung bei der schlimmsten lehrerin der ganzen schule … Mb!

Kein plan was … Hier auch voll öde hören grad die beatles … (geh weg mit dem Scheiß …)

Schreib du was

Was hörst du für musik? Wir gehen heute tanzen, was machst du heute? Hast du ne freundin? Mb PiD

So richtung hip hop … Und ihr? Gehen heute wieder in den stall … Lol … Hab keine freundin … Habt ihr nen freund?

R'n'B, hip hop usw. Ich nicht, franzi schon: Cem!

Was machst du dieses wochenende? Ich bin bei momo! Mb PiD

Mal sehen ... Was machst du sonst so? Also am we ...

Ach ich bin das ganze wochenende da um von zuhause wegzukommen .. gehen auf den spielplatz und so. Sonst nix! triffst du dich mit michele? mb PiD

Glaub ma schon ...

Trefft ihr euch im Stall oder bei denen? Weil ich ja auch da bin! Naja, egal. daniel muss am mittwoch mitkommen, weil du den weg nicht kennst und nicht weißt wie wir aussehen. Mb

Wir treffen uns am Stall ...

Wer kommt denn jetzt am mittwoch? Nehmt geld mit ... schlaf gut! *g* mb PiD

Also ich ... und vielleicht ben und dan ... schlaf du auch gut ...

• • •

Wann hast du in den ferien zeit? Mb PiD

Kein plan ...

Frag daniel und ben ma von uns, wann die in den ferien zeit haben und sag uns am besten bescheid! Auch, wann du zeit hast! Mb PiD

Ja ich frag ... Ben will aber nich ...

. . .

Hey paul, is da nen tag in den ferien, wo ihr alle zeit habt? Mb Pi + Fr

Keine ahnung ... Ben hat kein bock ... Also gar nicht ... Ich frag dann daniel wann er kann ...

. . .

Hey paul, warum hast du mich heute um 3 uhr nachts angerufen? *g* wann habt ihr beide denn jetzt zeit? mb PiD

Hey .- Ach war gestern nur langweilig ... Ja weiß noch nicht wann der kann oder ob der überhaupt will ... Ich sag dir dann die nächste woche bescheid ... Gigi

Ey gigi, weil franzi nämlich nen dvd-abend machen will, mit mir, dir, daniel und noch 2 oderso aus unserer klasse! Wird voll lustig, ihr müsst kommen! Mb PiD

Dan und ich kommen auf jeden fall ... wann und wo? Dan ist grad hier ...

Wann habt ihr Zeit? Bei Franzi Zuhause! Schöne grüße an dan, und: Cem kommt nicht! Mb

Mittwoch ...

Geht auch samstag? Das wär dann perfekt! Mb!

Ja okey

Ja geil! Ab 19-20 Uhr könnt ihr kommen! Wie lange könnt ihr denn bleiben? mb

Ja mal gucken ... wo wohnt sie denn?

Michele kann euch den weg erklären, also kommt ihr jetzt ganz sicher am samstag?! Mb HdL

Ja, klar!

• • •

Ey paul, kennst du auch diese lisa? Denkt sie irgendwie sie wär was besseres? ... Die ist bei uns inner 8a ... Kennst du die? Mb Hdl

Ja kenn ich ... Schlimm? Mit der und Isabelle war ich heute in der Stadt ...

Wir waren auch inner stadt. War lustig ...
Ne, is net schlimm! Hab doch gar nichts dagegen gesagt! Hdl, mb

Jaja wär ja auch nicht schlimm wenn du was gegen Sie hast ... Was machst du grad? Hdl

(5:00 h !!!)
Sorry, dass ich erst jetzt zurückschreibe, hab die nacht durchgemacht ... *g* Muss jetzt schlafen ... *gähn* hdl!

(21:51 h)
Schon okey, aber sorry dass ich jetzt erst schreibe ... Warum hast du durchgemacht? Hdl

Warum ich durchgemacht hab? Wir haben mein Zimmer renoviert, dann hab ich noch aufgeräumt. Was machst du gerade? Hdl

↳ Stimmt nicht, bin vor Papa abgehauen und hab mich die ganze Nacht bei Momo versteckt.

Bin bei Isabelle und Lisa und gucken tv …
Schöne grüße von den beiden! *gg* und was machst du so? Hdl

Grüß zurück … was guckt ihr denn? Hdl!

Die gucken scheiße … Ich lieg da nur rum weil ich son shit nicht gucke …! (titanic) hdl

gg den hab ich bestimmt schon 20 mal gesehen! Frag ma michele … *g* … tja, viel zu wenig boote … hdgdl … mb

. . .

Ey du Frauenaufreißer! *g* wieso haben Isabelle und Lisa auf dir gelegen? Mb! Hdgdl

↳ Hat Franzi mir erzählt! Hat er ihr geschrieben als sie sich getextet haben!

Jaaa … weil wir nur ein kopfkissen hatten und ich darauf lag … Da haben sich die dreisten auf mich gelegt … War aber nicht schlimm … Hdl

aso … *g* was machst du grade? Hdl

Pien … und du? Hdl

??

(Ah! Saufen heißt das)

Bin grad bei Momo. Weißt du eigentlich wie man zu Franzi kommt? Mb!

Nö! Wohnt die in Schorndorf? Müsst ihr dann nochmal bescheid sagen ... Hdl

Jau, machen wir. Ne, nicht in Schorndorf! Fellbach. Fragt Michele ma! Der kann euch den Weg von Bad Cannstatt aus erklären. Hdl!

Okey machen wir ... Muss jetzt pennen bin voll breit ... Hdl schlaf schön

Jau, schlaf du auch schön! Hdgdl!

...

Hey paul, warst du heute mit ben in fellbach? Mb!

(April, April!! 01.04.05)

Hey! Sorry hatte kein geld mehr... Kann sein, dass ich da gestern war ... Aber nicht mit ben sondern mit toni ... warst du aufm rad?

Mb hdl gigi

Ne, ich war nicht da aber franzi hat geglaubt dich gesehen zu haben! Grüß dan von mir, ihr trefft euch doch ... bis morgen! Hdgdl PiD

...

Daniel, kauft am besten ~~morgen~~ heute schon Karten für die nächste Party am 9. April, diesmal sind die voll schell weg. morgen kriegst du vielleicht keine mehr. Hdl! Mb... Pia

. . .

(Ich an Dan)
War cool gestern! Können wir ja wiederholen... Lad ma wieda dein handy auf! Mb Pi

. . .

(Gigiii)
Hey wie gehts...? Wann hat Franzi nochma geb. (weil ihr meintet sie feiert)? Hab ich nicht so mitbekommen... sry... dan auch nicht...

Morgen! Kommt morgen doch einfach zu uns an die schule, das wär geil! Franzi feiert nach, vielleicht nächste woche Samstag... Zelten! (im garten *g*) frag dan ob er Zeit hat, dann schlag ich ihr vor euch einzuladen. Mb! Pia

Ah... Ne können nicht zu euch an die Schule kommen... Haben 6 bzw. 8 Stunden...

Ey daniel, kannst du nächste woche samstag?
Ich organisier da was für Franzi, wegen ihrem
geburtstag! Sie weiß davon nix, ihre eltern
schon -> zelten im garten! *g* mb!

Hey pipi, wie findest du paul? was machst
du? ja klar kann ich am samstag, kommt
ihr freund dann auch? mb daniel

Wie soll ich ihn finden? Ganz nett.
Also nicht diesen sondern nächsten Samstag.
Das wird voll lustig ... *g* also, ich hab
cem nicht bescheid gesagt. Hab kein
bock auf den... Aber cem ist echt voll
nett! Wir könnten auch im Wäldchen
zelten ... Mb! Hdl! Pia

Kein plan wie du ihn finden sollst. Kommt
Cem auf die nächste party? also mir ist
es egal ob wir im garten oder im
wäldchen schlafen. mb daniel

Ne, der geht da nicht hin, hat kein bock.
Sag dir nochmal bescheid wegen Samstag! Mb, hdl!

Also! Jaaa... Wir planen schon das nächste Treffen! Ey, ich bin bald <u>14</u>! Ich muss ihn ja noch küssen!

DVD Abend war geil! Ich saß neben Dani und wir hatten voll fun.

Boah, Paul ist gar nicht mein Typ (sau der hässliche *kotz*) und Dani sah sooo süß aus! Noch mehr dazu vielleicht morgen, auf jeden Fall hab ich letzte Nacht geträumt wir wären in ner Jugendherberge... also Franzi + Ich, DANIEL, Ben, Toni, Michele usw also ALLE halt... Die Jungs haben V+ gesoffen und ich hab gerade drüber nachgedacht Daniel nen Gute-Nacht-Schmatzer (lol) auf den Mund zu geben, als er mich plötzlich so <u>richtig</u> küsst und alles fühlte sich so echt an! Ich spürte seine Zunge wirklich, wie sie sich warm und weich vorangetastet hat ... WAA! Es war so echt.. und so schön... Ich will ihn jetzt unbedingt küssen! Ey, wenn Franzi das darf mit zelten, dann penn ich neben Daniel ... Der pennt immer so bis 14:00 h und ich kitzel ihn dann mit nem Grashalm an der Nasö! *g* :oD oh man... Mal denke ich er will was von mir, dann wieder denk ich von Franzi... Mehr morgen, muss penn' (keine Ferien mehr seit heute! :o( )

Bye, PiD

Mbö!
↳ MB

Ach nee, kannst ja gar nicht BACK MAILE

OMG SMS VON DAN !!!

Hey pipi, was machst du? kannst du vielleicht karten für die party für kollegen von mir kaufen, aber nur wenn du willst. mb daniel

Ich lern französisch ... → je déteste ça !

klar, kann ich machen ! für wie viele ?

Mb, hdl Pia

2 karten, danke du bist echt süß. sag mir dann bitte bescheid ob du welche hast.

mb dan

OK mach ich ! Bis dann ! Hdgdl ! PiD

AAAAH !

ICH KRIEG NEN SCHREIKRAMPF !! ICH WUSSTE FRÜHER ODER SPÄTER WÜRDE ES KLAPPEN ! → süß !

Haaach ... Ach man .. maybe hat er's nur so geschrieben aber das ist eher untypisch für ihn ... Nochma zum DVD Abend: Wir haben so am Hauptbahnhof auf Dan und Gigi gewartet und hatten sie auch schon lange gesehen aber so getan als ob nicht ...

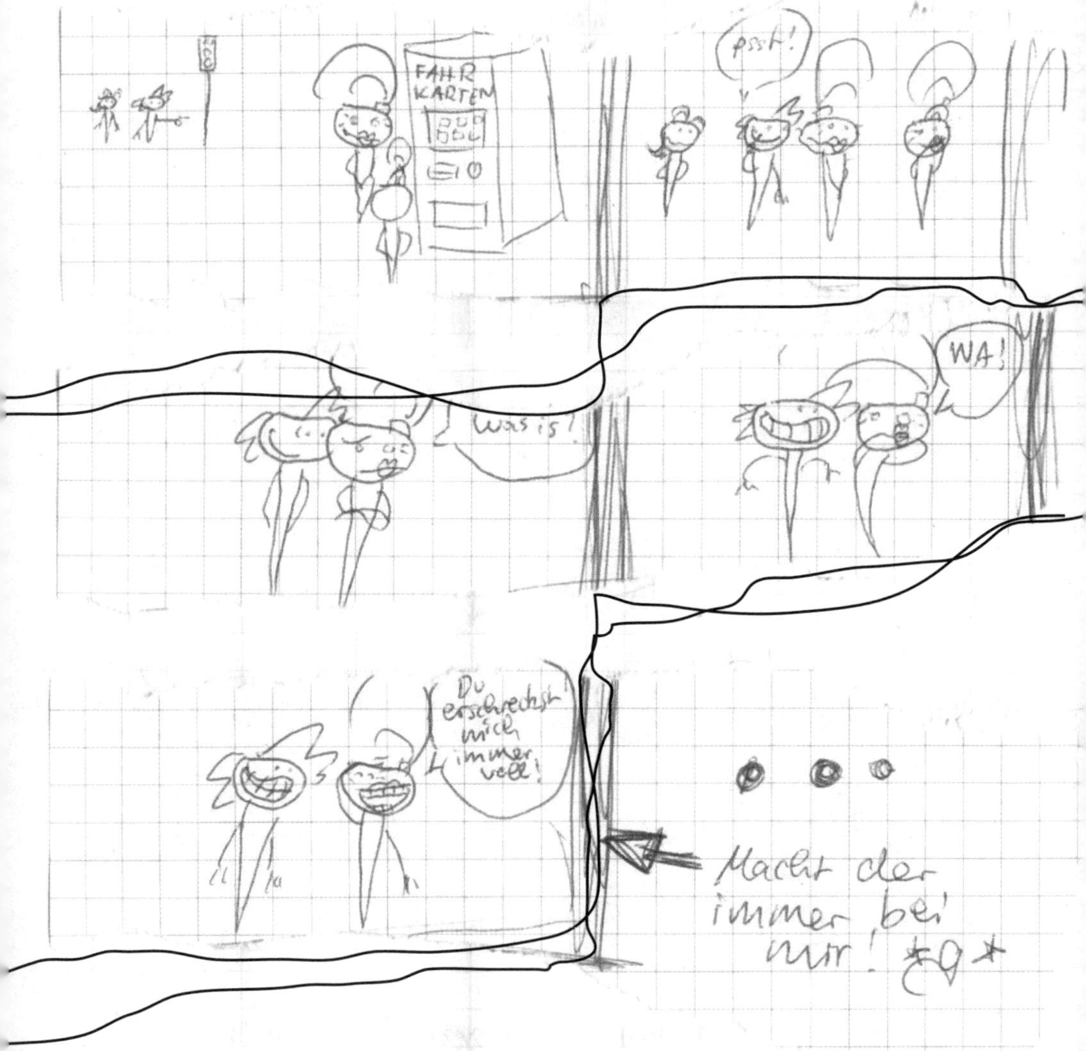

(Daniel hat seine Zahnspange raus!)

Er hat mich mit seinem Handy geblendet und viel Quatsch gemacht :oD Paul war voll schüchtern !!! :o(

23:10 h

Paul hat den ganzen Abend nicht geredet und zum Abschied kam auch nur ein leises CIAO.

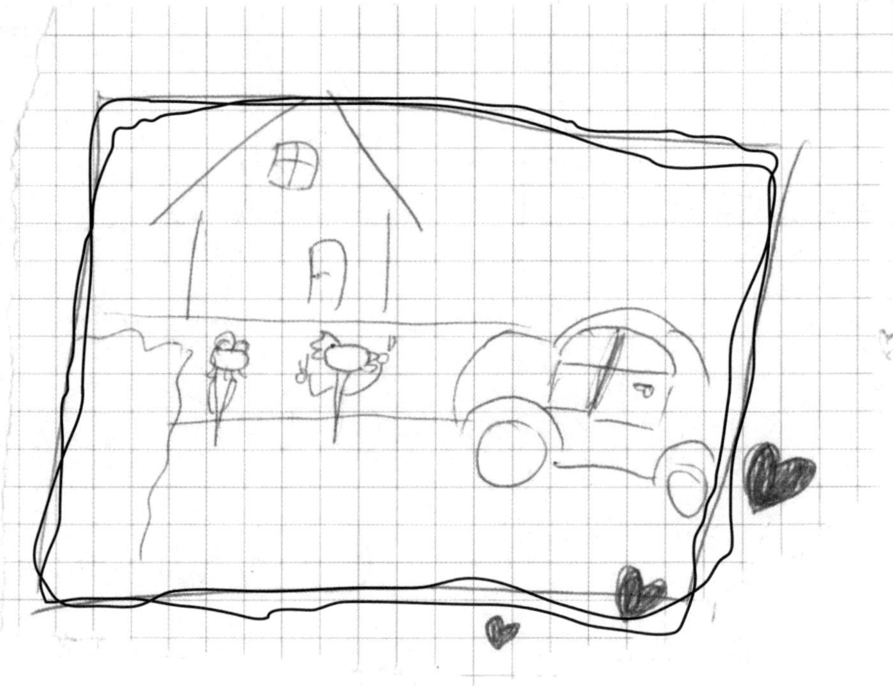

DAN IST SO SWEEEET !!

Hey Dan, ich hab die Karten! ... Du stehst in meiner Schuld! ... nein, Spaß *g* mb, hdl Pia

Hey Pipi danke für die karten. was machst du? mb daniel

Ich hab grad geduscht! Und du? Was machst du so? Hdl Mb, Pia

Ich guck grad O.C. California. treffen wir uns dann vor der tür vom jugendzentrum? bis dann. daniel

Ja, klar! Von was für nem handy schreibst du eigentlich? Hdl! Mb pia

...

Hey pipi wann fängt das nochmal an? mb daniel

19:00 Uhr. Mit welchem bus fährst du? (um wie viel uhr) franzi und ich fahren mit der 5, die auch bei dir hält! Mb, hdl

a very few time later ...

Hey Pia ... Wie geht's? Was machst du gerade? Bestimmt sitzt du bei Michele im Wohnzimmer und guckst TV ... Oder? Bist du alleine? Isabelle

Hey isabelle. Ich bin nicht alleine, michele's ex und momo sitzen neben mir und du telefonierst grad mit meinem bro! Ich dachte, ich würd dich nerven (sagt lisa)

Nööö ... Du / Ihr habt mich noch nie genervt. Was macht ihr heute Abend so? Pennt Franzi bei dir? Isabelle

Nö, ich mach party mit daniel, meiner freundin... frag michele ...

. . .

Ey daniel, war heute irgendwas? Du warst so komisch ... Mb! Hdl Pia

Ne ich war eigentlich ganz normal. was macht ihr? mb dan

Ich guck fernsehen mit momo. Und du? war nicht so lustig die party... Aber du hast dich amüsiert! ... Hdl! Mb

Ich fand sie eigentlich gut. hast du gesehen wie wir getanzt haben? mb dan

→

Ja. Ich kenn sie. Aber nicht so gut ... Sie is 12.
Ich dachte 14 jährige wären dir sogar zu jung!? ...
g mb, hdl

...

Ich war fußball zocken. mb dan

Aha ... Dieses mädchen, mit der du getanzt
hast, ich kenn sie. du kannst echt gut
tanzen ... respekt! *g* mb, hdl
↑
LOL!

...

Hey ... Alles klar? wann hast du eigentlich geb.?
Sorry, dass ich das nicht mitbekommen hab...
Und wie war die party?

Alles klar, und bei dir? Party war lahm aber
daniel hat gut getanzt lol. Im Sommer erst...
Mb, Pia

Ah... Bei mir auch alles klar... *lol* daniel hat
voll angegeben ... Meint er hätte alle maultot
gemacht und so ... Äh wann sollte nochma geb. von
franzi sein?

Tja, er is halt der beste! *g* franzis geburtstag ist am 5. ~~und meiner~~ oder was meintest du? Mb

Ach schon okay... Mein eigentlich die feier oder so... Du wolltest uns ja einladen... Oder vorschlagen uns einzuladen...

Diese woche samstag, vielleicht! Wenns sicher ist, sag ich euch bescheid.

Oh ... Sorry da kann ich leider nicht... :~(

könnt ja daniel fragen...

Jau.

. . .

Ey daniel, halt dir diesen samstag noch frei, da is vielleicht zelten bei franzi! Bring noch nen freund mit, wenn du nicht allein kommen willst. Paul kann nich. mb, hdl!

. . .

Ey daniel, auf der nächsten party reservierst du mir nen tanz, ok? *g* hdl, mb sobald du kannst... pia

Hey david,

warum warst du nicht auf der letzten party?

Wie findest du daniel? Mb, hdl pia

Freitag, 15.04.05 Göil, ne?

Die Party war Scheiße!
Ich mein, Daniel hat schon geil getanzt und sah auch echt gut aus... aber auf einmal hat er so ne B*tch angetanzt, die 12 is!! Sie hat ihm aber erzählt, sie sei 14!!!
Tzz... woher ich weiß, dass sie 12 is? Tja, kenn sie aus meiner Theater AG. Sie ist hässlich >.< !! Er könnte mich haben und nimmt die, der tickt doch wohl nicht richtig! Wir haben ihn dann erstmal aufgeklärt... Franzi: „Weißt du wie alt die is?" Er: „Ja, 14!" Franzi: „Da hat sie dich wohl n bisschen angelogen, sie is 12!" Dann hat er nicht mehr zurückgeschrieben... 13 jährige

sind ihm sogar zu jung! Also echt ... Auch
sonst war die Party eigentlich sau lahm.
Momo hat auch nie bock mitzukommen :(
MEINE ZEIT LÄUFT AB! In ein
paar Monaten bin ich 14 und irgendwi
hab ich das Gefühl dass <u>Zelten</u> meine
ultimative Chance ist. fuck!
Ich hab mir jetzt auch einen freund
ausgedacht ... SELIM! Ich schreib von
meinem Handy SMS an mein Handy LOL!
Weil ich meine eigene Nummer unter
"Selim" abgespeichert hab, sieht das so
aus, als wären die wirklich von einem
anderen Handy! *g* Hab ich grad
geschrieben:

Hey Pipi, ich treff mich morgen mit Cem, aber
du und franzi, ihr könnt ja auch kommen!
das wird schon wieder, hast ja noch mich und ich
liebe dich, fine! Bis dann, Selim

GÖIL ne?!

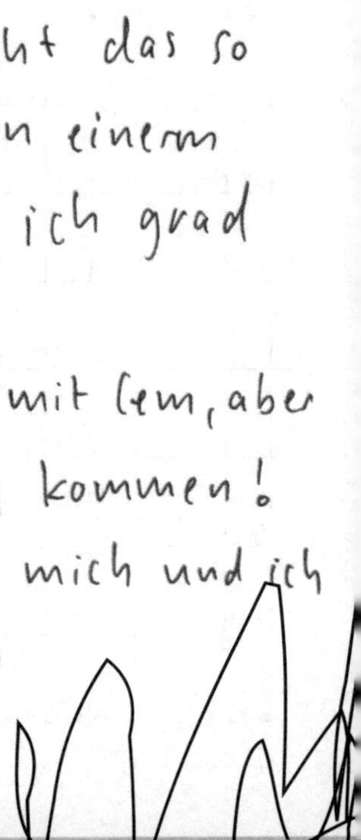

Wenn Daniel dann wieder mein Handy nimmt, um damit zu spielen, sieht er die SMS ... dann wird er garantiert eifersüchtig!!! Und Franzi macht das gleiche mit Cem ... aber sie macht's, um Daniel zu zeigen, dass er sie nie kriegt und sie absolut <u>nix</u> von ihm will!!!

WE ARE THE BEST!!

Bye

Di, 19.04.05

BOA, ich hasse Papa! Jetzt hat er mir schon wieder mein Handy weggenommen und mich im Zimmer eingeschlossen >.<

Daniel hat mir bestimmt schon geschrieben... voll ungewohnt ohne mein Baby (Handy...) Wä. Komme ohne gar nicht mehr klar. Scheiße.

Meine Klassenlehrerin hat sich heute nach der 5ten Stunde mit mir unterhalten – über meine Leistungen und so. Ich hatte vorher voll Schiss, weil sie immer so bohrt und schon vermutet, dass Zuhause irgendwas nicht stimmt. Ich könnte ihr nie erzählen, dass er mich schlägt.. andere haben es viel schlechter als ich und ich würde mir vorkommen, als ob ich übertreibe. Naja, so schlimm war es dann nicht. Sie meinte ich wär voll schlau (uuuh, voll die Gebildete!) *grinsus* würde nur nix draus machen, hätte keinen Bock auf all das und so.

Jaja... *Surprise*! Sie meinte, auf die

Realschule (Mama will das) zu wechseln würde nur alles schlimmer machen und dass ich mein Abi mit links schaffen würde, nur jetzt reinhauen müsste. Die Lücken von Franze müsste ich ihrer Meinung nach nicht mehr nacharbeiten, weil mir das nicht helfen würde! Ich sollte erstmal langsam anfangen und sie fragte noch: „Wo kriegst du die 4- eher weg, in Französisch oder in Mathe? Was meinst du?" Ich hätte nie gedacht, dass ich das mal sagen würde… „In Mathe!" Ist echt so… Jetzt soll ich mal über meine Möglichkeiten nachdenken. Ich werd voll das Streberkind, schwöa! :P

THEMAWECHSEL:

Franzi wurde heute Nachmittag angerufen, und…

Franzi: „Hallo?"

?: „Hey, hier is Daniel…"

Franzi: „Hi!"

?: „Der vom Jugendzentrum!"

Franzi: „Äh … ja, ich weiß!" (*g*)

? ●: „Wie findest du Nicky? Der von der Party."

Franzi: „Der is absolut nich mein Typ, außerdem hab ich nen Freund!"

? ●: „Scheiß doch auf dein' Freund … Auf welche Schule gehst du?"

Franzi: „Auf's Mädchengymnasium, weißt du doch?!"

? ●: „Äh .. ja, genau …. Bock auf'n FICK?"

Franzi: „Ähm, nee?! Daniel, geht's noch? Ich hab nen Freund, ich will nix von dir!"

? ●: „War nur n Scherz. Willst du mit mir ficken?"

Franzi: „Geht's dir noch ganz gut?"

? ●: „Boa, du bist so geil … Warte, ich geb dich ma weiter …"

? ○: „Hi! Willst du ma mein' Bruder sprechen?"

Franzi: „Wollt ihr mich verarschen? Ich verschwende hier nur meine Zeit."

Krrr

… piep … piep … piep …

Franzi hat dann Daniel geschrieben: „Da hast du dir jetzt was eingebrockt" und bla.. „weil du mich angerufen hast..."
Er: „Ähm, ich hab dich nicht angerufen, ich war grad duschen, außerdem hab ich ne Mandelentzündung" Sie: „Hat sich genauso angehört wie du, meinte er wär du, hat nur shit gelabert (FICKEN u.s.)" BLA..
Er: „Ich hab deine Nummer nur Nicky weitergegeben und der macht sowas nicht, ich kenn ihn. Ich hör mich ma um, wer das war..." und so weiter!

SAU KRASS! Ach ja, wenn ich mein süßes Handy wieder hab schreib ich hier alle SMS rein, die ich von Daniel hab! schwör! LOL *lölchen*

Bye PiD

Alles is sowas von vorbei. Ich weiß gar nich wo ich anfangen soll ... Von Anfang also ...
Es ist Freitag und Franzi ist krank - Super, alleine hab ich keinen Bock tanzen zu gehen! Ich bin also nach Hause und hab erstmal Franziska angerufen: „Warum warst du heute krank? Wir haben doch tanzen! Wie ist das dann mit morgen?" Franzi: „Ich darf nicht, meine Mutter hats verboten." - „WAAAS? Die kann das doch nicht 1 Tag vorher verbieten!!" - „Ja, ich hab ihr das auch schon gesagt.

u.s.w.

Ich krieg erstmal voll den Heulkrampf weil das meine ultimative Chance war nicht mehr ungeküsst zu sein -.- Papa kommt rein ...
Ich: *verkrochen unter meiner Decke*
Er: „Essen. Da gibt es keinen Grund zum heulen!!"
WIXXER! Ich bin dann ins Bad und hab geheult wie schon lange nicht mehr, hatte krebsrote Augen und konnte gar nicht mehr aufhören.. Hab dann Mama nach Hause kommen

und Papa sagen hören: „Pia heult – im Badezimmer. Wahrscheinlich hat sie Liebeskummer." Und das meinte er ohne jegliches Gefühl, ich hätte ihn umbringen können!! Und dann hab ich wieder angefangen zu weinen T^T

Meine Madda hatte dann nix besseres zu tun, als mir ne Standpauke zu halten, weil ich nicht zum tanzen gegangen bin. Bin einfach zu Momo rüber und Abends hat Mama angerufen und mit seinem Papa abgeklärt, dass ich da übernachten darf, weil ich nicht heim wollte. Michele war bei Isabelle oderso, war mir auch egal, mit Momo kann ich eh besser reden. Hab mich richtig ausgeheult und ihm wieder alles von Papa und all dem erzählt, was ich in letzter Zeit in mich hineingefressen hab. Alles kam hoch und als ich später noch mit Franzi telefoniert hab und die mir eröffnet hat, dass Daniel jetzt ne Freundin hat, war alles vorbei T.T Und weil ich Mama

gesagt hab, dass Franzi doch am Sonntag feiert, hat die direkt Franzi's Mama angerufen (und Franzi hatte das noch nicht mit ihrer Mutter besprochen) die dann meinte: „Ne, da weiß ich nix von!" Meine Mutter hat dann gedacht, dass ich heimlich zu Daniel fahren wollte (Den Namen DANIEL hat sie wohl mal irgendwo aufgeschnappt, eigentlich wissen die alle nichts über mich ...)
und ohne Vertrauen zu mir ruft sie bei Momo an und sagt ich soll sofort nach Hause. Ich bin voll fertig. Gerade hat sie mit mir geredet und sogar angefangen zu weinen ... Hat gesagt, dass ich früher so ein lustiges, fröhliches Kind war und dass sie mich nicht mehr versteht. Dass sie mich verloren hat. Und nicht mehr weiß, wie es weitergehen soll. Als sie meinte: „Wenn du wirklich hier weg willst, dann gehen wir vor Gericht, bald bist du 14 und darfst sowieso viel mehr selbst

entscheiden. Vielleicht verstehst du dich ja mit Heimbetreuern besser aber das finde ich so schade! Du erzählst mir nichts mehr, ich kenne dich nicht mehr!! Ich weiß nicht, wer du bist ..." Wieso wundert sie das? Sie hat sich mir schließlich auch nie geöffnet, ist nie Zuhause und ignoriert dass Papa mich verprügelt, was soll ich noch hier??

„Du bleibst doch hier, oder?" Mit den Worten trat sie in mein Zimmer. Ich liebe sie aber wieso kümmert sie sich nicht?

Ich habe nur noch das Bedürfnis mich in Freundeskreise zu fliehen weil ich nicht über Zuhause nachdenken will, das hier ist keine Familie. (Manchmal hab ich das Gefühl mich nur so sehr in Freundschafts-geflechte zu flüchten, um gendanklich nicht Zuhause sein zu müssen ..... -)

Hab mein Handy wiedebekommen, Mama hat es aus Papas Schublade geklaut und mir gegeben, Friedensangebot wahrscheinlich.

Hey daniel, zelten ist wenn erst nächsten samstag kannst du da? Sinan will dich schlagen... Mb!!!
Hdl, pia

Hey pipi, ist ok. Warum will der hampelmann versuchen mich zu schlagen? Mb dan

Hey, du hast ja wieder geld drauf! Kein plan, Franzi meinte das, die hat ihn gestern inner eishalle gesehen! mb! Hdl, pipi

Ich komm das nächste mal mit meiner ganzen crew zur party, der kriegt Schläge. Frag sie mal warum! Mb

Weiß sie glaub ich auch nich. Er meinte so: „is das der daniel, der ma was von Milena wollte? Den will ich schlagen"... ok, wie viele karten soll ich kaufen? *g* mb hdl!

Brauchst du nicht aber danke. Ab wann kann

man karten kaufen? Der wird sich nicht trauen mich zu schlagen und wenn doch dann ist er tot. Ich sprech ihn dann an. Mb

Die party is am 21. Mai ... Ich schätze so ab dem 15.! Ey, übrigens, hast du was mit dem mädchen von der letzten party? Mb, hdl *lul* Pi

Ich hab den kontakt mit ihr abgebrochen. Ich lüg nicht. Dan

• • •

Hey dennis, ja, bin ich ... ich mag dich auch, aber ich weiß nicht. Du wohnst in dortmund, das kann nicht mehr funktionieren ... ich weiß nicht. Hdgggdl! Pia

↳ (hab ich extra an Dan geschickt, um ihn eifersüchtig zu machen xD)

Hey pipi, ich mag dich auch d;-) Glaub die SMS war nicht an mich. Dan

Das stimmt ... sry! aber dich mag ich auch *gg* ;o) hdl, pia

• • •

hoi! *g* wann habt ihr elternsprechtag?
Wie viel Stunden hast du? Mb, hdl! Pi + Fra

Hey pipi, kein plan wann wir das haben. wir haben donnerstag frei d;-) Der eine Junge mit dem ich getanzt habe findet Franzi ganz gut. Mb

Sorry, dass ich jetzt erst schreibe ... nicky?
Tja, Franzi is vergeben ... *g* Kannst du donnerstag zu uns an die schule? wär cool!
Mb, hdl! PiD

Ne, keine Zeit, wir zocken schon morgens ...
Wir schlagen den, scherz d;-) Mb

Hatte grad Nachhilfe ... wen schlagt ihr, cem?
Auch dann wär nicht Schluss zwischen den beiden ... *g* Och, kommt biddö! Mb, hdl PiD

. . .

Du hast doch frei, dann komm halt erst um 12:00 Uhr oderso ... warst schon lange nicht mehr bei uns im mädchenknast. achso, willst du noch was von milena??? Mb, hdl

Ne, ich will nichts mehr von ihr. Die ist voll eingebildet. Mb dan

und, willst du noch was von franzi? Könnt ihr / du denn später kommen? Mb, hdl!

Ne ich will nichts von ihr. Was machst du? Mb

Ich lieg auf meinem bett, hab grad mit Selim telefoniert und schreib dir ... und du? mb, hdl! PiD

...

Na daniel, schon wieder kein geld? Wie alt is deine freundin? Hdl! Mb, PiD

Nee, hab kein geld drauf, schreib vom handy meiner freundin! Die is 15, warum? Mb, dan

↓

die is eigentlich so alt wie ich, weiß sogar ihren geburtstag >.<

Dann haben Franzi und ich mal geschrieben:

„Na daniel, hast du noch Zeit für deine freunde?"

Ja, er hat sogar viel Zeit für mich, warum sollte er auch keine haben?!! Mb Dannys freundin

Hey "dannys freundin" wir haben ihn gefragt ob er noch zeit für sein freunde hat (das sind wir) sag ihm dass Arbin ihn fertig machen will, das posaunt er zumindest überall herum. Wie heißt du? Pia

(Schreib das einfach auch in blau, is ja dan's freun...

hey! Sorry, ich wollt dich nich dumm anmachen, tut mir leid, wenn das so rüberkam! Danny is nich mehr bei mir! Ich heiß marta! Biste ne gute freundin von dan? mb

Ja, schon. Ich kenn ihn schon 4 jahre, durch meinen bro michele. Aber wir waren nicht von anfang an befreundet. Er is echt supernett aber n bisschen macho... oder? *g* gehst du auf die partys im jugendzentrum? Mb, pia

Wie heißte denn mit nachnamen? Nee, ich geh nicht auf die partys, is nich so mein fall! Aber du kannst ja n auge auf danny werfen, dass er nichts anstellt ;-)! Mb marta

Jau, das mach ich! Michele ist nicht mein richtiger bruder, wir sind nur nachbarn und verstehen uns gut. Mb, pia

Ich kenn den glaub ich, ist bei mir in der parallelklasse! Is der eigentlich mit isabell zusammen? Wie is dan so, wenn ihr unterwegs seid? Mb marta

Ich glaub schon, dass er mit ihr zusammen ist. dan ist nett, nich schüchtern oder so, eher macho *g* hat aber nicht jeden tag ne neue! Und er hat nie kohle aufm handy.

Ja, das mit der kohle hab ich auch schon gemerkt ;-)! Dan is schon n kleiner macho, aber dafür n süßer *g*! Is er treu und was treibt er wenn er besoffen is? Mb

Ich glaub er is ziemlich treu! Wenn er besoffen is wird er nicht aggressiv, genau das gegenteil, meint michele. Hab ihn selber nie voll zu erlebt. Er tanzt gut lol.

Ja, von seinen tanzkünsten durfte ich mich schon überzeugen! Ich hoffe mal stark, dass er treu is, weil sonst gibts mächtig ärger ;-)! Is michele bei dir? Mb

Ne, bei isabelle. Momo is bei mir (kleiner bruder) du bist portugiesin, ne? Mb, pia

Ja bin ich, hätte ja selber nie gedacht mit nem griechen zusammen zu sein (nach dem EM-final ;-))! Warst du oder eine deiner freundinnen mal mit dan zusammen? Mb

Stimmt ja! G gegen P. Ne, aber er wollte ma was von einer aus meiner klasse (milena) und bis vor kurzem noch was von meiner b. freundin (franzi) aber sie nicht von ihm.

Ja und portugal hat tragisch verloren *heul*! Ja, dann danke für die ganzen auskünfte, ich hab nur noch wenig geld drauf! Man kann sich ja mal melden?! Mb bye marta

Jau, mir geht's genauso ... immer zu wenig geld ... klar, auf jeden fall! Bis denne! Pi

Hey daniel, hast ne nette freundin! *lol*
Arbin will dich fertig machen, pass auf dich auf! Ihn kriegst du hin aber mit seinen Freunden ist nicht zu spaßen. Hdgdl, Pia

EHH! Wie lange mein letzter Eintrag her is! ... heute is ~~Samstag~~ Sonntag (sorry lol) der 29.05.05 und eigentlich ist gestern mein erfundener Exfreund Selim 16 geworden (ist mir grad mal so aufgefallen).. voll vergessen, haha! Am 21. war die letzte Party - leider ohne mich - aber es wurde ein Foto von Danny gemacht, was man sich online auf der Website anschauen kann! Er ist so süß!! Verdammt.. seit Jahren bin ich hinter ihm her! Ich muss so viel erzählen, mit Sinan, Arbin, Dan und so. Ich finde Abends nur nie Zeit zum Schreiben weil ich so spät ins Bett gehe und meine sonstige Zeit nutze, um zu zeichnen...

Heute kann ich also auch nichts mehr berichten, bin zu müde :(ist schon wieder 22:55 h.. aber morgen... oder übermorgen! ... versprochen!

Bye

hdgdl

PiD

Montag, 13.06.2005 22:30

Info an de whole world:

Pia ist vor genau 15 Minuten zur Frau geworden! JA!! Ich hab meine Tage bekommen!

Heute in der Schule hatte ich schon Kopfschmerzen. Man, da wär ich nie drauf gekommen! Wow! Mein Bauch grummelt, meine Eierstöcke vibrieren *hehe* My days ♡

Am 30. Mai war also der erste Eisprung ... da hätte ich schwanger werden können :O Ui!

Aso, diese Infos mit Sinan, Arbin und so erzähle ich morgen, versprochen!!

(schlimmsten Bilder everrr von mir * kotz *)

01. 11. 2005

Man, ich hab ja echt lange nicht mehr geschrieben…
Tja… Alles scheiße irgendwie! Aber auch geil.. hmm…
Daniel isn Wixxer, voll das Arschloch! Megamacho.
Ich bin froh, dass ich über ihn hinweg bin.
Generell: Toni weiß nichtmal wer wir sind, genau wie Ben. Daniel und Paul isses doch scheißegal was <u>WIR</u> machen! Wir gehen denen am

Arsch vorbei!! Und Michele weiß auch nicht was er will ... tzz.. Alles voll der Kackhaufen! Kackfreunde! Für uns sind die gestorben! Franzi und ich haben uns neue beste Freunde ausgedacht, um ihnen zu zeigen, dass wir ohne sie besser dran sind und schon gar nicht von ihnen "abhängig" sind!!! Tim + Daniel - wir nennen sie aber Tieme + Bop! Und die sind die besten Freunde uff de wörld!! Die machen allen Scheiß mit uns, sind immer für uns da und interessieren sich voll und ganz für uns.

Ne böse Absicht ~~wa~~ haben wir nie, wenn
es wieder über uns kommt.
All diese Lügen – Wir sind nur am betrügen,
denn wenn es einmal begonnen hat, denn wenn
es einmal begonnen hat, kriegt man die
andern nicht mehr satt!
Wir erleben die tollsten Sachen – und wir ham'
immer was zu lachen.
Doch eigentlich ist echt nix Wahres dran …

Wir erzähln' euch die tollsten ~~und~~ Abenteuer,
von unsern besten Freunden, so mega geilen
Leuden! Wir wolln ja nix böses, doch wenn wir
das sagen stellt ihr auch keine Fragen!
~~Oh, wenn ihr nur wüsstet, wie klein allein~~
~~wir doch sind~~ … Unser Leben ist so viel
interessanter als euers, obwohl es in ech wohl
garnich' der Fall is …

Selim und ~~David~~ Dennis und Cem und auch ~~[illegible]~~ Danny,
wie Bop oder ~~[illegible]~~ Domi und Lukas und ~~[illegible]~~ Timmy
wir ham' euch beschissen, die Typen wohn'
grad ma in unsern Köpfen, wir wollten
sie alle so ganz spontan schöpfen.

Es tut uns ~~ja~~ auch alles so mega doll Leid, doch
vielleicht vergeht das ja mit der Zeit.
Aufhören können wir damit nicht so schnell,
but we do~~n't~~ not want to go into hell …

Wir wünschen uns ja bloß, dass ihr uns verzeiht,
auch wenn ihr denkt, wir sind nich ~~[illegible]~~
mehr ganz gescheit.

Sonntag, 06. August 06

Ja, es ist passiert. Mein erster Kuss. Oh mein Gott. Vor nem Jahr hätte ich mich überschlagen vor Glück!! Es war am Freitag. Franzi und ich waren eingeladen, zu Paul (Gigi) nach Hause. Ich wär fast gar nicht hingegangen, weil meine Ma wollte, dass ich um 10 Uhr wieder Zuhause bin – bekloppt, man! Dann bin ich doch hin und wir wären fast zu weit gefahren. Toni und Michele haben uns an der Haltestelle abgeholt und auf dem Weg zu Pauls Haus sind uns schon Paul und Daniel entgegengekommen. Die waren schon alle total aufgedreht und angetrunken. Im Keller lief laut Hip-Hop Musik und ich glaub noch 3 andere Mädchen und circa … Ich sag mal um die 10 Typen waren da. Gigi, Toni, Michele, Daniel, Ben, Robert, so ein Jannis, … hmm ja, ungefähr 10! Franzi und ich haben erst ein V+ Curuba und dann so 'ne billige Variante von Smirnoff Ice für 1 € getrunken … Dann haben wir alle ein paar selbstgemischte Pinnchen von Gigi weggekippt (Ich hatte so 6 Runden, wenn nicht noch mehr …) Aber ich war von Anfang an irgendwie viel lockerer als früher und konnte gut mit den Leuten da. Tatsächlich war ich auch schon vor dem Alkoholgenuss überhaupt nicht mehr so schüchtern wie letztes Jahr noch. Auf jeden Fall war ich dann schon etwas angetrunken … und hab ziemlich oft Körperkontakt zu Daniel gesucht. Ich weiß auch nicht, ich fühlte mich halt zu ihm hingezogen! Hab ihm manchmal über den Arm gestreichelt oder sowas. Irgendwann haben die Jungs so ihre Shirts ausgezogen und uns gegeben.. Also hab ich Daniels Shirt übergezogen… und später haben wir noch Ohrstecker getauscht; er hat meinen Brilli und ich seinen!

Michele hat mir auf einmal sein Herz ausgeschüttet, dass er schon immer was von Franzi wollte und so.. Wir saßen so Arm in Arm auf dem Sofa

und er hat sich bei mir bedankt, dass ich ihm zuhöre und so. (kurze Bemerkung: Fuck, Daniel ruft die ganze Zeit an. Ich hab mein Handy und das Telefon unter meine Bettdecke gestopft, damit man das Klingeln nicht so hört) Irgendwann waren Toni und Franzi weg und Michele dachte schon sonstwas. Wir wollten die dann suchen und Daniel wollte mit! Draußen war es stockdunkel und er hat mich die ganze Zeit von hinten so umschlungen ^^ und meine Hand gehalten.. Schließlich haben wir sie bei Paul im Wäschekeller gefunden (aber da war nix, zwischen den beiden) und als wir wieder unten saßen hat er die ganze Zeit mit meiner Hand gespielt und so..
Plötzlich wollte er ein Vier-Augen-Gespräch mit Franzi führen und meinte wohl sowas wie: „Machst du mir Pipi klar?" Sie dann: „Ja, sie will auch was von dir, küss sie einfach!" Das stimmte gar nicht <.< Dann is Toni zu mir und

meinte: „Los, geh zu Daniel, jetzt! Mach schon." Weil Franzi anscheinend Toni eingeweiht hat, dass ich angeblich was von Daniel will. Irgendwi scheiße. Dann kam Dan zu uns in die Küche und wollte mit mir reden... Er war auch eigentlich voll lieb und süß, wollte mit mir allein nach draußen, zum Spielplatz vor der Tür.. Er hat mich im Laufen von hinten umarmt und ich bin ein bisschen umher-gestolpert (zu betrunken..) „Pass auf, nicht, dass du mir hinfällst!" hat er gesagt, oder: „Vorsicht, Stufe.." Wir haben uns im stock-dunklen eine Bank gesucht, uns nebeneinander gesetzt und er hat den Arm um mich gelegt. Er war die ganze Zeit so sanft und die komplette Situation war zauberhaft, mit den Sternen über uns.. Auf der Bank hat er mir dann sein Herz ausgeschüttet „Ich wollte schon über ein Jahr was von dir" und „Wär ich nicht so besoffen, hätte ich mich gar nicht

getraut, dir das zu sagen, glaub ich" ... „Ich dachte immer, Michele hätte da was gegen" ... „Ich kann nur sagen, dass ich mich total in dich verknallt hab" ... „Als ich dich heute gesehen hab, hab ich nur gedacht: Wie konnte ich nur so tun, als ob ich nichts von ihr wollen würde?" und dann meinte er noch: „Ich hab da mit Franzi drüber geredet und sie meinte so, ich solle dich küssen." Ich hab meinen Kopf zu ihm gedreht und ihn angesehen (so, wie das im dunkeln halt möglich war..)
Er dann: „Soll ich?"
Ich hab genickt und dann hat er mich geküsst. Ja; es war echt schön. Wir saßen dort noch sehr lange und haben geredet, uns immer wieder geküsst.. aber überhaupt nicht überstürzt sondern zärtlich und .. schön einfach.
Irgendwann sind wir wieder rein gegangen, in Pauls Schlafzimmer. Den Lattenrost hatte der

im Suff schon zertrümmert und dann lagen wir da mehr oder weniger gemütlich auf seiner eingesunkenen Matratze. Ich lag auf seinem Oberkörper und hab seinen (ziemlich gut trainiert) Bauch gestreichelt, während er mich im Arm hielt. Es ist andauernd irgendjemand rein gekommen aber das war mir irgendwie egal! Er meinte ich hätte voll die geilen Fingernägel (sind nicht aufgeklebt sondern natürlich lang :P) und wär total hübsch.. Ich so: „Ich bin voll besoffen und seh scheiße aus" Er dann: „Du siehst immer voll schön aus" aww... ♡
Später hat er gefragt, ob meine Eltern was dagegen haben, wenn ich nen Freund hab.. .. besonders bei meinem Dad hat er sich da Sorgen gemacht (er hat ihn beim Vornamen genannt, das war abgefahren, haha!)
„Wir müssen das geheim halten!" – „Ach, quatsch." meinte ich dann nur.. und er: „Na gut.. 'Ich hab nix gemacht' hahaha"

Dann meinte er noch: „Ich mach so n richtig guten Eindruck bei deiner Mutter, ich zieh mir nen Anzug an und sag so: „Hallo, Frau D!""

Ich: „Sie heißt Schulert ... *smile*"

„Schulert?" ~~okay~~ „Ja, sie hat ihren Mädchennamen wieder angenommen!"

„Okay.. 'Hallo Frau Schulert! Sie sehen aus wie Pias Schwester'" ... Män, er war wirklich süß. Danach hat er Franzi, Michele und mich noch ein Stück nach Hause begleitet..

Plötzlich hat er ~~[illegible]~~ meine Hand genommen und flüsterte: „Komm mit" dann ist er losgerannt und ich natürlich mit ^^

„Na toll, jetzt entführst du mich auch noch!"

Er hat mich in eine Einfahrt gezogen, wo ganz viele Garagen waren und es war noch dunkler als eh schon, weil die Straßenlaternen den Bereich nicht ausgeleuchtet haben.

Er hat ~~[illegible]~~ wieder angefangen mich zu küssen und mich 'sanft' gegen ein Garagentor

gedrückt – es war wie im Film!
Dann hörten wir von etwas weiter weg: „Piiipiii, Dannnnyyy ..." Ich musste voll lachen und dann kam Franzi um die Ecke: „Was macht ihr da?" (was wohl *lol*)
Als er uns 3 irgendwann allein weitergehen lassen musste, wollte er nicht xD
Ich hab ihn laaaange umarmt und er hat gebettelt: „Ein Kuss.." und wir küssten uns ... wieder ^^
Und jetzt.. bin ich mir nicht sicher, was ich will. Ich hab dieses Gefühl, dass es nicht er ist. Es war total schön, wirklich. Er ist so süß und lieb. aber .. er ist es nicht. Er ist nicht der, mit dem es weitergeht als das, was wir hatten.
Ich mag Daniel so sehr aber ich will ihn nicht. Ich würde alles so gern nochmal mit ihm erleben .. aber ich will ihn nicht. Das ist irgendwie dumm aber was soll ich machen? So ist es nunmal. Franzi hat bei Michele

übernachtet (ich bei Momo) und ihm wohl noch einen geblasen und einen runtergeholt + er hat sie geleckt und gefingert. Weiß nicht, was ich davon halten soll, finde es irgendwie überstürzt direkt am ersten Abend – aber andererseits.. solange sie sich beide damit wohlgefühlt haben, ist ja alles gut!

Daniel hat schon 8x auf meinem Handy und 2x Zuhause angerufen. Maaaan...

Ich, gestern um 1 Uhr oderso:

Franzi pennt jetzt bei michele und ich lieg hier ohne dich! hätte dich so gern bei mir... man, war dieser abend verrückt! Meinst du, das wird was mit uns? Deine Pia

Daniel, um 01:10:11 Uhr

Hey pia ich wollt dir grad schreiben, also ich hoffte, dass das mit uns was wird! p.s du hast noch mein shirt, ich lauf grad oben ohne nach hause – verdammt kalt! Ich ruf dich morgen an!

Mittlerweile hat er schon 9x auf meinem Handy angerufen arrrgh .. Daniel um 18:34:14 Uhr:

Hey pia ich wollt dich jetzt anrufen aber ich arbeite grad bei meinen eltern, deswegen ruf ich dich später an!

Hey Danny, es reicht auch, wenn du morgen anrufst oderso, ich bin wahrscheinlich eh gleich mit meiner family essen. Wir können uns ja vllt nächstes we mit franzi und michele treffen. könn' ja mal gucken ... das ist besser, find ich, als am telefon darüber zu reden, oder?

(das mit dem 'essen gehen' war ne Lüge, sowas machen wir nie.. aber franzi geht oft mit ihren Eltern in schicke Restaurants und ich hielt es für eine gute Ausrede um nicht telefonieren zu müssen.. hasse das nämlich!!)

Daniel um 00:19:50 Uhr:

hey pia schlaf gut und träum was süßes! ich denk an dich! hoffe du kommst auch morgen!

Die waren heute Go-Kart fahren, ich bin nicht mitgekommen (aber Franzi schon ..)
Ich hab ihm dann eben geschrieben:

Hey Daniel, ich muss mir das alles nochmal durch den Kopf gehen lassen ... Sei mir nicht böse! Ruf nicht mehr bei mir an, ich werde mich bei dir melden, wenn mir alles klar geworden ist. Lass mir etwas Zeit, okay? Pia

Daniel um 17:22:31 Uhr:

Hey pia, ich hab bisschen viel scheiße gebaut! ich schwör ich würd alles machen, dass du mir verzeihst! ??

Nein, es liegt nicht an dir! Ich weiß nur selbst nicht so genau, was ich will. Tut mir Leid ...

Ich weiß, ich
habe Scheiße ge-
baut, bitte verzeih
mir!!!

Danny

Ich weiß nicht, wann es das letzte Mal so schlimm war. Es ist schon so lange her! Ich hab eigentlich nicht mehr geweint, war stark genug, dachte, mich würde so schnell nichts mehr aus der Bahn werfen. Es war ein normaler Tag, wie immer. Doch dann hab ich das Tagebuch meiner Schwester gesehen. Wollte gar nicht drin rumlesen oder so, hab nur zum letzten Eintrag geblättert und wollte einen kurzen Blick drauf werfen... Meine Mom hatte eine Abtreibung vor einem Jahr. Sie hat mir nichts erzählt, wie immer. Ich kann das nicht fassen... Mein kleiner Bruder, meine kleine Schwester.. Und ich wusste überhaupt nichts davon. Wenn ich darüber nachdenke wird mir so schlecht. Ich seh die ganze Zeit dieses Kind vor mir, das Kind meiner Mutter (und meines Vaters?! Keine Ahnung, die gucken sich eigentlich seit Jahren nicht mehr an)

Ich fühle mich total mit diesem ungeborenen Kind verbunden.. es ist schrecklich.
Tut sie es schon wieder? Ist nicht das erste Mal, dass sie meinen Vater betrügt. Ich hab das Gefühl, dass alles sich ständig wiederholt. Ich bin das fünfjährige Mädchen von vor 10 Jahren.. Oh Gott, ich hätte nie gedacht, daes sich das alles wiederholt!
~~Ich da~~ Sie sind doch schon so lange zusammen ich dachte immer, ohne Papa wäre ich besser dran, weil er eh nur auf dem Sofa sitzt und zockt + säuft!! oder gransam zu mir ist.. aber ~~er~~ ich kenne kein Leben ohne ihn! Er ist immernoch mein Vater. Es kommt alles wieder hoch. Glauben die vielleicht, es war einfach für mich, als sie sich damals getrennt hatten und Papa Steine durch Fenster geworfen hat? Und als er dann nach all den Wochen, in denen ich mich an seine Abwesenheit gewöhnt hatte, doch

wieder bei uns eingezogen ist – denken die,
das war einfach? Es wurde immer schlimmer
mit ihm, mit 12 hatte ich so eine Phase,
in der ich Tag und Nacht geheult habe.
Ich wollte meine Familie zurück! Die,
die wir waren als ich klein war!!
Papa hat mich nur noch angeschrien und
als er anfing mich zu schlagen.. ich glaube,
da war der Punkt erreicht, wo ich mit
mir selbst einen Pakt geschlossen habe..
Nie mehr schwach sein. Keine Schwäche
zeigen!! Ich war doch so stark.. Wieso
wiederholt es sich immer..?
Ich bin so durcheinander. Oh mein Gott,
ich kann dieses Kind nicht vergessen!! ~~Wenn~~
Ihm wurde noch nichtmal eine Chance
gegeben – es ist tot! Ich frage mich, ob sie
manchmal an es denkt.. ob sie drum
geweint hat, so wie ich jetzt. Wieso redet
sie nie mit mir? Ich fühle mich so

ausgeschlossen und ohne jegliche Bindung. Sie hat es mir nicht erzählt. Es kann doch nicht wahr sein, dass hier alles totgeschwiegen wird!! Ich werd mir das 10x überlegen, bevor ich heirate...

Schluss mit heulen! Ich war doch schonmal an diesem Punkt, hab ich mir nicht was geschworen? Ich hab schon so viel Scheiße durchgemacht.. das Leben küsst dich einmal und fickt dich dann – LOL. Auf den Kurs warte ich noch. Und ich werde ganz sicher nicht aufgeben, ey – es gibt Menschen, die es viel schlechter haben! Ich hab ein Zuhause, Eltern, hab es warm und bin satt. Ich habs nicht leicht mit ihnen und trotzdem sind sie die Besten. Außerdem hab ich noch Michele und Momo. Wären meine Eltern nicht wieder zusammengekommen damals, wären wir nicht hier hergezogen und ich würde sie nicht kennen. Momo, mein kleiner bester Freund ... und meine anderen Freunde hab ich ja auch noch. Und die eine Sache, die mir immer hilft: ZEICHNEN !!! ♡ Und die Hoffnung.. meine Liebe. mein Leben.

PIA, 14.09.06

~~Hoppla Hopp. So, hier bin ich wied~~er.

Ich weiß gar nicht, was ich schreiben soll; in meinem Kopf ist so viel aber ich kann es irgendwie nicht zu Papier bringen... Ich hab schon so lange nichts mehr festgehalten.. Zum Beispiel meinen ersten Kuss.. Es ist so viel passiert boah, ich müsste eigentlich Romane schreiben! Na gut, dann fang ich wohl gleich an: Wir waren am letzten Samstag von den Sommerferien bei Paul, der hat Party in seinem Keller gemacht. Ich hab mich ziemlich an Daniel rangemacht = ACH, MOMENT! = Sehe gerade, dass ich das doch schon berichtet hatte! Gut,

ich dachte schon, ich müsste voll weit ausholen. Ach, da ist noch so viel mehr vorgefallen.. Daniel hatte an dem besagten Abend wohl noch was mit Lisa (was mir scheißegal war ^^) und er dachte, dass ich deswegen sauer wäre und noch etwas Zeit bräuchte. Er hat mir dann per Lieferservice 26 rote Rosen geschickt! Da hat ernsthaft so 'ne Blumenlieferantin bei uns geklingelt und die meiner Ma übergeben... Die hat dann den Kopf zu meiner Tür reingesteckt und meinte nur: „Die sind bestimmt für deine Schwester, ne?!" Und ich: „Ähmm.. neee?!" Wie die geguckt hat ^^ Da lag halt diese Karte bei, wo drauf stand „Ich weiß, ich hab Scheiße gebaut, bitte verzeih mir!" unterschrieben mit „Danny" oder son Schmarrn...
Kein Plan! Aber jap, ich hab Schluss gemacht.
Muss jetzt pennen – I'm soo sooorryy!

BaBa xx Pia

Di, 28.11.2006

Das erste Mal betrunken war ich auf so ner Hochzeit mit gerade mal so 13 Jahren. Wir sollten eigentlich nur zapfen, haben dann aber auch selbst ein paar Radler getrunken (und später auch Kirschlikör...) Franzi und ich ^^ meine Cousinen waren empört. Mir hat man das voll angemerkt, weil ich nicht mehr gerade laufen konnte. Ich bin vor den Augen meines Vaters vor den Türrahmen gelaufen (aber juckt den Säufer ja nicht)! In Schlängellinien die Treppe hoch und Franzi war nur noch am lachen, das weiß ich noch. Ich fand das Gefühl voll geil, so angetrunken zu sein.
Ja, und so n erster schlimmer Absturz war jetzt erst mit 15, auf der Party von Pauls 17. Geburtstag! Anfangs gings noch, da war es lustig und easy wie immer!
Und dann hab ich mit Daniel und so

irgendeinen zusammengemischten Shit getrunken (und Xuxu !!) (alles, was in der Bar von Pauls Keller zu finden war..) ich weiß schon gar nicht mehr was!! Danach war mir so schwindelig wie nie zuvor. Ich hatte keinerlei Kontrolle mehr über meinen Körper, bin rumgestolpert, konnte kaum noch was sehen (alles verschwommen) und hab an dem Abend glaub ich 6x gekotzt ... 1x in Pauls Wäschekeller (Franzi als Beistand, sie hat den roten Brei sogar mit irgendwelcher Wäsche aufgewischt - haha) Dann, glaub ich, 1x draußen, mit Toni als Beistand „Lass alles raus" meinten beide zu mir xx3 Dann im Gästebett, wo Toni mich hingebracht hat (und versucht hat, mich zu küssen ... wtf.) [redacted] Als er mir unschuldig meine Hand gehalten hat, hab ich mich noch so umsorgt und sicher gefühlt; danach bin ich dann runter in Pauls Schlafzimmer und hab da in ne Schüssel und ein paar

Mal noch in sein Bett gekotzt. Ich weiß noch, wie Paul trotz allem meinte, ich solle liegen bleiben und mir ne Paracetamol angeboten hat. (die ich natürlich angenommen hab LOL) Man.. wieso hat Toni so eine Situation ausgenutzt? Ich wollte ihn mögen.. Ich mochte ihn. Daniel hat sich irgendwann zu mir gelegt und ich hätte ihm fast einen runtergeholt >.< Ich lag so halb auf dem und mein Bein auf seinem Schwanz.
„Oh, moment, etwas tiefer bitte.. Da bin ich kitzelig!" Und ich weiß noch, dass er das sau lustig gesagt hat und ich mega lachen musste.. kitzzelik! sau funny.
Ich dann: „Wo, da?" Und hab ihm IN die Hose gepackt ... Naja, so war das.
Ich war sooo dicht. Danach hab ich mir geschworen, nie wieder so viel zu trinken! (Ich weiß gar nicht wie Papa so viel vertragen kann..) Angetrunken sein ist lustig, da

ist man etwas lockerer und so. Aber wenn man soo besoffen ist wie ich an dem Abend, macht's auch keinen Spaß mehr! Man fühlt sich so hilflos irgendwie. Man ist nur noch am kotzen, fühlt sich selbst wie ausgekotzt und ist sau müde – kurzgesagt fühlt man sich scheiße! BaBa, Pia

04.02.07, Sonntag 

Es war ein verregneter, kalter Abend im Februar. Der Winter hatte auf sich warten lassen, dafür war er jetzt umso härter. Eiskaltte Tropfen prasselten auf ihn nieder, während er schnellen Schrittes durch die dunklen Straßen lief. Er hatte seinen Bruder mal wieder aus den Augen verloren, konnte sich aber denken, wo er sich rumtrieb! Der große Dom ragte majestätisch vor ihm in den Himmel.. er war tatsächlich noch angekommen, ohne vom Blitz getroffen zu werden (wie er es zuerst befürchtet hatte)! Schon von weitem konnten sie ihn anstapfen sehen, denn er fiel auf – mit den langen, schwarzen Strähnen, die klitschnass in seinem Gesicht hingen, und der verlaufenen Schminke. Doch sein Bruder war wieder viel zu sehr mit sich selbst beschäftigt ... „Dann zeig doch, was du drauf hast!"

„Reiß deine Klappe lieber nicht zu weit auf, sonst ~~stopf ich sie dir~~ bleibt sie dir gleich offen stehen!", blaffte er seinen Herausforderer an. Dann stieg er auf sein Rad und fuhr die Domtreppen hinunter – er ~~konnte~~ hatte gute Tricks drauf, das bestritt niemand – trotzdem konnten fast alle ihn auf Anhieb nicht leiden. Es lag an seiner Art, dieses Vorlaute und Freche .. Er war ziemlich selbstbewusst und drückte nur allzu gern einen Spruch nach dem anderen ab.

„Ey, du Penner! Wie oft willst du mich

noch irgendwo stehen lassen?"
Lässig drehte er sich zu seinem Bruder um, der aussah, wie ein begossener Pudel..
„Wie siehst du denn aus?"
„Hm, wie du vielleicht noch nicht gemerkt hast: ES REGNET!!"
„Öööh.. jop. Sorry!"
„Komm, wir fahren.. Ich will nach Hause!"
Und ohne die Umherstehenden noch eines Blickes zu würdigen, stieg er auf sein Rad und die beiden fuhren davon.
„Was willst du eigentlich immer da?"
Keine Antwort.
„Da sind immer die selben Idioten!"
Keine Antwort.
„Ey!!"
„Ja?"
„Okay, du willst auf Streit aus.. Du willst, dass sie sich angegriffen fühlen!"
Wartete er auf eine Antwort?

„Du.. Du willst, dass sie dieses ganz bestimmte Bild von dir haben. Denkst du etwa, so verschaffst du dir Respekt? Ja, irgendwie scheinst du das zu glauben. Aber weißt du was? Du kannst echt auf diese Typen scheißen!! Es ist völlig egal, wie–"

„Yo."

„Hm?"

„Wenn du so genau weißt, was ich will und was in mir vorgeht .. warum fragst du mich dann überhaupt?"

Diesmal hielt _er_ es nicht für nötig, zu antworten...

„Alles klar, Brüderchen .. dann hätten wir das geklärt!"

↳ Das habe ich letzte Nacht geträumt und irgendwie hatte ich das Bedürfnis, es aufzuschreiben!

Blümchen – Outro (Herz an Herz)
Blümchen – Wär Ich Du
Melanie Martinez – Pacify Her
NENA – Nur geträumt
Beyoncé, Sean Paul – Baby Boy
Christina Milian – AM to PM
Mario Winans, Enya, P. Diddy – I Don't Wanna Know
Avril Lavigne – Don't Tell Me
Papa Roach – Last Resort
Britney Spears – Everytime
Kelis – Trick Me
Usher, Lil Jon, Ludacris – Yeah!
Christina Aguilera, Lil' Kim, Mya, P!nk – Lady Marmalade
Sean Paul – Like Glue
Andrew Lloyd Webber – Memory
One-T – The Magic Key
t.A.T.u. – Show Me Love
The Black Eyed Peas – Where Is The Love?
Nelly – Hot In Herre
Destiny's Child, T.I., Lil Wayne – Soldier
Christina Aguilera, Redman – Dirrty
Melanie Martinez – Soap
Gwen Stefani – Hollaback Girl
Christina Aguilera, Lil' Kim – Can't Hold Us Down
Tic Tac The – Bitte küss mich nicht
Melanie Martinez – Dollhouse
DMX – Get It On The Floor
Christina Aguilera – Fighter
P!nk – Just Like a Pill
No Doubt – Running
Guano Apes – Open Yout Eyes

Linkin Park – Somewhere I Belong
Samy Deluxe – Weck Mich Auf
Feeder– Piece by Piece
Zoos Woman – Snow White
The Hoosiers – Everything Goes Dark
Melanie Martinez – Pity Party
Melanie Martinez – Carousel
Melanie Martinez – Tag, you're it
AFI – Silver And Cold
Crystal Castles – Alice Practice
Tokio Hotel – Rette Mich
Crystal Castles – Vietnam
Evanescence – Bring Me To Life
HIM – Join Me
Marilyn Manson – If I Was Your Vampire
Farin Urlaub – OK
Crystal Castles – Char
HIM – Resurrection
Casper – Herz aus Holz
Rammstein – Rammlied
Bring Me The Horizon – The Sadness Will Never End
LiL PEEP – The Way I See Things
Marina and the Diamonds – Valley Of The Dolls
LiL PEEP – Live Forever
Muff Potter – Alles war schön und nichts tat weh
Melanie Martinez – Sippy Cup
LiL PEEP – Praying to the Sky
Marina and the Diamonds – Better Than That
lil peep w/ yung bruh - white tee

11.03.07 – Paul hat eine neue Freundin, Marie, sie ist schon fast 18. Frag mich nicht, wie Gigi die aufgerissen hat, er ist halt einfach charmant! Ich „kenne" sie vom Ballett, sie hat immer die Stunde nach mir Unterricht und kommt stets mit Zigarette im Mund. Sie hat einen zierlichen Körper und lange schwarze Haare (ähnlich wie meine, nur glatter!) Ihre Augen sind auch grün, nur mehr in Richtung braun, als bei mir.. wärmer, irgendwie.

Sie kommt aus einem behüteten Elternhaus mit nicht gerade wenig Geld – ihr Dad ist ziemlich cool (besitzt mehrere Clubs in der Stadt und ist sehr ~~jug~~ jung geblieben) und ihre Mum sehr fürsorglich und aufmerksam.

Marie geht auf dieses Berufskolleg, wo ich auch ~~und~~ unbedingt hin will! Sie ist im Grafikdesign (mein Traaaaum...) aber die Schule hat noch andere Profilbereiche!

Momo überlegt auch (sich mit mir anzumelden) mitzukommen und in den Bereich „Medien und Kommunikation" zu gehen!! Auf der Wiese kennen so gut wie alle Marie; weil sie so gut mit Photoshop umgehen kann, hat sie die schönsten Profilbilder bei Kwick! (Soziales Netzwerk aus dem Raum Stuttgart..) und über 500 Freunde in der Liste ... außerdem bekommt sie ziemlich kreative Gästebucheinträge und hat Leser auf ihrem Blog.

Kurzgesagt ist sie so ziemlich das interessanteste Mädchen, was ich kenne, und ich wäre gern mit ihr befreundet T.T

Franzi geht in letzter Zeit immer in so ranzige Diskotheken LOL und macht mit alten Schleimies rum, das ist NULL mein Ding ... BaBye!

Pia ♡

Ich bin keine talentierte Schreiberin oder Typografin, aber ich habe in letzter Zeit öfter kleine Texte in mein Notizbuch geschrieben, um irgendwie meine Gedanken und Gefühle rauszulassen. Mir hilft das, danach geht's mir besser.

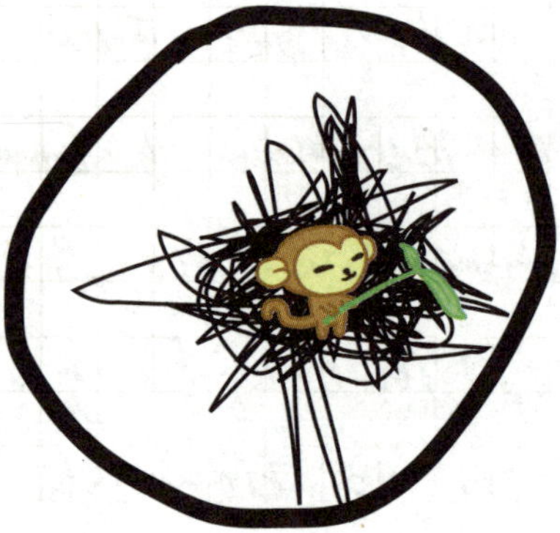

20.03.2007

DAS ENDE

„Es ist vorbei!"

Das konnte er doch nicht ernst meinen – Nein! Sie öffnete den Mund, wollte etwas sagen, irgendwas. Doch es kam kein Laut. Tränen stiegen in ihr hoch … In seinem Blick suchte sie die Wahrheit, doch er war leer. Unglaublich leer und kalt. So kannte sie ihn nicht, so hatte sie ihn nie gesehen! Sonst waren seine Augen so voller Wärme und Liebe. Sie fand nichts mehr von

Ich bin keine talentierte Schreiberin oder Typografin, aber ich habe in letzter Zeit öfter kleine Texte in mein Notizbuch geschrieben,
Gedanken
Mir hilft d
besser.

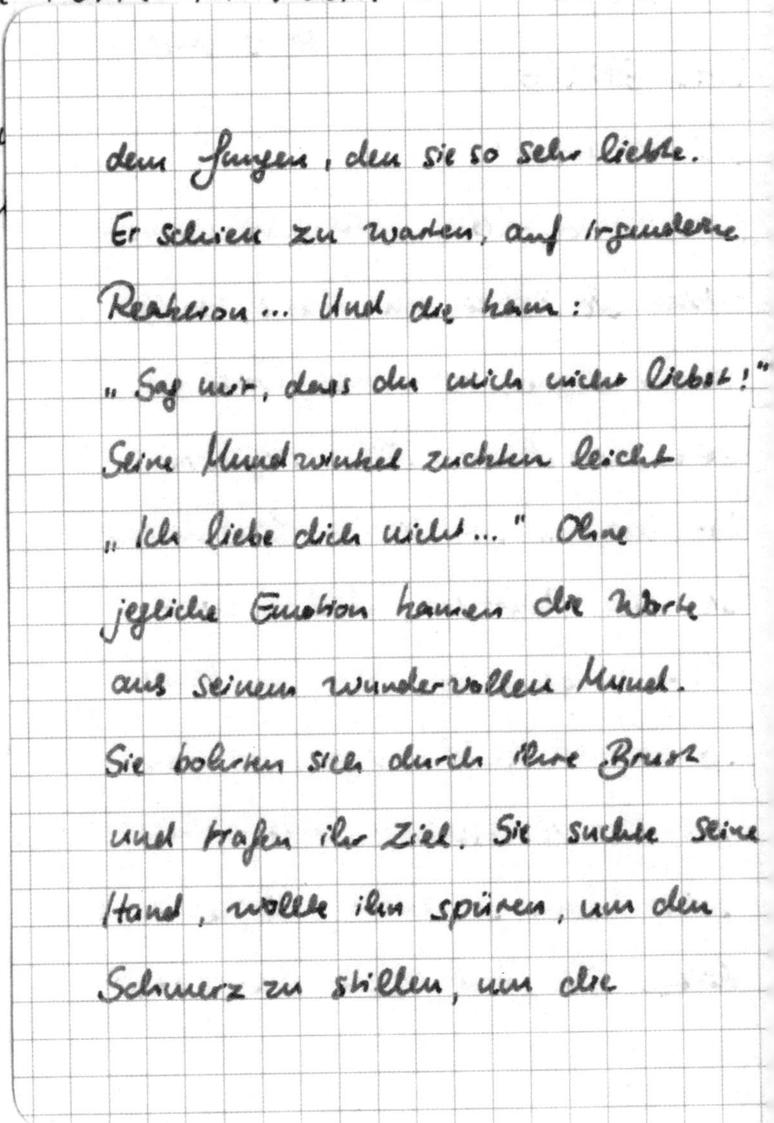
dem Jungen, den sie so sehr liebte.
Er schien zu warten, auf irgendeine Reaktion... Und die kam:
„Sag mir, dass du mich nicht liebst!"
Seine Mundwinkel zuckten leicht
„Ich liebe dich nicht..." Ohne jegliche Emotion kamen die Worte aus seinem wundervollen Mund.
Sie bohrten sich durch ihre Brust und trafen ihr Ziel. Sie suchte seine Hand, wollte ihn spüren, um den Schmerz zu stillen, um die

Wunde in ihrem Herzen zu heilen.
So frisch und so tief! Doch er
trat zurück. Wie konnte er einfach
nur da stehen und zusehen
Wie sie innerlich zerbrach?
Das Bedürfnis ihn zu berühren
wuchs ins Unendliche und es nahm
ihr die Luft zum atmen.
Diese riesige Entfernung zwischen
ihnen machte es ihr nicht
mehr möglich so nah vor ihm
zu stehen ohne in Tränen auszubrechen.

Ich bin keine talentierte Schreiberin oder Typografin, aber ich habe in letzter Zeit öfter kleine Texte in mein Notizbuch geschrieben, Gedanken Mir hilft d besser.

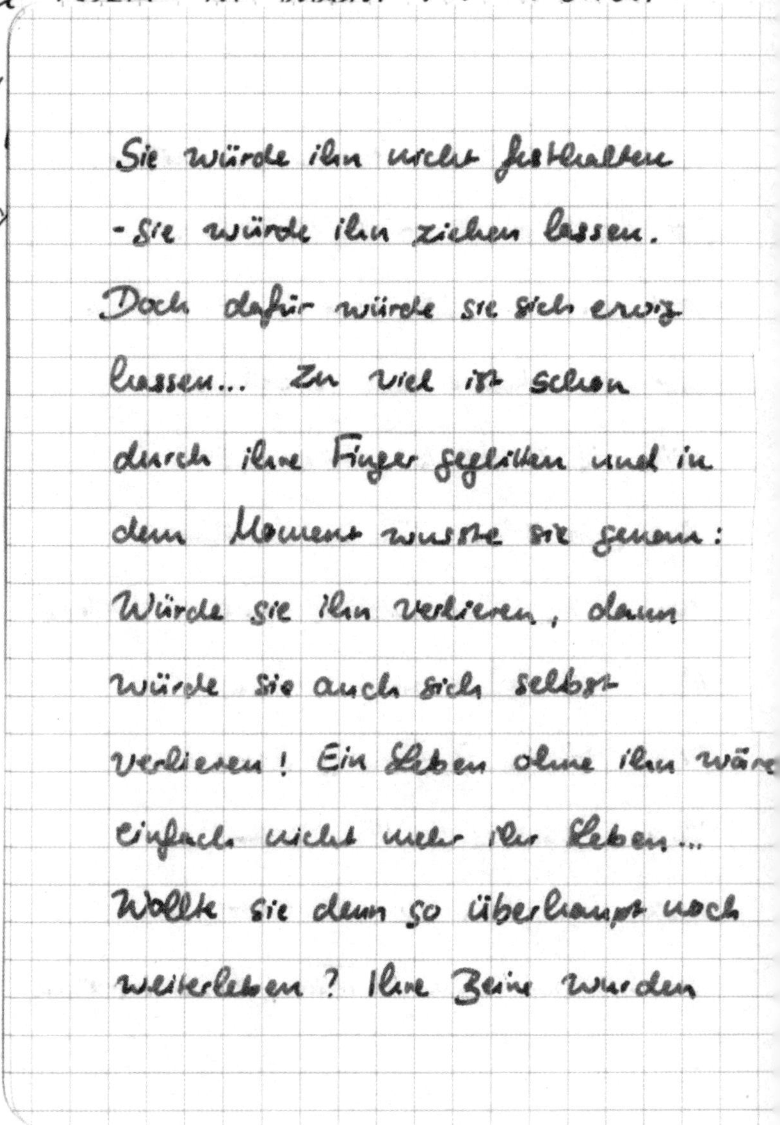

Sie würde ihn nicht festhalten
- sie würde ihn ziehen lassen.
Doch dafür würde sie sich ewig
hassen… Zu viel ist schon
durch ihre Finger geglitten und in
dem Moment wusste sie genau:
Würde sie ihn verlieren, dann
würde sie auch sich selbst
verlieren! Ein Leben ohne ihn wäre
einfach nicht mehr ihr Leben…
Wollte sie denn so überhaupt noch
weiterleben? Ihre Beine wurden

butterweich und schienen ihr Gewicht nicht mehr tragen zu können. War es vielleicht alles nur ein Traum? Hatte er nur ihr gespielt, sie nur benutzt?? Ihr Körper sank schwach zu Boden … Sah er denn nicht, dass er sie damit umbrachte?

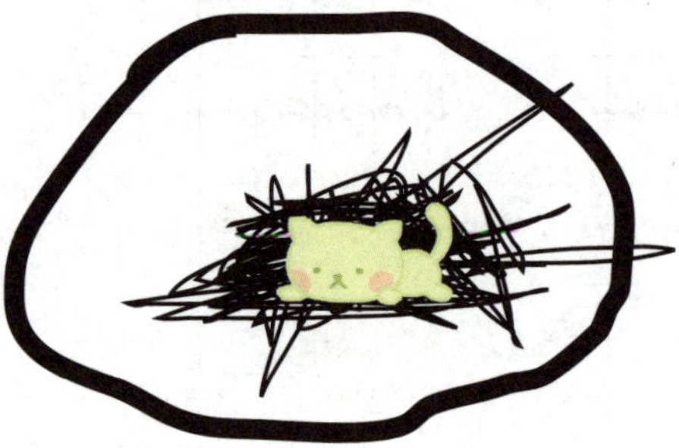

22.03.2007

B

Er wollte es einfach nicht wahr haben, doch er wusste, dass es nicht mehr so wahr wie früher. Ihre Liebe zerbrach vor seinen Augen und er konnte nichts dagegen tun.

Du darfst sie nicht halten,
Sie ist wie ein Vogel, sie muss frei sein

Ob er es wollte oder nicht, er musste sie loslassen, es blieb ihm im Grunde nichts Anderes übrig.
Was würde es bringen, noch an

irgendetwas festzuhalten, den Erinnerungen wegen ?! Es wäre falsch. Er hatte sie so sehr geliebt und tat er das nicht immernoch?

Sie entfernten sich immer mehr voneinander und es tat so unglaublich weh...

Sie fliegt zu allen die das Glück haben, sie für einen kurzen Augenblick halten zu können

Hatte denn jede noch so große Liebe ein Ende? War keine stark

genug um ewig zu währen?
Nichts ist unendlich, doch die
Liebe, so dachte er immer, die
steht über allem... Hält für
immer und übersteht alles.
Warum muss auch sie ein Ende
haben? Wo er sich doch so
an ihr festgehalten hat...
Das Leben war durch und durch
vergänglich... Die letzte Hoffnung
wurde ihm genommen, doch
er musste es akzeptieren.

Dieser Augenblick aber, so kurz er auch sein mag, er wird jenen Glücklichen für immer im Gedächtnis bleiben

Den Platz in seinem Herzen, der immer ihr gehört hatte, den würde auch nie jemand anderes bekommen. Das stand fest, es würde sich nie ändern. Er wollte es auch garnicht! Sie war alles für ihn gewesen, die erste, bei der er echte Liebe empfunden hatte. Niemals würde er sie vergessen, niemals würde sie ersetzbar sein ... Aber loslassen, loslassen musste er sie. Vielleicht war sie einfach zu schön für ihn. Denn sie war wie die Liebe! Sie musste frei sein, so wie ein Vogel. Nicht jeder hatte das Glück, sie für einen kurzen Augenblick halten zu können. Ihm war es vergönnt gewesen! Er hatte einfach nicht daran gedacht, dass jeder Augenblick einmal zu Ende geht... Doch nun konnte er es nicht länger ignorieren

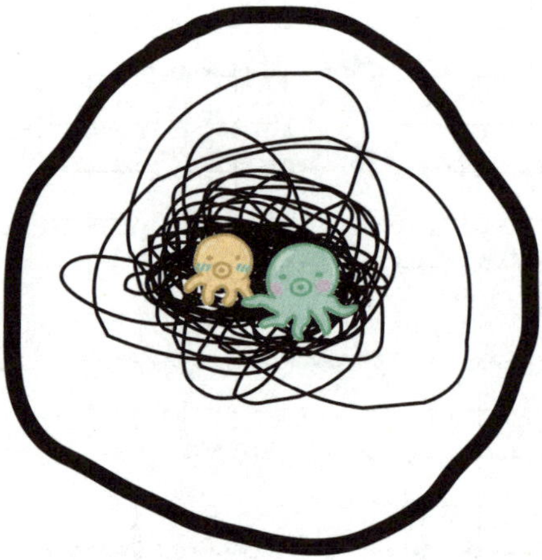

04.04.2007

FÜR BRÜDER

Wenn er nun wirklich gehen
musste, dann würde er nicht
alleine gehen. Denn neben ihm
stand der, der schon immer
neben ihm stand. An seiner Seite,
solange er denken konnte.
Langsam drehte er seinen Kopf
zu ihm und ihre Blicke
begegneten sich. Er sah das, was
er erwartet hatte, und was
er so sehr an seinem Bruder
schätzte: wilde Entschlossenheit

und grenzenloses Vertrauen.
Sie waren Seelenverwandt, doch, wirklich. Er hätte ihm in diesem Moment noch so viel sagen können, doch das brauchte er garnicht.
Sie wussten immer, wie viel sie einander bedeuteten. Sein Bruder war alles was er war und alles was durch seine Adern floss.
Wenn einer gehen musste, dann ließ der andere ihn nicht einfach so ziehen. Sie hatten natürlich

gewusst, dass dieser Augenblick
einmal kommen würde, doch dass
es so schnell sein würde, hätten
sie nie ahnen können!
Sie waren so unterschiedlich,
doch wenn sie einander anschauten,
wussten sie sofort, was der andere
dachte. Sie spürten, wenn es
dem Anderen schlecht ging...
Sein Bruder, er war immer sein
ein und alles gewesen und
keiner verstand ihn so wie er es tat.

Träumst du mit mir heut' Nacht?

Springst du mit mir heut' Nacht?

Er war lange nicht so abgebrüht
wie er immer tat. Nein, wie
auch er war sein Bruder sehr
verletzlich und ohne ihn würde
er nicht überleben. Nie würden
sie ohne einander auskommen
können. Er hörte seinen unregelmäßigen
Atem... er liebte das Leben, doch
wenn er weg sein würde, würd

alles anders sein. Vorsichtig griff er nach seiner Hand, sah noch einmal in die Tiefe und schloss die Augen. „Lass mich nicht im Stich" brachte er unter Tränen hervor. Als Antwort bekam er einen festen Händedruck seines entschlossenen Bruders.

Sie atmeten noch einmal tief durch... Wenn dies das Ende sein sollte, dann würden sie sich dem nicht entgegensetzen.

„Ich glaub an dich" hörte er seinen Bruder flüstern. Und zusammen sprangen sie in die unendliche Tiefe, wie sie alles zusammen gemacht hatten. Das Letzte was sie beide fühlten, waren ihre fest ineinander verschlungenen Hände. Natürlich hatten sie sich nicht losgelassen …

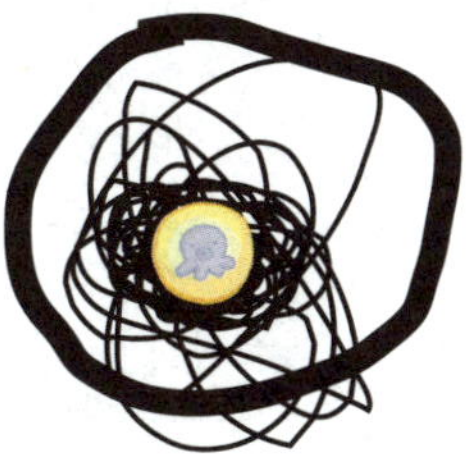

15. 04. 2007

UNTOUCHABLE SOUL

Wie kannst du sie nur so
verletzen? Sie ist ein Mensch, ganz
genau so wie du!! Sie denkt
wie du, sie fühlt wie du…
Aber du hast es verlernt,
dich in andere Menschen
hineinzufühlen. Wie kannst du
es nur wagen, sie anzufassen?
Du hast nicht das Recht
dazu, du bist der Letzte, der
das Recht dazu hat ihr
weh zu tun!!! Sie ist viel

mehr wert als du, du bist ein Nichts. Wurdest beeinflusst von deiner Umgebung und dieser ganze Scheiß steckt schon in dir drin! Weißt du überhaupt, was du da bist? Du bist abgestumpft und kannst dich warscheinlich garnicht mehr daran erinnern, wie man mitfühlt. Du denkst andich und an deine kranke Vorstellung, deine unnormalen Phantasien... Du hast absolut

keine Ahnung was du ihr damit antust! Sie ist heilig, verstehst du? Ihren Körper kannst du vielleicht haben, für den Moment.
Aber ihre Seele wirst du nie berühren können, du bist so weit unten, dass du sie nie erreichen wirst ...

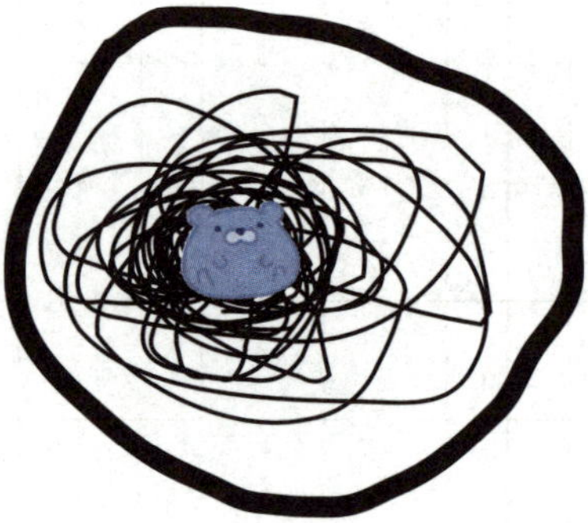

T

12.04.2007

Sie mag den Regen! Der Moment,
In dem die kleinen Wasser-
tropfen ihre Haut benetzen
und die Trockenheit vertreiben.
Sie schloss die Augen und
breitete die Arme aus um den
Sommerregen so intensiv wie
möglich zu erleben.
Alle Sorgen fielen in dem
Moment von ihr ab und sie
war nur noch glücklich und
dankbar dafür, zu leben … zu fühlen!

Das Wasser lief an ihrem durch-
nässten Körper herunter und sie
drehte sich um. Da stand er
und lächelte sie an. Wie sehr
hatte sie sich gewünscht, einmal
so von ihm angeschaut zu werden
Sie streckte ihre Hand zu ihm aus,
und er trat zu ihr in den
warmen Regen, der so angenehm
ihre Haut berührte. Sie konnte ihren
Blick nicht von ihm abwenden,
für sie war er der schönste

Junge auf der ganzen Welt.
Sie nahm sein Gesicht in ihre
Hände, aus Angst, er könnte
jeden Moment verschwinden.
Zu schön, um wahr zu sein!!
Sie gehörten zusammen, das wusste
er, endlich hatte er sie gefunden.
So lange hatte er sie gesucht, nie
hatte er gedacht, dass sie immer so
nah war. So lang schon an seiner Seite!
Sie wusste nicht, wie lange sie so im
Regen standen, doch für sie

schien es eine halbe Ewigkeit
zu sein! In diesem Moment
brauchte sie nichts, außer ihn!
Sie hätte alles für ihn aufgegeben…
So schnell würde sie ihn bestimmt
nicht mehr loslassen…

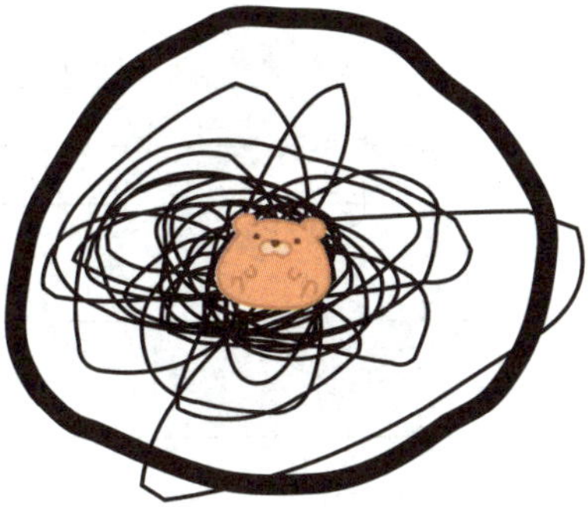

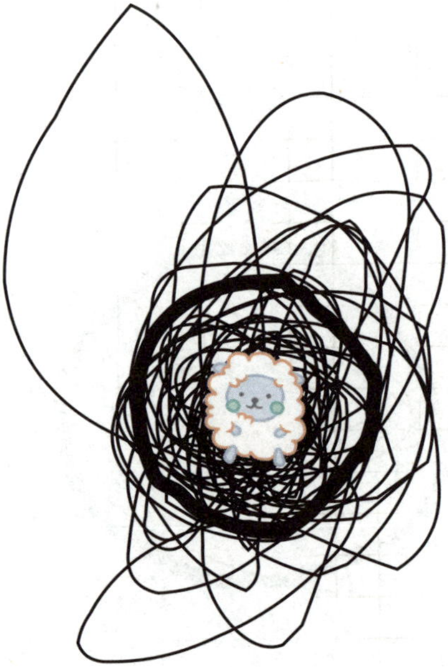

04.09.2007

ONLY A DREAM

Du legst dich schlafen und langsam entweichst du in deine Traumwelt. In deinen Träumen ist alles möglich, schlimme Dinge können dir zustoßen, aber auch schöne Momente kannst du in deinen Träumen erleben. Alles was du dir schon immer gewünscht hast – in deine Phantasie ist alles möglich und zum greifen nah, egal wie weit weg, wenn du in der Wirklichkeit bist. Aber manchmal können deine Träume auch beängstigend real wirken. Alles scheint so echt zu sein, Berührungen spürst du, Gefühle fühlst du, Gerüche riechst du und Dinge siehst du, als wären sie direkt vor dir.

Was wäre, wenn du nicht mehr aufwachen würdest? Wenn du einfach aus einem dieser so realen Träume nicht mehr hinausfinden würdest??

Wie könntest du zwischen der Traumwelt, deiner Phantasie, und der wirklichen Welt unterscheiden?

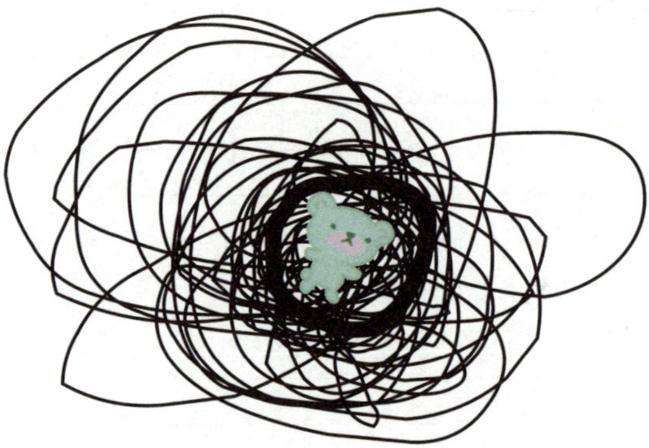

22.04.2007

SOMEWHERE I BELONG

Sie schaute aus dem Fenster
und beobachtete einen Vogel,
der im blauen Himmel durch
die Lüfte glitt. In dem Moment
wurde ihr klar, wie eingesperrt
sie war, in dieser Welt, wo
man durch so viele Dinge eingeschränkt
wurde. Sie würde nie frei sein.
Immer wieder würden ihr
Steine in den Weg gelegt werden,
immer wieder würden Dinge
von ihr abverlangt werden, die

sie nicht bewältigen konnte, denen sie mit großer Furcht entgegenblickte. Dabei wollte sie doch wirklich nicht viel! Sie wollte nur befreit sein, von allen Dingen die sie hier noch festhielten. Im Grunde wussten sie nichts über sie, was sie fühlte, was sie beschäftigte. Und trotzdem meinten sie zu wissen, was gut für sie ist. Sie wurde in diese Welt hineingeboren,

die bestimmt war von Erwartungen,
die man an sie hatte.
Wenn sie weiter in ihre Traumwelt
abrutschen würde, wäre sie
in dieser Welt verloren, das
wusste sie. Sie würde niemals
ungebunden sein. Nie, würde
sie so frei sein können, wie
dieser Vogel…

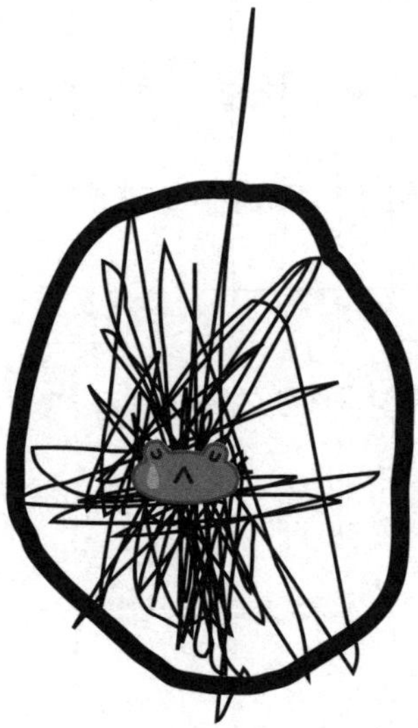

22. 04. 2007

EISKALTE ENGEL

Eiskalt hatte er sie benutzt.
Sie verführt, bloß um seine
Lust zu stillen. So hatte
er es schließlich immer
gemacht! Er wusste genau,
was sie hören wollten ...
Was er ihnen erzählen musste,
um sie rumzukriegen.
Es war für ihn nie mehr,
als ein Spiel gewesen.
Keine von ihnen hatte ihm
je etwas bedeutet!

Er hatte schon gedacht, er
wäre unfähig zu lieben.
Er hatte noch nichtmal so
etwas wie Mitgefühl für seine
Opfer empfunden! Rein garnichts
fühlte er. Noch nichtmal diese
Leere in ihm. Ob ihm das
Angst machte? Nein, sowas
wie Angst hatte er noch nie
gehabt. In ihm war es kalt,
doch er vermochte es nicht,
diese Kälte zu spüren.

Er konnte sich nicht daran erinnern, ob es je anders gewesen war! Aber es war ihm auch egal. Alles war egal!! Er war eine leere Hülle, die auf dieser Erde verweilte, bis es irgendwann Zeit sein würde zu gehen. Ihm war es gleichgültig, wann es soweit sein würde. Nachhelfen würde es nicht! Bis es soweit war, würde es weitermachen

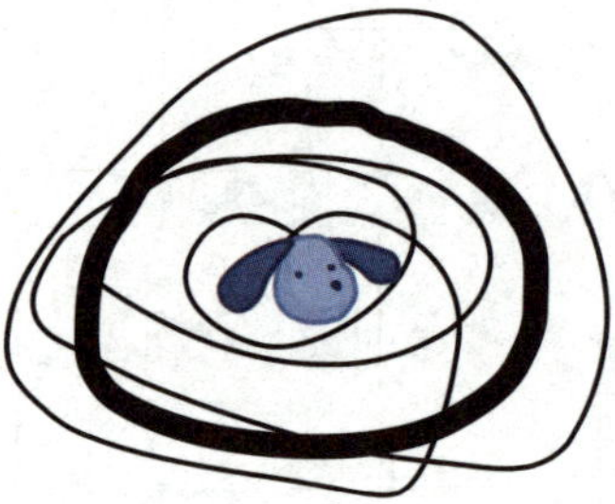

20.05.2007

ALLEIN

Wieso hast du mich allein gelassen? Einfach so, ohne daran zu denken, wie du mich damit verletzt. Wieso hast du mich nicht mitgenommen? Hast du mich vergessen oder hatte es einen Grund, dass du mich hier zurückgelassen hast? Ich brauch dich doch, weißt du das nicht mehr? Nicht einen Tag kann ich ohne dich überstehen, ich hatte ja keine Ahnung, dass

es für dich so leicht sein würd
mich zu verlassen.
Ich dachte wirklich, dass ich dir
was bedeuten würde... Aber
Ich habe mich wohl getäuscht
oder? Kommst du irgendwann
zurück zu mir? Ich habe Angs
davor, dass du mich vergisst.
Denn du wirst für mich immer
heilig sein und Ich würde für
dich sterben. Auch wenn du dic
von mir abgewandt hast...

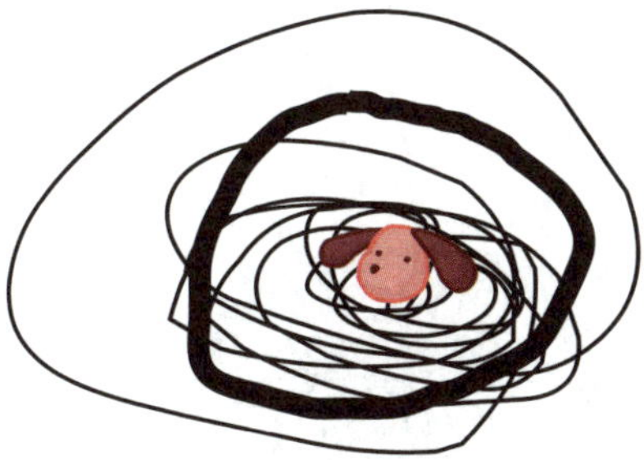

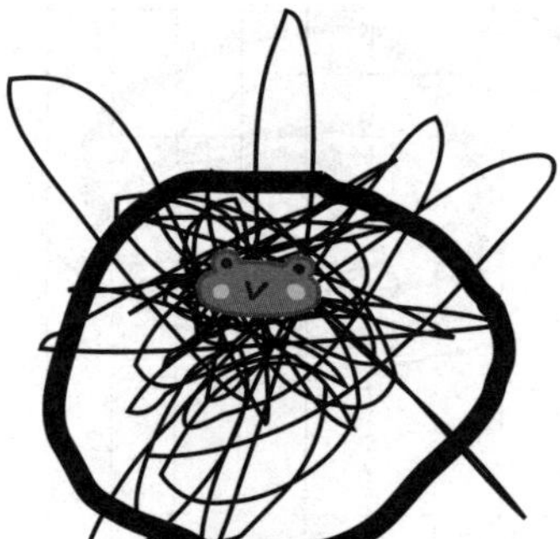

26.05.2007

BECAUSE OF YOU

Ich kann nicht schlafen

Bin wie betäubt

Vergess zu atmen

Weiß nicht mehr wie das geht

Und das alles wegen dir

Es ist alles wegen dir

Baby, du bist es

Du weißt es nur noch nicht

Und ich weiß auch nicht

ob du es je wissen wirst

Wie lang wird das so bleiben?

Es kommt mir jetzt schon vor

wie eine Ewigkeit
Und eigentlich will ich auch
garnicht, dass es aufhört
Denn du gibst mir Hoffnung
Hast mich gerettet
So oft, doch du weißt es nich
Und ich weiß auch nicht
ob du es je wissen wirst
Du bringst mein Herz zum Singe
Beflügelst mich
Und dein bloßer Anblick reich
um mir Gänsehaut zu zaubern

Ich muss nur deine Stimme hören
Und mein Herz fängt an zu rasen
Ich glaube nicht mehr daran,
dass das schnell vorbei geht
Wirst du mir je so nah sein
Wie in meinen schönsten Träumen?
Dich nur einmal berühren
in deinen Augen versinken...
Ich würde sogar sterben
Und das alles wegen dir
Es ist alles wegen dir
Du bist das Feuer in meinem ♡
was niemals erlischt

28. 05. 07, Montag

Aaaaalso.. ich will ja ~~[illegible]~~ abnehmen, u
Und heute hab ich im Fernsehen gesehen,
wie man in 6 Tagen 6 Kilo abnehmen
kann. Übel! Ich kann's zwar noch nicht
ganz glauben aber es soll "gesund" sein,
eine Art Entgiftung. Nur Tee, Wasser und
halt so Flüssigkeit zu sich nehmen!
Die meinten, das hat folgende Nachteile:
Schlechte Laune, Magenkrämpfe, Schlaflosigkeit
Aber damit kann ich ohne Scheiß easy
leben ^^ Ich stelle mir vor, dass mein
Bauch in der Zeit extrem laut grummel
würde und ich zu wenig Zucker haben
→ zittern! würde... Außerdem wird das
saaaau die Überwindung kosten, nichts me
zu essen. Ich hab voll oft (immer)
Bock zu essen ^^ Oh man..
Das wird echt krass für mich aber ic
WILL das und ich werd' das packen,

wenn ich das will. Außerdem soll man sich zusätzlich auch mehr bewegen! Passt schon. Ich werd jeden Tag reinschreiben, wie ich mich fühle und wie mein Körper drauf reagiert. Bye Bye!!

Pia

Es ist immer noch Montag der 28...

Naja, fast! Denn es ist jetzt 23:56 Uhr und bis jetzt geht's noch. Aber wenn ich mir vorstelle, 6 Tage nichts zu essen, wird mir echt flau im Magen! Naja.. mal gucken.

Heute ist Dienstag, der 29.!!! Tja, also eigentlich bin ich nicht rückfällig geworden aber meine Schwester meinte, ich solle mir noch eine Suppe machen, damit mein Körper sich dran gewöhnt! -.- Okay, ich hab's gemacht! Es ist jetzt 12:32 Uhr, ich weiß nicht, ob das so richtig war. Ich glaube, ich werde nicht mehr auf sie hören – wer weiß, ob sie mich aus Neid dazu anstachelt. Ich zieh's durch, auch wenn ich es wegen diesem Zwischenfall 1 Tag länger machen muss …

NICHT AUFGEBEN!

mmmff … verschiebe es in die Ferien

Freitag, 01.06.2007

Hab heute mal wieder geschwänzt, bin in den Park gelaufen und hab auf 10 Uhr gewartet, da macht Karstadt auf. Bin dann in die CD Abteilung und hab 2 Stunden Musik gehört – um die Uhrzeit kann ich dann meistens problemlos nach Hause! Meine Mama geht meistens um 8 Uhr zur Arbeit, Papa macht sich gegen 10 Uhr seinen ersten Kaffee mit Schuss. Dann setzt er sich vor seinen Laptop, spielt „Age of Empires" und raucht. Gegen 12 checkt er aus, wie viel Haushaltsgeld Mama ihm für den Tag rausgelegt hat (er ist seit 10 Jahren arbeitslos aber Mama hat sich ein eigenes Konto gemacht, damit er nicht von ihrem Lohn Vinylplatten und anderes Spielzeug, wie die neusten Elektrogeräte, kaufen kann)

er hat nie Geld und wegen ihm konnte Mama früher die Miete nicht zahlen!!!

Dann schlurft er zum Kiosk an der Ecke, frühstückt dort, besorgt schnell beim Edeka ein paar Maggi fix & frisch und Nudeln, kocht was (den Deal musste er mit Mama eingehen, sonst wäre sie nicht mehr mit ihm zusammengekommen) und bis er dann merkt, dass ich Zuhause bin, können einige Stunden vergehen. Dann schreit er meistens rum (ich soll aufräumen).

Unsere Wohnung ist schlauchartig aufgebaut (waren mal zwei Wohnungen bei denen die Trennwand rausgerissen wurde) und hat zwei Haustüren. Die zweite ist direkt neben meinem Zimmer, was das letzte in der Wohnung ist!

Ich benutze immer die, obwohl ich nicht darf. Letztens war ich nachts noch auf der Wiese, da gehen momentan immer (vorallem Marie und ihre Freunde..) alle hin. Die „Luxus Pussies" waren auch da - drei Mädchen, die so ne selfmade Homepage haben, auf denen sie Bilder von sich hochladen - mit Steckbriefen, Gästebuch und so.. Und eine davon, Stella (auch Püppchen genannt) ist sooo heftig hübsch.. ich hab sie immer beneidet, hat eine wunderschöne Figur, hellblonde Haare, feines Gesicht.. Ausgerechnet DIE meinte zu mir: „Boah, du bist so hamma hübsch ey, ich bin so neidisch

Aber wenn ich das hier aufschreibe klingt das so ironisch .. sie meinte das ernst :-

Und plötzlich auch die anderen: „Jaa, find ich auch .. Ich wär nichtmal annähernd so hübsch, wenn ich alles aus mir rausholen würde ..." Sowas von (die meiner Meinung nach viel hübscher sind) DENEN zu hören war zu crazy ..

Vor allem war ich da fast ungeschminkt ..

Püppchen meinte, ich hätte voll die Ausstrahlung! Größtes Kompliment ever, einfach schon, weil es von ihr kommt o**o nininì ...

Momo meinte dann, er wusste das eh schon immer .. ha-ha!! Love, Pia

03.06.07, So

„Es gibt Menschen die nur zusammen bleiben, weil sie denken dass sie nichts besseres finden. Dann gibt es welche die traurig sind, weil sie allein sind. Und dann ist da noch diese mikroskopisch kleine Gruppe von Menschen die mit jemandem zusammen sind, den sie unglaublich lieben... Die Glückspilze! Werde ich einmal zu den Glückspilzen gehören ???"

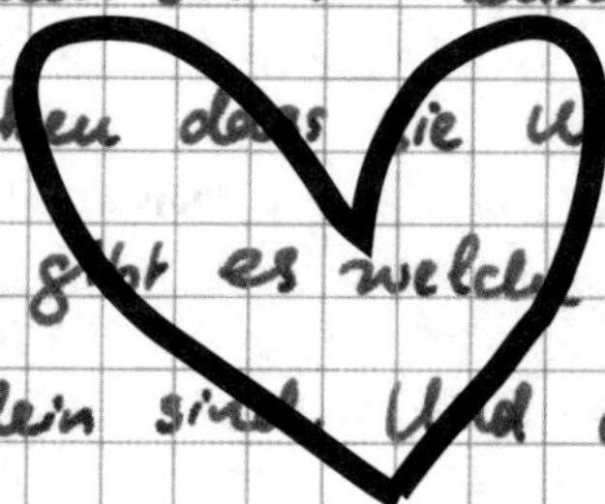

She's so high... Den Soundtrack von

ZITAT AUS:
„Loser – Verlierer haben auch Glück" (oderso)

↑ War bei Momo und hatte mein Tagebuch nicht dabei! Mit Füller habe ich immer so das Bedürfnis meine Schnörkelschreibschrift auszupacken – LOL und sonst immer Krikel Krakel was nur ich entziffern kann (egal, reicht ja)

gestern war Samstag, der 07.07.07 ^^
und ich habe mir mit Marie spontan ein (wir uns gegenseitig lol) Lippenpiercing stechen lassen WAHH! Also, das war so: Ich war mit Momo nachmittags auf der Wiese (hab ich schonmal erzählt, dass er sich absichtlich nie mit „Moritz" vorstellt, weil das die perfekte Vorlage für Emowitze bietet? XD ..) und Marie war auch da; sie saß ein bisschen entfernt mit Gigi, Marci, Rubi, Simi (der Gitarre gespielt hat, wie immer) und noch ein paar anderen, als sie plötzlich entscheidet, sich piercen zu wollen! Alle schon so: „Nää, laber keinen Scheiß, voll unhygienisch und gefährlich .." als sie sich zu mir umgedreht hat und meinte: „Pia macht bestimmt mit, oder?" und ich hab mich einfach bemüht so unbeeindruckt wie möglich zu wirken und hab nur mit den Schultern gezuckt ..
Sie ist einfach aufgestanden, hat mich

an die Hand genommen und mich von
Momo entführt *.* (er war aber nicht
sauer, oderso ;-;°) Wir sind erst in den
„Claire's" und haben Piercings mitgehen
lassen, danach haben wir uns Äpfel ~~s~~ und
Capri-Eis bei Yorma's (am Bahnhof) gekauft, weil Marie
mal in ~~'~~ nem Film gesehen hat, wie die,
die sich Piercings gestochen haben, ein
Stück Apfel hinter das Einstichloch gehalten
haben (vielleicht desinfiziert die Säure,
oderso ?!) Das Eis zum kühlen und essen!
Dann ging alles ganz schnell und erst hab
ich ihr mittig die Unterlippe durchstochen
und einen Ring durchgefrimelt, dann
sie mir! ô.o Ihre abschließenden Worte
waren: „Davon wirst du vermutlich irgendwann
ne kleine Zahnlücke ~~in~~ zwischen den
Schneidezähnen ~~haben~~ bekommen – aber das sieht
süß aus, vor allem mit deinen Sommersprossen
mach dir keinen Kopf!" ^_^ *

Sieht jedenfalls voll schön aus, ich mag es sehr!! Bin einfach dabei, mein eigenes Ding durchzuziehen. Mein Leben fängt an & the rest is still unwritten! ^^
Mir egal, dass ich immer öfter komische Blicke ernte – wenigstens seh ich nicht so langweilig einheitlich aus wie alle anderen. Vor allem will ich aber nicht länger sein, wie die anderen mich wollen! Deswegen ist meine Familie väterlicherseits auch nur noch am Lästern, wenn's um mich geht. Am schlimmsten ist mein Onkel! Der ist so ein elendiger Heuchler.. Tut immer so, als würde er mich totaaal mögen und macht einen auf „nett" aber hinter meinem Rücken muss er jedem auf die Nase binden, wie abgestürzt und verkorkst ich doch bin!! So abgefuckt, ich warte echt auf den Tag, an dem er mir endlich mal ins

Gesicht sagt, wie sehr er mich hasst! Kann diese aufgesetzten Fratzen einfach nicht mehr ertragen (deswegen habe ich schon seit längerem keinen Kontakt mehr zu der Seite meiner Familie).. Das letzte Mal, als ich da war, hat mein Opa mir im vorbeigehen über meine Hüfte gestreichelt und ich habe so einen richtigen Ekel aufkommen spüren (find's selbst übezogen, + verstehe nicht wieso es so ist er ist schließlich mein Opa und es war, wenn man so will, einfach nur eine harmlose, zärtliche Berührung – nur irgendwie hat es sich so nicht angefühlt!! gar.. es war so widerlich für mich) + Generell sind die soway von überheblich und materialistisch, ich hasse so ein Gehabe wie die Pest!!! PIA

× Ich bin ein eigenes Individuum und traue mich, ich selbst zu sein. ×

Mittwoch, 11. Juli 07

Ööóh ... Ich hab noch gar nicht erzählt, dass ich wieder was mit Daniel hatte ^^
Wurde ja mal wieder Zeit, ne ?! xD
Ich glaube, das letzte Mal war vor fast einem Jahr, oder? Ich meine, an Gigi's Geburtstag war das. Er war ja auch lange sauer auf mich, weil ich ihn "abserviert" hab ;-; meh.
Auf jeden Fall war ich mit Franzi, am Ferienanfang (also am 20. Juni) erst bei ihr Zuhause (Vor-Vorsaufen und schminken) und dann bei Ben vorsaufen. Da waren dann auch Robert, Toni, Michele und Daniel ^^ Franzi ~~und ich~~ nicht! wollte ins Penthouse (gehe viel lieber ins Prag oder in den Kellerklub - die Musik im Pent geht mir nicht gut rein), Toni und Michele wollten auch mit.. Da ich aber schon vor hatte was mit Danny zu starten (und Franzi das wusste,

weil sie mich immer vorher fragt lol) haben wir den überredet, mitzukommen. Der war eh schon wieder überdurchschnittlich nett zu mir (und hat viel Körperkontakt gesucht !!)
Also sind wir in Daniels Auto zum Pent gefahren Toni, Michele, Franzi, Dan und ich.. Auf der Fahrt hat er ständig in den Rückspiegel geguckt und mich voll gierig angestarrt lol. Ich musste nur grinsen und meinte irgendwann: „Daniel, guck auf die Straße!"
Im Penthouse lief dann erstmal nix mehr (ich HASSE diesen Club einfach) und irgendwann haben Franzi, Lisa und ich auf so Bartischen getanzt (hauptsächlich, weil wir die Jungs verloren hatten) und wir haben uns erst ne 3/4 Stunde bevor wir Heim mussten wiedergefunden (Toni hatte sich abgeseilt..) – Also so um 1 !!
Es lief irgendein Lied was ich mochte und wir wollten auf die Tanzfläche. Er ist erst vor mir gelaufen und Franzi + Michele

hinter mir. Plötzlich hat er sich umgedreht, mich angegrinst und gesagt: „Lady's first!"^^ Was danach kam hat Franzi mir erst später erzählt: Daniel ist stehengeblieben und hat sie gefragt, was er machen soll.. Sie hat ihm dann gesagt, dass er mich klarmachen soll XD Auf jeden Fall hat er mich gefragt, ob ich tanzen will - hab natürlich ja gesagt und wir haben seeehr eng getanzt und er hat mich die ganze Zeit über soo verführerisch angeschaut, dass der Gedanke, ihn unbedingt küssen zu müssen, fast schon hinter meiner Stirn pulsiert hat 'Komm schon, Pia. Das ist jetzt <u>der</u> Zeitpunkt..' und ~~X~~ es ging los ^^ Franzi meinte später zu mir, sie hätte sich nur einmal kurz umgedreht und als sie wieder zu uns rübergeschaut hätte, haben wir ziemlich rumgemacht XD Michele hat direkt mal Daniels Hand auf meinem

Po platziert (.. war aber cool, also in Ordnung für mich, meine ich ....) Er hat gar nicht mehr aufgehört mich zu küssen.. am Hals... überall xD Dann wollten wir was trinken und sind zur Bar. Franzi hat was für mich mitbestellt und Daniel, hat einen Barhocker für mich zurechtgerückt, wo ich mich dann draufgesetzt hab. Er hat meine Beine gespreizt und sich dazwischen gestellt, mit seinen Händen hat er meine Oberschenkel gepackt und meinen Hals geküsst... Ich war absolut nicht abgeneigt und bin mit meinen Händen unter sein Shirt - er hat einen so schön definierten Körper!! Hm. Jetzt hab ich einen dicken Knutschfleck am Hals, von Momo hab ich schon wieder genervte Blicke dafür geerntet.. (er mag Daniel nicht sonderlich und findet es albern, dass ich mich immer wieder so oberflächlich auf ihn einlasse..)

Achja, und Franzi wollte auch mal testen, ob man beim Küssen mein Lippenpiercing spürt – also haben wir uns geküsst und Daniel hat den Blick natürlich nicht abgewandt ^^ Franzi hat mich btw für meine Kusskünste gelobt, lol.

Als ich später mit ihr im Taxi saß war sie voll aus dem Häuschen und meinte, sie hätte von Anfang an gewusst, dass wieder was läuft .. Daniel will mich jedenfalls jetzt die ganze Zeit sehen ... Hat mich schon ein paar Mal angeklingelt und mir geschrieben. Hat gefragt, ob wir uns mal treffen sollen und als ich gefragt hab, ob es einen Grund hat oder einfach nur so, meinte er, das würde ich dann schon sehen .. <.< Franzi hat auf ihrem Handy ein Foto, auf dem man sieht, wie Danny und ich uns küssen und er hat sie schon mehrfach darum gebeten, ihr das zu schicken ^^ Irgendwie sweet. Er ist schon ein großer Teil meines Lebens, immerhin ist er der erste Typ, dem ich je so nah gekommen bin (und bisher auch der einzige) Aber Momo hat auch Recht damit, dass wir nicht zusammen-passen.. So, ich mach mal Schluss für heute. ByeBye Pia

~~My name is [pia]~~

Ma 2nd name is -**faye**- well… I don't care ^^
Das *beste* in meinem Leben sind meine °Freunde°
Und meine ° **Mom** °…
…Would die without her

music = life

I'm ->**NOT**<- fake, k.?!
…Das ist das Schlimmste was es gibt
¯> Beside liars-cheaters-posers-whores-sluts

people who actually take the time 2 get 2 know me rr amazing
/ Aber es gibt generell zu wenige davon /

ILOIL ♥.

Manche Leute denken, mir sei vieles egal – das stimmt nicht

-- I have much to do, but never do anything --

I laugh at really Stupid things that other people probably wouldn't even find funny.

I dont play an instrument yet... maybe one time I will.
I only sing... in the shower :]

* Ich trage was ich will

I dont care what anyone thinks of me.

i hate sc ooo l

¸.·*¯`*·. I wish I could fly

If you ask me a question, i'm going to tell you what i think. if you don't like my opinion, then don't ask me.

God is a boy ★

I am messy and never put things back when I use them.
If I hate you, I will tell you.
I play my music louder than yours.

¸.·´¸.·¨) ¸.·*¨)
(¸.·´ (¸.·´ (¸.·*¯`*·> i m CraZy soO what?.

..:: I won't grow up ::..
my parents [redacted] since i'm 5 years ol'
hate eachother!

Ich bin spontan. lustig. verrückt. stur. dickköpfig. offen. selbstbewusst.
MayBe i'm a reBel – so what 'you gonna do?!

Wenn man mir gegenüber voreingenommen ist…
… hat man im Grunde schon verloren *[is so]*.

I'm honest.
I break all the rules.
[redacted]
…and a LIP PIERCING *¯`*·

I ♥ **MUSIC**.

Alte Zeichnung, die ich in einem Heft wiedergefunden habe (MEGA OLD ~~!)

Irgendwie krieg ich in letzter Zeit mega oft zu hören, wie hübsch ich sei und was für

ICH BIN UGLY AF!

ein „wahnsinnig schönes" Gesicht ich hätte O.O

Letztens meinte ein Typ auf der Wiese zu mir, er hätte noch nie so ein schönes Gesicht wie meins gesehen und das Mädel neben ihm hat genickt und meinte: „Jaa, übel!" und Marie bringt auch manchmal so

Kommentare – kann die Selbstwahrnehmung wirklich so verschoben sein? Wenn ich mich im Spiegel sehe, ist da nur ein Haufen Scheiße. P.

01.08.07

Marie hat so ne on-off Beziehung mit Lucas (der ganz nebenbei extrem süß ist.. und auch auf die Schule geht, auf die Momo und ich also nach den Ferien lol.. im Sommer wechseln wollen) jedenfalls himmelt er sie so richtig an aber sie ist so kühl und behält irgendwie immer alles unter Kontrolle, so als würde es sie gar nicht wirklich jucken. Irgendwie bewundere ich das. Ich wäre auch gern so abgeklärt und selbstsicher. Sie braucht niemanden. Aber es wirkt als würden alle sie brauchen. Vielleicht ist das so, mit selbstbewussten und charismatischen Menschen, alle anderen schwirren um sie herum wie die Motten ~~beim~~ um's Licht, ihre Aura ist magnetisch. Könnte ich nicht auch so jemand sein? Wäre ich nur ein bisschen mehr wie sie... Schluck die Schwäche einfach runter, Pia. Du musst niemandem die Wahrheit

zeigen, wenn du das nicht willst!!
Fuck ich kann es nicht abwarten wenn ich
hier weg bin. Mama hat angekündigt
wieder zu Omi und Opi aufs Land zu ziehen,
ohne Papa, und mir die Wahl gelassen,
wohin ich will: Mit zu ihr oder in ein
Wohnheim. Wenn ich zu ihr ziehen würde,
müsste ich immer um 4 oder so aufstehen
NEVER! Sie hat mir so ein Wohnheim
in der Stadt rausgesucht, für Mädchen
ab 16 (Papa will übrigens hier im Haus
wohnen bleiben, nur in einer kleineren
Wohnung - und abgesehen davon, dass er mich
eh niemals bei sich wohnen lassen würde,
wär das auch das letzte, was ich tun würde)
Habe auch schon eine Zusage für ein
Einzelzimmer, das ist ein bischöfliches
Wohnheim, vielleicht wurde ich ja
bevorzugt behandelt, weil ich römisch
katholisch bin und bisher ja auch schon

auf nem bischöflichen Mädchengymnasium war. Die denken bestimmt ich bin ein Engel lol. Da darf man keinen Jungsbesuch über Nacht haben XD und keinen Alkohol trinken. Morgen gehen wir das Zimmer besichtigen, das ist schon möbeliert und ich nehm nur ganz wenig mit..

Ein bisschen Angst hab ich schon aber die Freude diesen Scheißkerl von Vater nicht mehr ertragen zu müssen überwiegt.

P.

08.09.07, Samstag

Seit heute wohne ich im Wohnheim und Mama ist gerade eben gefahren :'(Jetzt liege ich im Bett und muss irgendwie voll weinen. Alles ist komisch. Die Möbel sind scheiße, bestimmt 50 Jahre alt. Die anderen Mädchen sind ganz anders als ich und ich hab Angst davor alles alleine machen zu müssen T_T Das ist so gruselig iwi ...

Wir haben uns zusammen alles einmal angeguckt, im Wohnzimmer sitzen so seltsame Mädchen die die ganze Zeit RTL2 gucken und um Wäsche waschen zu können, muss ich 6 50 Cent Stücke einwerfen. Außerdem ist der Waschautomat im Keller (der übertrieben ~~gru~~ Creepy!! ist, wie aus so nem Horrorfilm der in nem Mädcheninternat spielt. Voll lange Gänge und viele dunkle Zimmer an denen ich vorbeihasten muss um keine Angstzustände zu bekommen). ~~Außerdem~~ ist der Fahrstuhl am Wochenende (weil der steckenbleiben kann, ist alt und klapprig) aus Sicherheitsgründen ausgestellt und mein Zimmer ist im 4. Stock ;-;°

Wenigstens habe ich einen Balkon (wo aber ein Netz vorgespannt ist, damit da keine Tauben drauf können). Ich muss so Essensmarken kaufen, mit denen ich morgens und Mittags oder Nachmittags essen kann (also im Tausch gegen die Marken) ↱ die stellen es einem zurück wenn man Bescheid sagt. Ich will das alles noch nicht, das geht mir irgendwie zu schnell und am liebsten wäre ich grad wieder ein Baby oder zumindest im Kindergarten. :'''(Das ist zu viel. Einfach zu viel. Aber jetzt kann ich auch nicht mehr zurück. P.

10. 09. 07

Ersten Schultag überstanden, mit unangenehmen Vorstellungsrunden, in denen man sich vom Stuhl erheben und vor all den unbekannten Gesichtern erzählen muss, wer man ist, was man mag und wo man herkommt. „Ja hallo, ich heiße Pia, fast 16 (der Moment in dem mich immer alle als Küken abspeichern, bin mal wieder die jüngste.. die älteste in der Klasse ist 33 und die meisten sind um die 20.. ich bin einfach zu so nem blöden Zeitpunkt geboren und schon mit 5 eingeschult worden mehh.) treff mich gern mit Freunden, mag es zu zeichnen und komme aus Stuttgart". möp. Zum Glück war Momo da. Es hat sich so ein Mädchen zu mir gesetzt,

Ana, sie ist voll hübsch. Bisher find ich es schon ziemlich cool dort, das Gebäude ist ganz neu und wir sind erst der zweite Jahrgang, der die Schule jemals besucht, so fresh ist alles! lol. Ist ja ne Privatschule, deshalb sind die voll gut ausgestattet und Tische sowie Stühle sind crispy clean and white.. Ist so weird wenn niemand mehr ins Zimmer kommt um einen zu wecken, ich fühl mich ziemlich einsam um ehrlich zu sein. Und ich hätte nie gedacht, dass ich Papas Nudelaufläufe vermissen würde. <.< mh. P.

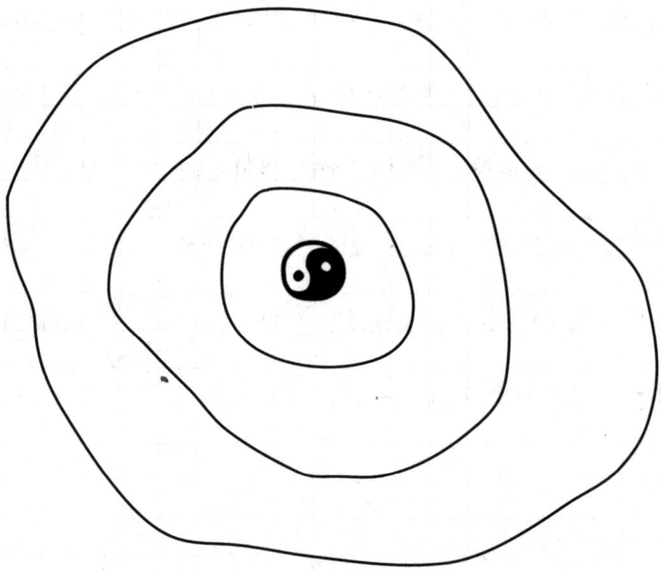

You! Sorry, hab ewig nicht mehr geschrieben. Bald ist Weihnachten und ich fahr zum ersten Mal wieder zu Mama.. Papa hab ich seit wir alle umgezogen sind nichtmal mehr gesprochen und ich merke erst jetzt soo deutlich, wie sehr mich das Zusammenleben mit ihm ausgebremst hat. Dass ich die Schule wechseln und ins Wohnheim ziehen wollte, hab ich immer damit begründet, dass mich das Gymnasium nicht mehr weiterbringt und ich andere Leute kennenlernen will ... vielleicht hab ich aber auch ganz dringend Abstand und Zeit für mich ganz allein gebraucht..

Auf meiner neuen Schule sind so begabte Leute, die in behütetem Elternhaus aufgewachsen sind und all ihre Zeit in ihre Projekte und Skills investiert haben.

Ich hingegen hab mich immer nur in Traumwelten geflüchtet und war mehr

mit meinem Status in irgendwelchen Freundes-
gruppen beschäftigt, als mit meiner Zukunft.
Ich hab so viel Zeit in ~~irgen~~ (Phantasie-) Typen investiert
und so wenig in mich selbst.
Aber ich find das auch voll schwierig,
immer wenn ich jetzt allein im Zimmer
bin - ohne Papa, der mir im Nacken sitzt
und meinen Alltag terrorisiert - ist da
nur eine dicke, fette Mauer vor meinen
Gedanken, ich kann auf nichts zugreifen.
Ich sehne mich nach einer Beziehung aber
gleichzeitig habe ich auch Angst, dass ich
nur irgendwas damit kompensieren will.
Es heißt doch immer, man muss erst
selbst jemand sein, um jemandes
Partner sein zu können - ich hab kP wer
ich bin to be honest.
Irgendwie hab ich das Gefühl, dass ich nie
so richtig über irgendwas nachgedacht habe.
Meine Realität Zuhause habe ich nie als so

schlimm eingeschätzt, wie sie letztendlich war.
Ich hab da nie so mit jemandem drüber geredet aber jetzt, mit mehr Abstand, wird mir so vieles erst bewusst :(
Scheiß drauf, ich will eigentlich auch jetzt nicht drüber nachdenken.. Ich geh auf eine richtig coole Schule und kann rausgehen und nach Hause kommen wie es mir passt! Jetzt fängt mein Leben erst richtig an und ich will keine Sekunde davon mit Traurigkeit ~~verwen~~ verschwenden!!
Und ich will mir mal mehr Mühe geben, wenn ich hier reinschreibe. Ich habe immer diese (vielleicht naive) Vorstellung von schöner, fehlerloser Schnörkelschrift und feinen Worten - irgendwie krieg ich das noch nicht so hin LOL aber ich könnte das, muss mir mal meinen Füller rauskramen..
(Durch den Tintenroller, den ich ja schon seit

Jahren benutze, wird meine Schrift automatisch so krickelig, vor allem, wenn ich schnell schreibe. Klar, das hier ist nur für mich, aber gerade deswegen >.< Ich will besser sein als das! haha

Ey! Ich habe hier eigentlich smaragdgrüne Tinte reingetan, aber irgendwie ist es immernoch blau meeeeh >.< Oh, langsam wird's grün. Aber das ist mir zu anstrengend, ich werde eh wieder zum Tintenroller greifen, wenn ich unterwegs bin oder einfach faul, weil es praktischer ist und schneller geht.. Aber ey, ich kann das noch viel schöner als jetzt gerade, bin aus der Übung!! ^^ Voll komisch, dass ich in der

Grundschule noch die alte Schreibschrift gelernt hab und meine Schwester auf ihrer die neue, obwohl sie ja älter ist als ich..

Bla! Ich vermisse meine Familie irgendwie garnicht und langsam bekomme ich ein schlechtes Gewissen, weil ich mich nie melde :(
Aber abgesehen von meiner Mutter stört das auch niemanden und es meldet sich auch niemand bei mir. Was soll's, ich hab nur (was für ein Statement wtf) mich. Und ein Problem hab ich auch. Ich steh auf Lucas >.<

WAAAHHH

Lange wollte ich das einfach nicht wahrhaben, aber es war von Anfang an so. Ich weiß noch jedes Detail von unserer ersten Begegnung: Wir waren in der S-Bahn Richtung Bad Cannstatt. Wir (Mona und ich) wollten zum Wasen – also eigentlich wollte nur ich, ein paar von der Wiese hatten sich spontan dazu entschieden und ich hab Mona überredet (wie immer) Marie saß auf dem 4er neben uns als plötzlich noch Lucas in letzter Minute zugestiegen ist (die Türen haben sich gerade geschlossen) und sie mit einem Kuss auf die Nase begrüßt hat. Ich muss ihn extrem auffällig angestarrt haben, er hat meinen Blick mit Sicherheit gespürt und mich deshalb, kurz nachdem er sich neben Marie niedergelassen und einen Arm um sie gelegt hat, mit seinen eisblauen Augen durchbohrt.

Ich habe selten einen so schönen Jungen gesehen, er sah aus wie

aus einem H&M Katalog entsprungen.
alles andere als perfekt und mit
ein paar Ecken und Kanten, aber
so ein unverschämt interessantes
Model-Gesicht einfach!
Manche Menschen sind echt
gesegnet, so wie Lucas und Marie;
zusammen sind sie das perfekte
Disney-Couple und ich will
Regenbögen kotzen, wenn ich daran
denke ... Er ist echt der letzte,
auf den ich stehen will und
solange Marie noch interessiert an
ihm war, konnte ich das auch
relativ gut verdrängen; in letzter
Zeit lässt ~~sich~~ sie allerdings
raushängen, dass es ihr nicht
sonderlich ernst ist und seit kurzem
schreiben er und ich öfter in ICQ.
Das kann ich doch nicht bringen.

(mal so mal so..)
mich ausgerechnet in den "Ex" von Marie
zu verlieben T_T * waaah...
Ich kann es auf jedenfall niemandem
erzählen, nichtmal Mama und
natürlich erst Recht nicht Marie..
oder ihm. Ich bin auch eigentlich
viel zu jung für ihn, er ist schon
22 Jahre alt ;-; fuck.
Wo wir grad beim Alter sind: Ich
habe gar nicht erzählt, wie
spektakulär ich meinen *super sweet 16*
gefeiert habe.. Papa hat mir einen
Club gemietet, Tokio Hotel sind
aufgetreten und ich habe mit Bill
rumgemacht LOL. Oke, also..
Ich ~~bin~~ war einfach nur in meinem
Zimmer und die einzige, die angerufen
hat, war Mama. Papa hat's
vergessen. END OF STORY.
Ich will eh keine Geburtstage mehr

feiern, dass ich älter werde ist ein einziges Trauerspiel und ich war nie scharf drauf, nicht mehr 15 zu sein. Klar, jetzt darf ich mehr und meine Chancen bei Lucas steigen mit jedem Lebensjahr.. aber meeeh!! Muss jetzt schlafen, sonst bin ich morgen in der Schule wieder so aufgekratzt (mache in letzter Zeit öfter durch und bin dann immer sooo aufgedreht, sobald ich die Phase überwunden habe, in der ich auf dem Tisch einnicke..)

Bye, Pia ♡

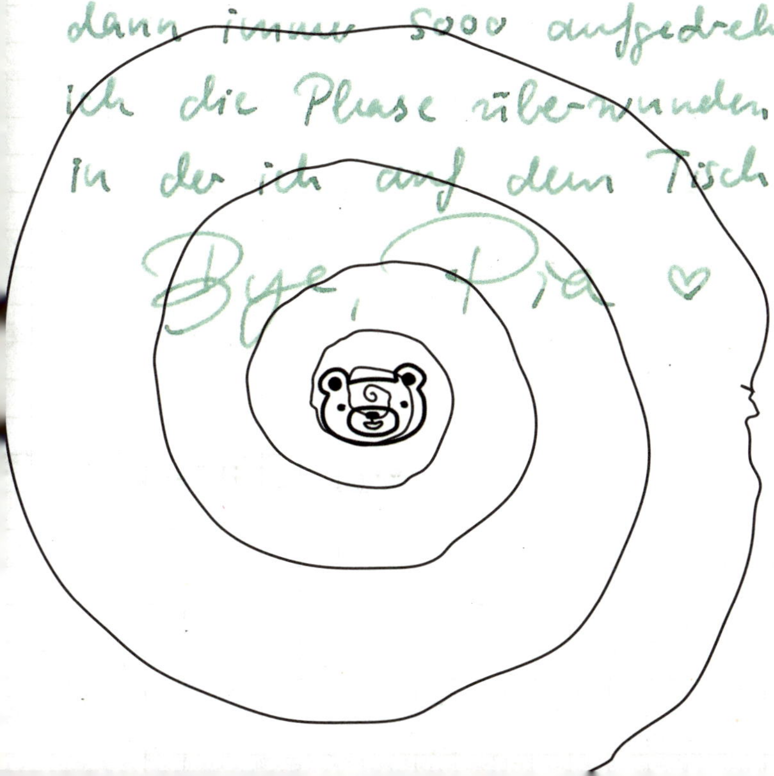

WOW! ~~Weih~~ Weihnachten war mal
wieder sowas von unnötig und
oberflächlich, hat sich ja mächtig
gelohnt, nach Hause zu kommen. NOT!!
Ich hab mich überreden lassen, zu
Papa und seinen Eltern zu gehen,
am zweiten Weihnachtsfeiertag (so
wie in unserer Kindheit immer) und
es war definitiv das Letzte mal, dass
ich mir das antue. Es wurden die
ganze Zeit abfällige Bemerkungen über
unsere Mum und mich gemacht,
immer so richtig typisch erhaben
und rechthaberisch – als wären
Gefühle gar nicht existent, geschweige
denn relevant. Erfolg ist alles, was
zählt; Statussymbole ~~[illegible]~~
und respektable Ziele (~~gute~~ beinhaltet
gute Zeugnisse und viel Geld) mit
denen man prahlen kann – mehr

braucht man doch nicht!
„Was willst du denn jetzt machen??"
„Du hast den falschen Umgang!"
„In deinem Alter hatten wir schon beinahe ein eigenes Business"
JAAA schön für euch, ihr reichen Geizhälse!
„Eure Mutter hat euch gegen uns aufgehetzt!" Dabei hat die nie schlecht über die geredet, musste damals sogar einen Vertrag unterschreiben, als sie sich uns zu Liebe auf Papa eingelassen hat.. „Eure Mutter lügt rum und hat euch verkorkst!!"
Naja, eigentlich ja nur mich haha, ich bin das Problemkind, weil ich nicht mitspiele - ups!!
Einen Scheiß werd ich da nochmal hingehen, die haben ihren eigenen

Sohn nichtmal groß gekriegt aber wollen meine Mum kleiner machen, als sie ist. Ohne sie hätte mein Dad nicht die letzten 11 Jahre ein chilliges Life gehabt!
Sie hat den Alleinversorger gespielt und die einzige Forderung die sie hatte, war, dass er sich um uns kümmern soll, während sie den ganzen Tag arbeiten muss – nichtmal das hat er hinbekommen! Fertigsaucen und Nudeln, garniert mit Schlägen gegen meine Schläfe und Rippen. Fickt euch alle !!!
Der erste Weihnachtsfeiertag war aber auch nicht besser. Meine Tante musste sich beweisen, mit einem hochwertigen Abendessen in ihrem Luxushaus. WAYNE.

Mich regen die Weihnachtsfeiertage einfach nur auf, weil ich ihnen nicht aus dem Weg gehen kann und man allein durch das Fernsehprogramm gezwungen wird, mitzumachen >.<
Es ist Sterbenslangweilig und fake as fuck!!
Ich hab auf diese erzwungene Scheiße keinen Bock mehr. Von den ganzen Tieren und Pflanzen, die an diesen festlichen Tagen draufgehen, fang ich gar nicht erst an.

pia [21:06]: hallöchen popöchen
Zion [21:06]: o_O
Zion [21:06]: hallo ^^
pia [21:07]: na was geht
Zion [21:07]: müde
pia [21:09]: hat matt dich gefragt, ob du zu mir kommen kanns? xD
Zion [21:09]: yah ^^
pia [21:10]: haha yaaaa ich brauche liiiebee ^^
Zion [21:10]: why?
pia [21:11]: weil... eeeh ich kB mehr hab single zu sein^^
Zion [21:12]: yah single sein is manchmale cht shice xD
pia [21:13]: ja ich hab das gefühl ich bins schon eeewiiig -____-
Zion [21:14]: ich auch
pia [21:15]: nein du nicht... aber ich :'(
Zion [21:16]: so schwer isses für n mädchen net n freund zu finden ^^
pia [21:16]: ne stimmt aber... mhhh
Zion [21:16]: aber was?
pia [21:18]: man kriegt nich den den man will
Zion [21:18]: ach du hast schon vorstellungen ^^?
pia [21:20]: mh nee ned direkt aber von mir wolln welche was von denen ich nix will
Zion [21:21]: ja sowas gibts ^^
Zion [21:21]: geht mir auch so ^^
pia [21:21]: jaa aber die nerven miiich
pia [21:24]: mhhh =(
Zion [21:26]: solche schweine
Zion [21:26]: xD
Zion [21:29]: soll ich dir etwa bei der suche helfen ^^?
pia [21:29]: eeeh ?!?!
Zion [21:29]: nachm freund ^^
pia [21:31]: ja ich mein wie soll das dann aussehen? xD
Zion [21:31]: nik!
pia [21:32]: omg nöööF haha
Zion [21:32]: why?
Zion [21:32]: nik is kuhl
pia [21:32]: was habt ihr denn alle?
Zion [21:33]: is doch gut?
pia [21:40]: was würdest du sagen wenn ich sagen würd: nimm doch nessa!
Zion [21:40]: nicht mein typ
pia [21:41]: ja ok nik is au nich mein typ
pia [21:41]: der is lustig
pia [21:41]: und nett
pia [21:41]: UND nich mein typ
Zion [21:41]: und was kommt ungefähr in frage?
pia [21:42]: weiß nicht. ich dachte früher immer ich hätte einen bestimmten typ
pia [21:42]: aber ich glaub des is doch ned so

Zion [21:42]: ^^
pia [21:42]: ich wollte auf jeden fall immer dunkle haare, braune augen und so
pia [21:42]: naja hatte ich au fast immer xD
Zion [21:43]: nik lol
pia [21:43]: nein der hat blaue augen^^
Zion [21:44]: sowas bemerkst du?
pia [21:44]: ehmmm ja klar???
Zion [21:45]: nagut ^^
Zion [21:45]: aso
Zion [21:46]: gut das ich das jetzt weiß xD
pia [21:46]: joah xD
pia [21:46]: nur weil du auf sowas ned achtest...
Zion [21:46]: klar achte ich auf sowas
pia [21:49]: ach ja? okay, was für eine augenfarbe hab ich? ^^
Zion [21:49]: braun?
pia [21:50]: ...
Zion [21:50]: ?
pia [21:50]: hee wenn du das echt nich weißt bist du dumm.
Zion [21:51]: ich mach nur spaß
pia [21:51]: ja dann sag doch
Zion [21:51]: braun ist es schonmal nich
pia [21:51]: toll bleibt ja au noch viel
Zion [21:52]: grün
pia [21:52]: 50:50 chance
pia [21:52]: aber du hast recht.
Zion [21:52]: das wusste ich doch
pia [21:53]: mhh will ich doch hoffen.
Zion [21:54]: ich glaub ich hab gestern von dir geträumt ^^
pia [21:54]: waaas? xD was denn?
pia [21:54]: bestimmt nix gutes...
Zion [21:55]: ich glaub wir waren aufm rummel
Zion [21:55]: aber der hat mir gehört
Zion [21:55]: lucaspark oder so
Zion [21:55]: und du hattest offene haare
pia [21:56]: ja ok und weiter? ;)
Zion [21:56]: nix weiter ^^
Zion [21:56]: ich hab dir ne eule gekauft
Zion [21:56]: dann bin ich aufgewacht
pia [21:57]: oooh öööde
Zion [21:57]: ne eule is öde?
pia [21:57]: nein dass nich mehr passiert is hahah
Zion [21:58]: fortsetzung folgt ^^
pia [21:58]: ja dann halt mich auf dem laufenden
Zion [21:59]: xD
pia [21:59]: morgen, ich zieh wieder cowboystiefel an xD
Zion [21:59]: willsu mich anmachen xD?

pia [21:59]: ja klar als ob dich DAS anmachen würde hahah
Zion [22:00]: :-[
Zion [22:04]: kussi?
pia [22:04]: ja^^
pia [22:05]: komm her
Zion [22:05]: voll weit ^^
pia [22:05]: mhh geht so
Zion [22:05]: n andermal ^^
pia [22:06]: hey mein „ex" meinte er will vorbei kommen
pia [22:07]: aber ich hab ihm gesagt ich will nich dass er kommt
Zion [22:07]: wielang brauch ich bis zu dir?
pia [22:07]: weiß nich, halbe std
Zion [22:07]: oha
Zion [22:07]: voll lang
Zion [22:07]: dann müsst ich übernachten
pia [22:07]: tzzzzz
pia [22:07]: ja okay xS
Zion [22:07]: und morgen früh überlegen ob ich mit schule komme oder ausschlafe bis du wieder kommst xD
pia [22:08]: und eure klassenarbeit verpassen? ^^ aber mein bett is klein
Zion [22:09]: shice stimmt ja
Zion [22:09]: arbeit -.-
Zion [22:09]: ja dann muss du wohl aufm boden schlafen
Zion [22:09]: xD
pia [22:10]: nööóF dann müssen wir uns quetschen^^
pia [22:10]: oder du brings dein bett mit
Zion [22:10]: aber ich brau8ch voll viel platz
pia [22:11]: mh ja ich weiß
pia [22:11]: dann müssen wir uns stapeln
Zion [22:11]: o_O
Zion [22:11]: stapeln? lol ey
Zion [22:11]: ich bin oben
pia [22:12]: nööö du zerquetscht mich jaaa
pia [22:12]: bei andern dingen, ja ^^ aber nicht beim schlafen xD
pia [22:15]: ja was is jez komms du jez zum stapeln? :D
Zion [22:16]: nein unter 17 stapel ich nich ^^
pia [22:16]: ja dann willsu noch die paar monate warten oder was? xD
Zion [22:17]: lol
pia [22:17]: arghhh ich brauche liebeee xD haha
Zion [22:17]: mhm ^^
pia [22:18]: mhm?
Zion [22:20]: hast du paarungszeit ^^?
pia [22:20]: bääääh
pia [22:21]: du bish blööööd
Zion [22:21]: xD
pia [22:21]: ich hab einfach keine lust mehr

pia [22:21]: es reiiicht
pia [22:21]: ich nehm mir einfach daniel.
Zion [22:22]: lol?
pia [22:22]: was lol????
Zion [22:22]: was soll ichn machen ^^?
pia [22:22]: ja. eh. hahah ja komm doch xD
Zion [22:23]: meinsu das etwa ernst ^^? es is fast 11
pia [22:23]: ja du hast recht^^ dann komm halt morgen oderso xD
Zion [22:23]: hast du überhaupt n fernseher ^^?
Zion [22:23]: sonst langweile ich mich nur ^^
pia [22:24]: ja^^ oder ich ruf daniel an der is dann maybe so in 4 std da, nacher schicht^^
Zion [22:24]: dann isses 3 uhr nachts
pia [22:24]: is mir doch egal^^ und ihm auch haha
Zion [22:24]: lol
Zion [22:24]: verstehe xD
pia [22:25]: der muss ja au NUR arbeiten morgen xD
Zion [22:25]: ^^
pia [22:25]: das voll blöd so alleine =(
Zion [22:26]: ja ich bin ja auch alleine
Zion [22:26]: jeden tag ^^
pia [22:26]: komm doch inne schule?!
Zion [22:26]: ja schon
Zion [22:26]: aber abends mein ich
pia [22:26]: wir können ja zsm alleine sein :D
Zion [22:26]: zsm ? zusammen?
pia [22:27]: ja gemeinschaftlich xD
Zion [22:27]: argh ^^
pia [22:28]: das bedeutet: nebeneinander sitzen und schmollen xD
Zion [22:28]: aso yeah ^^
pia [22:29]: besser als alleine
Zion [22:29]: 10 gramm
Zion [22:29]: ups
Zion [22:29]: net für dich
pia [22:29]: achso ok ;)
Zion [22:30]: ich schmoll eigentlich gar net ^^
Zion [22:30]: als single bin ich frei und so ^^
pia [22:30]: ja ich eig au ned. ich hab nur kB mehr oO
Zion [22:31]: ich weiß nich ob ich dir da weiterhelfen kann ^^
pia [22:31]: nein kanns du nich^^ weil du mir nik und so andrehen wills xD
Zion [22:31]: lol
Zion [22:32]: hahahaha
Zion [22:32]: der is so kuhl xD
Zion [22:32]: affäre mit nik xD
Zion [22:32]: mitternachtsstecher
Zion [22:32]: hahahahaha xD
pia [22:33]: hör doch auuuf xD

Zion [22:34]: sry xD
Zion [22:35]: du bist schon süß und so ^^
pia [22:36]: was warum?^^
pia [22:36]: was kommt denn jetzt? :D
Zion [22:36]: wollt ich nur mal erwähnen ^^
pia [22:37]: achso danke ;) du auch. süß und so ^^ nein du bish zu stark um süß zu sein. süß sind meistens nur schwache^^
Zion [22:38]: lol
pia [22:38]: ja isses ned so? ^^
Zion [22:38]: du bist net schwach ^^
pia [22:38]: was? doooch xD
Zion [22:39]: wieso legsu dich dann immer mit mir an ^^?
pia [22:39]: ich hab ads
pia [22:39]: aufmerksamkeits-defizit-syndrom
pia [22:39]: nein spaß^^
Zion [22:40]: ^^
Zion [22:40]: was geht am we?
pia [22:41]: ana und so
pia [22:41]: und bei dir?
Zion [22:41]: ka freitag lisa samstag sandra xD
pia [22:41]: ohaaa okay und sonntag ?? xD
Zion [22:42]: ausruhen
Zion [22:42]: ^^
pia [22:42]: okayyy ... du und einsam? tzz
Zion [22:43]: is nur 4 fun
Zion [22:44]: und vielleicht schauen wir ja auch nur fern ^^
pia [22:44]: jajajajaa
Zion [22:44]: die eine is auch erst 17
Zion [22:44]: ka
Zion [22:44]: is schon krass
pia [22:44]: warum sind ja nur 6 jahre xD
pia [22:45]: unterschied
Zion [22:45]: 5
pia [22:45]: du wirst doch 23
Zion [22:45]: und die 18 xD
pia [22:45]: ja okeee ^^
Zion [22:45]: ich weiß net ich hab immer sone alterbegrenzung
Zion [22:45]: als ich 18 war
Zion [22:46]: nix unter 16
pia [22:46]: die wäre?
pia [22:46]: ah ok
Zion [22:46]: als ich 21 war nix unter 18
pia [22:46]: aber da warst du 18^^
pia [22:46]: jaaah ohaa
Zion [22:46]: wie?
pia [22:46]: dann begehst du eindeutig fehler tztztz^^

pia [22:46]: schwachsinn
Zion [22:46]: wie?
pia [22:46]: sowas gabs bei mir auch
Zion [22:46]: was?
pia [22:46]: altersbegrenzung
pia [22:47]: ich war 14, er sollte 16 sein
Zion [22:47]: mhm also mehr als 5 jahre unterschied sind aber schon pervers
pia [22:47]: usw immer so 2 jahre unterschied
pia [22:47]: aber das is quatsch iwie
pia [22:47]: ich war ja mädchenschule
Zion [22:47]: ja?
pia [22:47]: ich schwörs dir das sin die schlimmsten
pia [22:47]: jez ohne spaß
Zion [22:47]: wer?
Zion [22:47]: die mädchen?
pia [22:48]: wir waren 14 und alle hatten 20 jährige freunde
Zion [22:48]: das is voll shice
pia [22:48]: hab ich auch damals gedacht
pia [22:48]: egal
Zion [22:48]: das sind so spaten die mit mädchen in ihrem alter net klarkommen
pia [22:48]: oder? ich glaub es is echt egal
Zion [22:49]: aber ich muss zugeben ich komme mit mädchen über 21 auch net klar xD
Zion [22:49]: so ab 20 werdet ihr wirklich kompliziert ^^
pia [22:49]: die sind so... erwachsen.
pia [22:49]: zu erwachsen.
Zion [22:49]: ja ich war mal mit einer zusammen
Zion [22:49]: ich war 21 sie 20
pia [22:49]: und 17 jährige kerle sind übertrieben triebgesteuert und ham sich dabei nich unter kontrolle
Zion [22:50]: und sie war geistig um einiges reifer
Zion [22:50]: wie meinsu das?
pia [22:51]: jah weißt du. bei mir in der clique. die gleichaltrigen. hey du musst denen nur mal was mit sexy stimme ins ohr flüstern und die ham nen ständer
pia [22:51]: is echt so!!!
Zion [22:51]: yah gut denke das is normal ^^
pia [22:52]: nööööö weil... eh kA das abnormal xD
Zion [22:52]: haha ^^
pia [22:52]: ich meine die könn sich nich mal zsm reißen xD
Zion [22:52]: ich weiß net ob ich anders war ^^
pia [22:52]: was meinst du wie lustig das is
Zion [22:52]: mit 14 wars jedenfalls so ^^
pia [22:52]: meine freundin und ich xD haha soo geil
pia [22:53]: alsooo
pia [22:53]: wir hatten den dreh halt voll raus und so^^
pia [22:53]: wir ham das IMMER ausgenutzt
Zion [22:53]: lol

pia [22:53]: zu unserem vorteil
Zion [22:53]: yeah ihr habt wirklich vorteile
pia [22:54]: jaP und es is soo einfach
Zion [22:54]: mach mal bei nik
pia [22:54]: zB.... wenn meine freundin und ich uns küssen, da ham wir kein problem mit, warum auch... und wenn wir das vor denen gemacht ham... hahah xD
pia [22:55]: nöööF der arme...
Zion [22:55]: yah ich verstehe schon ^^
Zion [22:56]: argh mein rücken >_<
pia [22:57]: massage?
Zion [22:57]: yah bin voll verspannt
pia [22:57]: ja morgen
Zion [22:57]: kannsu massieren?
pia [22:58]: joa
Zion [22:58]: xD
pia [22:58]: aber ich kann besser... rücken kraulen xD wegen meinen nägeln
Zion [22:58]: haha ^^ ka ob ich massieren kann
Zion [22:59]: ich benutz dann immer noch den mund xD
pia [22:59]: hahah oohhaa ok ^^
Zion [22:59]: yah kommt von selbst xD
pia [23:00]: kommt es das nich immer?^^
Zion [23:00]: nicht wenn man nur massieren will
pia [23:01]: doch
Zion [23:01]: ?
Zion [23:01]: why?
pia [23:01]: ja weil... das läuft xD
Zion [23:01]: lol wenn du nen kumpel massierst
Zion [23:01]: dann benutzt du früher oder später deinen mund ^^?
pia [23:02]: haha neiiin ach... egal^^
Zion [23:02]: haha ^^
Zion [23:03]: ghääääään
pia [23:03]: mh ja bei mir auch öde. ich werde gerade ausgequetscht
Zion [23:03]: wer quetscht?
pia [23:03]: kerl
Zion [23:04]: warum tut er sowas ^^?
pia [23:04]: kp
Zion [23:04]: aso ^^
Zion [23:05]: darf ich dich auch ausquetschen?
pia [23:05]: ja klar
Zion [23:06]: magsu milch lieber aus der packung oder aus der flasche ^^?
pia [23:06]: mhhh aus der flasche hab ich nur ein mal in meinem leben getrunken. aufm reiterhof mit 8 xD also kp
Zion [23:07]: haha ^^
pia [23:07]: ja stadtkind
Zion [23:08]: nich schlimm ^^
Zion [23:10]: wann gehsu schlafen?

pia [23:10]: mal gucken
Zion [23:11]: hasu eigentlich nen schlafanzug?
pia [23:11]: nein ich schlaf generell nackt
pia [23:11]: xD haha nee
Zion [23:11]: was jetzt ^^?
pia [23:12]: also ich kann manchmal ganz unsexy in einem pyjama schlafen, oder schlafshirt oder top und jogginghose, oder...
pia [23:12]: kommt drauf an xD
Zion [23:12]: meine letzte ex hat auch immer in schlafanzug geschlafen
Zion [23:12]: das is voll abturnend
Zion [23:13]: xD
pia [23:13]: ja das stimmt deshalb sag ich ja kommt drauf an xD
Zion [23:13]: ich schlaf eigentlich immer nur in boxershorts aber das is bei jungs denk normal
pia [23:13]: wenn ich alleine bin und es kalt is, für wen soll ich dann sexy sein? xD
pia [23:13]: ja das normal
Zion [23:14]: *THUMBS UP*
Zion [23:14]: obwohl ich einen kenne der n supermannschlafanzug hat
pia [23:14]: aaaah süüüß^^
pia [23:14]: matt? xD
Zion [23:14]: der hat sowas bestimmt auch
Zion [23:15]: mit orcs oder so
pia [23:15]: haha jaaah xD
Zion [23:16]: ich glaub mein bett is kaputt
pia [23:16]: wieso?
Zion [23:16]: hab mich vorhin mit meinem bruder geschlagen und irgendwie is ne latte gebrochen als ich ihn drauf geworfen hab
Zion [23:16]: xD
pia [23:17]: das nich gut, echt nich gut. könnte unbequem werden
Zion [23:17]: yah wenn die anderen auch noch brechen
Zion [23:17]: aber ich schlaf grad eh öfter als normal aufm sofa
Zion [23:18]: das is ne ganze reihe ^^
Zion [23:18]: und ungestört
Zion [23:18]: schonmal aufm sofa geschlafen?
pia [23:18]: jah öfters
Zion [23:19]: na bei mir müsstest auch aufm sofa schlafen ^^
Zion [23:19]: immer wenn jemand bei mir pennt
Zion [23:19]: pennen wir im keller
Zion [23:19]: ^^
pia [23:19]: nöF. müsste ich nicht und das weißt du.
Zion [23:19]: ich hab aber kein bett ihm keller ^^
pia [23:20]: mhhh blöd eigentlich.
Zion [23:20]: sofas kann man auch zusammenschieben ^^
pia [23:21]: ja okaaay aber das ned so bequem.
Zion [23:22]: nix aber ^^
Zion [23:22]: sofa is was gutes

pia [23:23]: jah aber nur wenn gekuschelt wird.
Zion [23:23]: klaro ^^
pia [23:23]: na da sind wir uns einig
Zion [23:23]: und n film nebenher
Zion [23:23]: ich mag filme
pia [23:25]: ja ok von mir aus ^^
Zion [23:27]: boondock saints
Zion [23:27]: der is so kuhl
pia [23:27]: kenn ich nicht
Zion [23:27]: oha
pia [23:27]: jaa xD
Zion [23:27]: den wollte ich dir mal ausleihen
Zion [23:27]: bring ich dir morgen mit oda so
pia [23:28]: du wolltest schon so viel schatz ;)
Zion [23:28]: hab ich was vergessen?
pia [23:29]: mh ja aber nich schlimm :-*
Zion [23:29]: was den?
pia [23:29]: viel glaub ich. egaL.
Zion [23:29]: lol
Zion [23:29]: super ^^
Zion [23:29]: viel aber egal ^^
pia [23:29]: ja immer wieder wenn du bsoffe bish xD
Zion [23:30]: oha
Zion [23:30]: so oft bin ich gar net besoffen
pia [23:30]: ja das vergisst du gleich wieder ;)
Zion [23:30]: yah du musst mich schon dran erinnern und so xD
pia [23:31]: okay ich merks mir ;) aber wann? ich seh dich so selten.
Zion [23:31]: was? also hey ich komme 3-4 mal die woche
pia [23:31]: neiiin???
Zion [23:31]: so selten is das gar net
Zion [23:31]: doch
pia [23:31]: never!! xD
pia [23:31]: 2 mal
Zion [23:31]: 3 mal auf jedenfall
pia [23:31]: nein
pia [23:32]: ich würd dich jedenfalls lieber öfter sehen.
Zion [23:32]: ...
pia [23:32]: ja also ich geh dann
pia [23:32]: schalf gut schatzii
pia [23:32]: auf deinem kaputten bezz
pia [23:32]: bett
pia [23:32]: ^^
Zion [23:32]: @_@
Zion [23:33]: gute nacht pui ^^
Zion [23:33]: @}->--
pia [23:33]: pui^^ gut nacht luci

pia [23:33]: :-*
Zion [23:33]: :-{}
pia [23:33]: und träum von mir
Zion [23:33]: fortsetzung?
pia [23:33]: jaaap, aber eine anständige bitte
Zion [23:34]: oha ^^ ich kann nix versprechen ^^
Zion [23:34]: vielleicht isses net jungedfrei xD
pia [23:34]: ja das is au okay ^^
Zion [23:34]: okiez xD
pia [23:34]: gut sogar haha xD
Zion [23:34]: schlaf gut
pia [23:34]: bis morgen :-*
Zion [23:34]: bis dann

Moin. Hab hier lange nicht mehr reingeschrieben und mir scheinbar auch abgewöhnt, das Datum reinzuschreiben. 11.04.08 ist heute und ich hab gestern mit Lucas Schule geschwänzt um bei ihm im Keller Filme zu gucken ^^ Okee ehm.. wie es dazu gekommen ist: In einer Phase, in der Ana und Olga mich Mal wieder zum Außenseiter machen wollten, hat er mir [redacted] auf kwick geschrieben, wieso ich denn immer so traurig aussehen würde und dass mir ein Lächeln viel besser steht ^.^* jedenfalls ist das irgendwann zu ICQ übergegangen und eines Abends hat er nach meiner Nummer gefragt, um mich vorm Schlafen noch anrufen zu können *.* Auf einmal ist das dann regelmäßig passiert, er hat mir so viel von sich erzählt, seiner Kindheit, seinen bisherigen Beziehungen, dass er immer noch

an Marie hängt aber sie vergessen will,
weil sie nicht gut für ihn ist...
Und vieles mehr. Ich bin jedenfalls anstatt
zur Schule ~~gefa~~ zu fahren zu ihm.. Wir
haben uns am Bahnhof getroffen, im
Müller Apfelringe und Kaugummi gekauft
und haben „Der blutige Pfad Gottes"
auf DVD geguckt ...... und geküsst ♥
Wir haben quasi die ganze Zeit im Keller
gechillt (da sind zwei Sofas und ein
Fernseher, er hängt dort immer mit
seinen Freunden ab) und haben uns
vor seiner Mutter versteckt :D
Nur eines verunsichert mich irgendwie:
Und zwar werden Marie und ich in
letzter Zeit immer öfter miteinander
verglichen – wir haben immer noch nicht
wirklich was miteinander zu tun
aber sind für alle nur die twins...
Da er immer noch nicht über sie

hinweg ist, halte ich es nicht für ausgeschlossen, dass ich ihn an sie erinner und nur sowas wie ein Ersatz bin °~° I dunno~!

Mit Franzi, Daniel, Michele und den anderen hab ich seit letztem Sommer überhaupt nichts mehr zu tun – die gehen jedes Wochenende saufen in so Ekelschuppen und Franzi ist mittlerweile mit Paul zusammen.. ist irgendwie eine komische Dynamik in der Gruppe und ich habe absolut nichts mit denen gemeinsam (hatte ich noch nie, konnte es nur damals gut verdrängen..)

Mit Momo ~~hab ich~~ bin ich aber immer-noch befreundet ♥ Wir treffen uns nicht mehr so oft außerhalb der Schule, seit wir keine Nachbarn mehr sind, aber letztes Silvester waren wir auf seinem Dach. Nur wir beide :) Das war cool.

Dienstag, 13. Mai 2008

Heute ist ein wunderschöner Tag in Stuttgart, ich liege/sitze auf meinem Bett mit 1000 anderen Klamotten - ansonsten ist mein Zimmer ausnahmsweise ordentlich - höre Radio und lasse den Tag in Boxershorts, weißen Kniestrümpfen und einem Top ausklingen =) Mir geht's gut haha! Trink' jetzt Eistee ... =)

Pia ♡

Mittwoch, 14. Mai 2008

Also, ich fang mal von vorn an ^^ Gestern war der bisher geilste Tag des Jahres, ooohne Scheiß =) Ich bin aufgewacht und mir ging's einfach nur guuut! =) Dann hab ich mich chilli milli fertig gemacht, mir nen Plan für die nächsten Tage

überlegt und bin in die Stadt
losgezogen. Erstmal zum Chinesen
beim Saturn, hatte sehr hunger ^^
Dann noch gemütliche Boxershorts
für mich gekauft, neue Unterwäsche,
weiße Kniestrümpfe (wie die Playboy
Bunnies, wollte ich schon ewig ..)
und neue Schreibwaren – kurz
gesagt ging's mir einfach rundum
gut =) Dann hab ich noch Eistee
und Milch gekauft, mich wieder
in mein Zimmer gechillt, die
Balkontür aufgerissen (die Sonne
hat so schön geschienen und der
Wind meinen weißen Vorhang ganz
leicht schwingen lassen) und
Tagebuch geschrieben ;) Danach war
ich Wäsche waschen und während
die Maschine lief kurz am PC.
Wäsche aufgehangen (im Zimmer, im

Keller wird die oft geklaut ..) wieder gechillt und bisschen an den PC.
Meine Freundin aus dem Wohnheim, Sophie, dort (im PC-Raum) endlich wieder angetroffen und bissi Zeit mit ihr verbracht =)
Als ich wieder hoch wollte, ist mir Gisela (eine Betreuerin) entgegen gekommen und meinte, ich hätte ein Paket bekommen + einen Großbrief von meiner Mum!!
Oben im Zimmer hab ich direkt ausgepackt und mich üüüübel gefreut, weil Mama mir einfach die erste Staffel Sailor Moon auf DVD's gebrannt und mir als Überraschung zugeschickt hat XD
Dieser Freak ♥! Meine Mum hat mir ein Buch und meine Zeugnisse (für mein Praktikum) geschickt.

Ich jedenfalls so voll am freuen, als es an meiner Tür klopft – Diesel schon wieder, mit einem Brief in der Hand! „Du hast noch einen Brief!" *Smiiile ^^ Auf dem Umschlag hab ich gesehen, dass es die Plattenfirma ist, bei der ich in den Sommerferien ein Praktikum mache. Ich denk mir nichts besonderes, mach's halt auf und seh in dem Vertrag, dass ich 550 € Gehalt bekomme! o.O OMG!!! Ich saaau am rasten, Mum angerufen und gefragt, ob es sich um ein Missverständnis handeln könnte, but nope. XD Brutto – aber trotzdem!! Und Mama meinte auch noch, dass sie mir die Klamotten, die ich mir gewünscht hab, bestellt und einen neuen Katalog gefunden hat,

aus dem ich nun auch noch ganz
viel bestellen darf - nuuuutzen!
Meine Laune wurde immer besser xD
Bin noch ein wenig Fernsehen
gucken ~~gegangen~~ gewesen und dann
wieder mit Sophie an den PC ..
mit Lucas und Momo geschrieben
(was auch sehr lustig war diesmal)!
ich war einfach voll gut drauf.
Dann in mein Zimmer, Sailor Moon
und iRobot auf DVD geguckt
und danach noch bissi mit Momo
getelt .. Nachts hab ich dann die
erste SMS nach fast einem Monat
von Lucas bekommen ♥ Sein Handy
war nämlich für eine Zeit gesperrt
und er konnte keine SMS schreiben,
weil er eine Rechnung zu spät
gezahlt hatte. Jedenfalls habe
ich einfach so eine SMS bekommen:

gute nacht baby ! :-* :-*
Naaaw.. bester Tag des Jahres 2008, wahnsinn lol ! Voll übertrieben, mächtig, bombe =) Bye bye ...
Pia ♡

Samstag, 17. Mai 2008
Yaaaii, ich vermisse mein Baby =(
Er hat letzte Nacht das erste Mal bei mir übernachtet (hab ihn einfach ohne Ankündigung reingeschmuggelt, machen alle so!) und ich hab ihn eben zur Bahn gebracht - jetzt chill ich grad auf der Wiese, mit Marci und ein paar anderen ...
Boah, es war so übel oO
Also, ich hab ja echt null Erfahrung, erst war ich ziemlich zurückhaltend und hab ihn machen lassen ...
Wir hatten Klamotten an aber es

wurde ziemlich "wild" .. ich hab am ganzen Körper seine Küsse gespürt und er hat mich untenrum ... mit der Zunge .. waah, es ist mir sogar peinlich es auszuschreiben aber es hat sich soo gut angefühlt!!
An einem gewissen Punkt dachte ich, dass es irgendwie dumm kommen würde, wenn er mich die ganze Zeit verwöhnt und ich so gar nichts mache .. Also hab ich einmal tief Luft geholt und dachte mir: „Jetzt oder nie!" Bin mit meinem Mund zu seinem Schritt gewandert und hab mich revanchiert ^^!
Ich hatte so Angst davor, mich blöd anzustellen, aber ich hab einfach auf mein Gefühl vertraut, gemacht was sich meiner Meinung nach gut anfühlt (und wie ich es aus Pornos kenne) und

das hat er sichtlich genossen.. Er meinte danach, dass niemand das so gut kann wie ich und Marie >.< was definitiv als Kompliment gemeint war aber nicht gerade dazu beigetragen hat, dass ich mich weniger mit ihr vergleiche. ;_; meh.

Neuerdings sehe ich übrigens immer wieder SMS von so ner Jana aufploppen, die ihn „Süßer" nennt usw.

Habe dann mal ~~in~~ durch seine Antworten gescrollt und sie ist wohl „Sweety" und „Babe" für ihn oO

Er hat's voll weggelacht aber es andererseits auch provoziert, dass ich eifersüchtig werde.. Jetzt hab ich irgendwie voll Angst, dass sie ihm zu wichtig wird. Ich will die einzige sein!!

Er meinte immer zu mir, dass seine feste Freundin auch gleichzeitig seine

beste Freundin ist, mit der er über alles redet – und genau das war ich in den letzten Wochen und Monaten für ihn, nur mit mir hat er so geredet! =(
Was macht diese Jana da?!
Waaah was soll das denn.. Ich hab so Schiss, dass ich unwichtig und ersetzt werde =′(Die soll ihre dreckigen Finger von ihm lassen, verdammt.
Ich muss da nochmal mit ihm drüber reden, brauche da echt Gewissheit, sonst drehe ich durch!!! oO

Pia ♡

Donnerstag, 22. Mai 2008

Lucas + Pia = ♡.. wir haben gestern den ganzen Tag über SMS geschrieben und gegen 1 Uhr hab ich ihn dann angerufen. Am Anfang haben wir einfach nur

geflirtet aber irgendwann wollte ich auch auf Jana und diese ganze „Blockade-Sache" von ihm zu sprechen kommen. Bin ich dann auch und ich hab ihm, ohne zu stressen (oder zu zicken), klar gemacht, wie ich darüber denke. ~~Ich hab~~ Ich wollte es die ganze Zeit schon aussprechen und meinte irgendwann: „Ich glaube, ich habe mich in dich verliebt." STILLE. Ich hab einfach nur ins Kissen gebrssen und dachte mir SAG DOCH WAS WHAA!! Er hat richtig sweet gelacht und sagte finally: „Schon? Ich hab mich aber auch in dich verknallt.." O.O
Er meinte, er versteht sich einfach gut mit Jana und sie wollen sich wohl auch mal treffen; ich solle mich darauf einstellen, dass man

mit der Zeit immer neue Leute – auch Mädchen – kennenlernt und die in der Hinsicht natürlich immer eine Gefahr darstellen könnten.
Ich hab erwidert, dass das zwar klar ist und ich ihm auch nicht verbieten kann, was mit anderen zu machen, es mich momentan nur besonders deshalb stört, weil das mit uns nichts festes ist (und ich daher umso mehr Angst habe, ihn an eine andere zu verlieren).
Er hat mich nicht angelogen, war die ganze Zeit ehrlich (was ich sehr an ihm schätze) und meinte, er glaubt nicht, dass Jana was von ihm will – und er auch nichts von ihr. Seinen Erzählungen nach will sie aber ganz bestimmt was von ihm, sie hängt noch mehr

an ihm dran, als ich vermutet hatte..
Er könne so gut mit ihr reden blabla!
Hätte mich weniger verletzt, wenn er
sie einfach nur oberflächlich geil
gefunden hätte...
Ich weiß auch nicht, ich glaube
so sehr daran, dass ich die richtige
für ihn bin und er sich früher
oder später für mich entscheiden
wird – auch wenn er immer noch
behauptet, beziehungsunfähig zu sein
und nichts offiziell machen zu
wollen.. mmh.

Montag, 21. Juli 2008
Morgen vor einem Monat wurde ich
entjungfert :o Es ist bei mir im Wohn-
heim passiert, er hat bei mir übernachtet
und ich hatte ihm schon vorher gesagt,
dass ich an dem Tag gerne mit ihm

schlafen will :x Ich erzähle morgen die Details, Marci wartet in der Stadt auf mich (wir gehen in den Hugendubel, suchen uns random Bücher raus und lesen uns gegenseitig daraus vor! hihi) Jedenfalls bin ich einfach nur glücklich im Moment. Ich glaube wirklich, dass ich wichtig für ~~er mich liebt~~ ihn bin! das einzige Mädchen, was wichtig für ihn ist. Er ruft mich jede Nacht vor'm Schlafengehen an und sagt mir, dass er mich liebt.. ~~Er liebt~~ Er liebt mich!! Zu Matt hat er wohl gesagt, dass er mit Marie nichts mehr am Hut hat..
Ich habe echt das Gefühl, langsam könnte das was mit uns werden.

Pia ♡

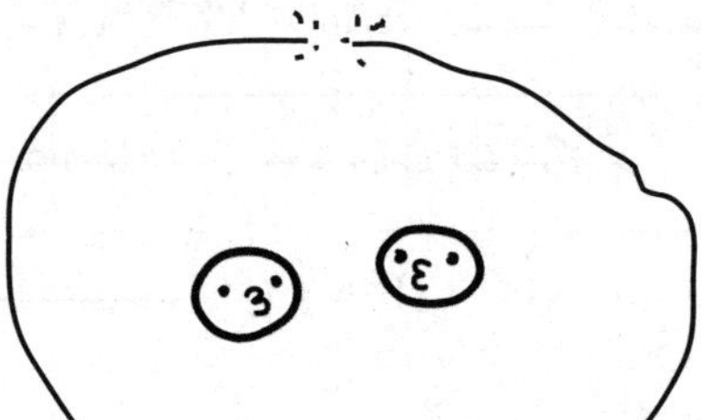

pia [17:59]: free
pia [17:59]: fee!!!
pia [18:00]: it is important!! xD ich hab am samstag bei lucas geschlafeeen
Franzi [18:00]: jaa #
Franzi [18:00]: heeeyy
pia [18:00]: du olles vieh jez tu nich so als wärsu ned da du nund xD
Franzi [18:00]: war vorm tvvvv
pia [18:00]: hund^^
Franzi [18:00]: was da los
pia [18:00]: ahahahaahahahahah
pia [18:00]: ohaaaa
Franzi [18:00]: was habt ihr gemach5t :-D
pia [18:00]: trockensex oO
pia [18:00]: also
Franzi [18:01]: njaaaa
pia [18:01]: du weißt schon xD
Franzi [18:01]: erzähl
pia [18:01]: manmanman ^^
Franzi [18:01]: erzääääähl
Franzi [18:01]: :-D
pia [18:01]: also war um 11 ca bei ihm
pia [18:01]: ham mit n paar leuten filme geschaut
pia [18:01]: um 2 waren wir alone^^
pia [18:01]: und ziemlich bald ins bett
pia [18:01]: süüüß der hat voll das kleine^^
pia [18:02]: so groß wie mein altes hahah
Franzi [18:02]: :-D
Franzi [18:02]: xD
pia [18:02]: jedenfalls wuhuu also am anfang nur kuscheln du weißt schon
Franzi [18:03]: ja...
pia [18:03]: jaaaa und dann gings nach ner weile voll ab hahah
pia [18:03]: oh man das war so witzig
Franzi [18:03]: xD
pia [18:03]: also pass auf
Franzi [18:03]: hat er nen kramladen aufgemacht?
pia [18:03]: ja auch xD
pia [18:03]: aber egal
pia [18:03]: also
pia [18:03]: wir waren grad voll am rummachen
Franzi [18:04]: hääää du bei ihm auch???
Franzi [18:04]: er hat bei dir gekrammt :-D
Franzi [18:04]: erzähl man
Franzi [18:04]: :-D
pia [18:04]: nein also nein jez hör mal zu xD
pia [18:04]: ja
pia [18:04]: also warteeee

Franzi [18:04]: ja
pia [18:04]: wir waren sehr am rummachen
pia [18:04]: und er war schon übelste sorte rallig
Franzi [18:04]: ....
pia [18:05]: jaaa und hatte ne latte bla bla
pia [18:05]: und ich plötzlich so: schatz, stopp mal!! xD
pia [18:05]: damn ich hab halt gedacht. jez oder nie xD
pia [18:06]: so dummm er hört so auf sich zu bewegen und guckt mich an
Franzi [18:06]: :-D
pia [18:06]: er: was denn?
Franzi [18:06]: und dann hast dus ihm gesgat?
pia [18:06]: ich: ich bin noch jungfrau
pia [18:06]: er: *starrt mich an*
Franzi [18:06]: :-P
pia [18:06]: ich: *grins*
pia [18:06]: er: du glaubst doch nich dass ich jetzt schon so weit gegangen wäre, oder? *griiiins*
pia [18:07]: voll süß xD
Franzi [18:07]: süüüüß
Franzi [18:07]: aber er hat bei dir gekrammt??? oder nru so halb
pia [18:07]: aber ging schon übel ab oO
pia [18:07]: ich mein wuhoo
pia [18:07]: ^^
Franzi [18:08]: aber er hat bei dir gekrammt??? oder nru so halb
pia [18:08]: wie gesagt vergleichbar mit trockenübungen?! xD nur so halb
Franzi [18:08]: wie?
Franzi [18:08]: und du bei ihM?
pia [18:08]: also nich so dass ich hochgegangen bin
pia [18:08]: nein ich bei ihm nich ;)
Franzi [18:09]: asooo
pia [18:09]: es war so määäääächtig sind ers um 6 ungefähr eingeschlafen
pia [18:09]: und um 10 wieder aufgewacht wegen seinem bruder dem hund xD
pia [18:09]: der hat voll den lärm gemacht^^
Franzi [18:09]: :-D
Franzi [18:09]: wohnt der ncoh zuhause?
pia [18:09]: süüüß un am nachmittag war die oma da xD
pia [18:09]: jaap
Franzi [18:10]: süüüß
pia [18:10]: und weißt was die meinte?? xD
Franzi [18:10]: nee was???hat der dich shon allen vorgestellt?
pia [18:10]: wir waren gard am essen noch so voll die gammler
pia [18:10]: in seinen klamotten voll angewidert ungeschminkt blaaa xD
pia [18:10]: und die oma so: du machst aber gleich noch tee!!
pia [18:10]: lucas: waas??? oO
pia [18:10]: oma: tee sollst du machen!!
pia [18:11]: lucas: ich will kein tee!!

pia [18:11]: oma: für deine freundin!!
pia [18:11]: (die oma mag mich glaub xD)
Franzi [18:11]: :-D
pia [18:11]: lucas: *guckt mich an*
pia [18:11]: ich: brauchsu nich machen xD
pia [18:11]: haha voll süß
pia [18:12]: un seine mum is au voll nett
pia [18:12]: un sein bruder auch =)
Franzi [18:12]: süß
pia [18:12]: ders 19 ^^ eig eher mein alter xD
pia [18:12]: voll verschickt oO
Franzi [18:12]: hehe sieht der auch länz aus
Franzi [18:12]: `?
pia [18:13]: jaa ders verdammt nochmal niiicht schlecht^^ und am nachmittag ham wir noch schläfchen gemacht^^
Franzi [18:13]: wie scläfchen
pia [18:13]: also mehr oder weniger schläfchen er hat mich nich schlafen lassen xD
Franzi [18:14]: aso
Franzi [18:14]: ;-)
Franzi [18:14]: naja ich muss jetzt off... bin krank und meine ma will netz das ich zu lange am pc bin
pia [18:14]: okayyy =)
pia [18:14]: love you bebiiiieh :-* 4 evaa
Franzi [18:15]: love you 2 baby :-{}

Samstag, 26.07.2008

Okii, ich habe es versäumt über mein erstes Mal zu berichten, aber das kommt noch... Muss auch noch von dem einen Mal erzählen, wo er fast endgültig Schluss gemacht hätte... Aber nun erst noch was anderes: Lucas ist sitzengeblieben. So ein Scheiß, ich bin voll sauer irgendwie.. Zu viele Fehlstunden. ~~Die~~ Das bedeutet, dass er in meine Stufe versetzt wird, aber er ist im Profilbereich „Kommunikation und Medien" und die Klassen von denen sind im neu renovierten Gebäude (außer eben die der Stufe über uns, weshalb er bisher auf meinem Flur war..)

Im Endeffekt bedeutet das, dass wir uns in der Schule viel seltener sehen und er auf jeden Fall neue Leute (Mädchen) kennenlernen wird.

Er hat letzte Nacht bei mir übernachtet und ich hab ihn mal wieder gefragt, ob er mit mir zusammen sein will, seine Antwort fiel aus wie immer: „Ich möchte im Moment keine Freundin haben." .. Jedoch hat er diesmal noch hinzugefügt: „Frag mich nochmal, wenn dein Praktikum vorbei ist!"
Das macht mir jetzt irgendwie voll Hoffnung.. auch wenn ich darauf noch 4 lange Wochen warten muss >.<

Pia ♥ ♥

DIESES PRAKTIKUM IST SO ÄTZEND!!
Ich muss die ganze Zeit nur Codes in eine Datenbank eintippen und CDs einsortieren, thx! Da bekomme ich ja echt nen tollen Einblick in diese Branche pffffuuu

20.08.08

Habe meinen kompletten August in dieser Plattenfirma verbracht und ganz eindeutig meine Zeit verschwendet. Klar, es war eine Erfahrung und auf sich allein gestellt sein / sich in einem fremden Betrieb zurecht zu finden ist schon irgendwo sinnvoll, aber trotzdem hab ich das Gefühl, mehr verpasst als dazugewonnen zu haben. Nur noch 8 Tage arbeiten, dann bin ich durch! Ich kann's gar nicht erwarten, Lucas wiederzusehen *_*

Ich denke darüber nach, mir Aqua Oil Farben von dem Gehalt zu kaufen, damit ich endlich damit anfangen kann, meine Bilderserie zu malen. Als Untergrund nehme ich wahrscheinlich einfach Holzplatten, die sind auch nicht soo teuer!

Pia ♥

ihm und er sitzt auch auf meinem
Bett. Erst zieht er mir mein Top
aus und dann öffnet er so meinen
BH ... Schaut mir dabei die ganze
Zeit in die Augen, das war echt
so schön *-* Haben dann aber trotzdem
erstmal rumgemacht ...
Dann hat er sich irgendwann das
Kondom übergezogen und sich
auf mich gelegt ... Mir nochmal
fest in die Augen geschaut und
gesagt „Wenn weh tut, sag Bescheid
– okay?!" Und ich hab genickt..
Dann ist er in mich eingedrungen und
es waren so höllische Schmerzen >_<
Er hat voll langsam gemacht, hat
immer abgewartet, sich kaum in
mir bewegt, meine Hand gehalten..

Er war wirklich unglaublich toll!!
Aber es tat so unglaublich weh,
dass ich es garnicht ausgehalten
habe, habe nur bloß gewünscht
dass es schnell vorbei gehe. Aber
gesagt hab ich nichts o.o Das
war irgendwie so... Ich WOLLTE
es ja unbedingt! Irgendwann sind
mir sogar Tränen gekommen, aber
wie, und ich hätte fast geheult o.O
Dann hab ich meine Nägel förmlich
in seinen Rücken gehauen, seine
Hand zerquetscht oder ihn ganz nah
an mich gedrückt. Dann hat er
mich umarmt und irgendwie hat
das all die Schmerzen wieder fort
gemacht. Er ist zum Schluss
auch gekommen obwohl er voll

langsam gemacht hat und ich da
lag wie ein verdammtes Brett xD
Danach lagen wir noch eng
beieinander und er hat mich
gefragt ob es sehr weh tat.
Ich dann so ... „Äähm ja, ziemlich!"
Und er „ Was?! Wieso hast du
nichts gesagt?! Ich hab's doch vorher
extra noch gesagt oO"
„ Ja und was hätte das geändert?"
„Dann hätte ich langsamer gemacht!"
„Du hast doch schon voll langsam
und vorsichtig gemacht ..."
Die Male danach tats nur noch weh
wenn er in mich eingedrungen ist,
dann ist der Schmerz ziemlich
schnell verflogen und jetzt wird
es immer weniger.

BROKEN

[illegible] weiß garnicht wie ich das [illegible]-
[illegible]
[illegible] ein [illegible], und
[illegible] bei [illegible]... Bei [illegible]
und [illegible]
[illegible] und [illegible]
[illegible] - [illegible]!
Jedenfalls...

In dieser Zeit wo ich mit ihm
mein erstes Mal hatte war es
zwischen uns irgendwie schon länger
nicht mehr so wie am Anfang.
Telefoniert haben wir garnicht
mehr und in ICQ geschrieben auch
nicht. Ich hab da voll viel mit
Cl OMD geschrieben und ich glaube
er war eifersüchtig... Jedenfalls schreibt

er mich eines Tages so an und meinte „Es ist aus, dass ich mit dir geschlafen habe war ein Fehler und ich will das nicht weiterführen"
Ich war so geschockt, hab ihn gefragt wie er das meint und konnte es auch garnicht glauben. Er dann so „Ja ich will halt nichts mehr von dir. Du lernst neue Leute kennen, ich lern neue Leute kennen und wir haben uns irgendwie nichts mehr zu sagen... Im Moment nervst du mich nur noch..."
Ich war so geschockt, das hatte ich noch nie zuvor in meinem Leben.. Ich hatte das Gefühl alles in mir zerfällt plötzlich in 1000 Teile, und eine schmerzende Leere breitete

sich in mir aus. Ich konnte nicht mehr atmen, ich musste echt um Gluft ringen!! Dann hat voll die Tränenwand gegen meine Augen gedrückt und ich hab so heftig geweint wie seit bestimmt 2 Jahren nicht mehr - dazu dieser Schmerz ... So habe ich echt noch nie gefühlt. Das ist Liebe!! Das wurde mir in dem Moment wieder einmal mehr bewusst ... Ich konnte nicht mehr länger am PC sitzen, bin hoch gegangen, hab nunoch geweint und gelacht ich müsste sterben. Das war halt echt so heftig, das erste was ich gedacht hab war - ich muss hier weg, mich hält nichts mehr

hier und ich kann nicht 1 Tag länger hier bleiben.. Ich will sterben !! Und dann hat er mich angerufen .. Wir haben geredet und er hätte glaub ich nicht damit gerechnet dass es mir so nah geht.
Er hat dann gesagt er hätte auch an mich gedacht und gemeint dass es vielleicht besser für mich wäre, weil wir wahrscheinlich nie zusammen sein werden. Das hat natürlich unglaublich weh aber ich hab in dem Moment nur gedacht - Ich will ihn nicht verlieren, alles nur das nicht -
Also wollte ich lieber irgendwer für ihn sein als niemand..
Er hat dann gesagt wenn ich damit umgehen könnte, dann könnten

wir uns weiterhin treffen usw...
Mir war in dem Moment echt
alles egal, hauptsache ich verliere
ihn nicht ganz. Auch wenn es
zu dem Zeitpunkt so war dass
er mir klar machen dass ich für
ihn nicht mehr als eine
Freundin bin mit der er seinen
Spaß hat und dass er mich
nicht mehr liebt...
Das komische nur war, dass obwohl
er gesagt hatte es könne nie mehr
so werden wie früher, es von
da an immer besser wurde
und mittlerweile ist es noch
viel mehr als am Anfang.
Ich glaube wir könnten wirklich

bald zusammen sein!
So wie letzte Nacht. Ich sage
„Ich liebe dich!" Und er „Ich dich
auch" dann ich: „Das kannst
du nicht einfach so unbedacht
nebenher sagen! Schau mich an
dabei …"
Dann hat er mich angesehen
und gesagt: „Ich liebe dich!"
Und hinzugefügt: „So langsam denk
ich, du glaubst mir nicht."
„Ja, ich weiß nicht.. Du willst nicht
mit mir zusammen sein"
„Das heißt aber doch nicht dass
ich dich nicht trotzdem lieben kann!!"
Und da hat er ja auch Recht.
Dass er mich liebt ist die Hauptsache

~~FUCK !!~~

Sonntag, 24. August 2008

Ich möchte deine Prinzessin sein ♡

Ich lese grade „Wir Kinder vom Bahnhof Zoo" und ich bin inspiriert. In die Richtung in die man bei dem Buch gerade nicht inspiriert werden, sonder eher weggeholt werden sollte. Christiane F. lebt ja voll ungesund, immer auf Drogen und isst nurnoch Joghurt und so. Ich werde auch mal Pillen schmeißen. Nur so zum ausprobieren. ~~Und Joghurt essen werd ich auch nurnoch :D Augenbrille, [illegible]~~! lol XD Nein ich hab im Moment ein ganz bestimmtes Bild von

Perfektion. Ich möchte unglaublich
dünne [...]schenkel u[...]Streichholzbeine quasi.
Lange [...] Haare und insgesamt
dünn. Meine Hosen werde ich
immer enger nähen, [...].
Im Moment passt mir
Jeansgröße 26 aber obenrum
etwas eng. Ich werde Sport
machen und nichts mehr essen
außer Joghurt. Das spart sogar
noch Geld[...] so schl[...]
Ich bin [...]s ich befi[...] will auf
44 runter [...]rest. Das sind
Momentan glaub so 6 kg.
Ich bin sicher dass ich das schaffe.
Habe mich die letzten Wochen
intensiv drauf vorbereitet. Alles
Kopfsache ...

~~FUCK IT !!~~

P.S.: Muss noch was l[illegible]n.

Ich werde jetzt auch[illegible] sein ♥
gegenüber [illegible]wusster.
Man kann nur geliebt werden
wenn man sich selbst liebt.
Und ich denk einfach: Hey, mal
ohne [illegible] als
die [illegible]nzen [illegible] die
hatte. Und ich werde mit der
Einstellung [illegible] dass ich
mir keine Sorge[illegible] muss
weil ich eh [illegible]. Nur [illegible] bin
und keine gegen mich ankommt :D
Also keine Eifersuchtsszenen.
Ich lass ihn machen, dann kommt
er sicher von ganz allein an. Und
wir haben abgemacht „keine Anderen"

L
O
L

Freitag, 05. Sept. 2008

Du m[illegible] fühle mich so leer. So tot. So
dir i[illegible] schlecht. So unwichtig. So verlassen.
Es i[illegible] allein. So beschmutzt. Ich liebe
gesagt [illegible] über alles und auch wenn
G[illegible] es nur aufschreibe fang ich wieder
an zu weinen. Wie immer. Wie
jede Nacht. Jeden Tag. Ich will
nicht mehr schwach sein. Jedes
Wort trifft mich erneut und ich
fühle mich so schlecht.
Alles was ich befürchtet hatte
ist wahr geworden. Das kann doch
nicht meine erste große Liebe sein?
Es kann doch nicht so [illegible]
für mir aussehen? ~~Wieso? Womit
habe ich das bloß verdient?~~
~~Ich [illegible] den Gegenstand [illegible]~~
~~FUCK IT !!~~

[illegible] hier reinbringen.
[illegible] er sieht das alles auf
[illegible] so schön. Wenn ich an
denke. Und das tue ich immer
immer. Ich kann nicht mehr, erleben
werde ich nicht erlöst? Ich glaub.
[redacted]
[illegible]lben. Ich bin echt am Ende. Tot.

PAPA HAT MICH
GEWÜRGT

Di, 30.09.2008

Du musst endlich damit aufhören dir immernoch Hoffnungen zu machen. Es ist egal was er mal zu dir gesagt hat, es ist vorbei, lang vergangen. Er kann dir nicht die Gefühle entgegen bringen die du ihm zu Füßen legst. Ich weiß doch dass dieser kleine Hoffnungsschimmer immernoch da ist, aber das muss aufhören. Du machst dich doch nur unglücklich. Schließe endlich damit ab. Du kannst nichts mehr ändern, alles was er je zu dir sagte war ein Trugschluss und das hat er jetzt begriffen. Nie wirst du einen Platz in seinem Herzen finden und auch wenn es unglaublich

Weh tut den schönsten Menschen zu verlieren, musst du einfach aufgeben. Dein Herz ist kaputt. Ich weiß du denkst dass du nie mehr jemanden so lieben kannst. Aber deine Wunden werden heilen - lass ihn gehen. Du machst so nur noch viel mehr kaputt. Niemand kann wissen wie lange es dauern wird aber schlimmer als jetzt kann es nicht mehr werden. Von Zeit zu Zeit wird es immer besser werden und irgendwann ist auch das stärkste Gefühl verflogen. Du konntest es nicht ahnen, es ist nicht deine

Schuld. Alles was du tun kannst
ist lernen, damit zu leben.
Ich weiß es ist schwer, ich weiß
du willst dich nicht mit dem
Gedanken anfreunden, ihn aufzugeben.
Aber was gibt dir das alles
noch? Nur Schmerz, da ist
schon lang nichts mehr Schönes.
Und ausgerechnet deine erste
beste, wunderschönste, größte
Liebe... Es ist so ungerecht.
Vielleicht das Schmerzhafteste
deines bisher so unschuldigen
und zarten Lebens. Aber es
wird vorbeigehen. Gib auf.
Gib dein Herz endlich wieder
frei... Sonst zerbrichst du.
Halt nicht am Vergangenen fest...

KOTZ

Do, 02.10.2008

Woah hee mir gehn grad echt 1000 Gedanken durch den Kopf. Hab eben mit [illegible] telefoniert. Haben voll offen geredet und so, jetzt ist es 4 Uhr Nachts und ich kann einfach nimmer schlafen. Hm. Also ich hab ihm zwar gesagt dass ich ihn liebe und ich mir mehr als Freundschaft erhoffe. Aber ich denke grad dass ich mich voll durchaus damit anfreunden könnte „nur" seine beste Freundin zu sein. Es ist ganz komisch irgendwie.

~~... kann ich ... leben ...~~

DIKDIK!

wüsste dass da bei ihm keine Liebe ist, das würde gefühlsmäßig garnichts gehen. Manch und das was ich am meisten brauch ist reden und seine Nähe. Und das kann ich als beste Freundin auch ha[illegible]
Vielleicht muss ich einfach anfangen mich damit abzufinden und das zu genießen, was ich an ihm habe. Er hat gesagt er kann mit NIEMANDEM so reden wie mit mir, er liebt mich mehr freundschaftlich als[illegible] brauner, vielleicht sogar mehr als im Mann[illegible] Platz* und ich bin glaub der wichtigste Mensch für ihm - so wie er für mich! Und er meinte wenn ich einen Freund hätte,

* MARIE

hatte er Angst seinen Platz zu verlieren. Also den Platz des besten Freundes, sodass es ihm schon stören würde. Auf der einen Seite will ich niemanden als *
Aber ich kann ihn als Freund ja trotzdem immer lieben, auch wenn ich mich auf jmd anderen einlasse.

Und wenn ich lerne jmd anderen so zu lieben wie ich dich liebe und einen ähnlich wundervollen Menschen über… nochmal kennenlerne – dann iwie. sich das halt und es ist umso besser für mich wenn ich so ein Glück habe!

* Als wir Streit hatten, habe ich seinen Namen aus dem Tagebuch gebrannt. lol.

*

war wieder 'ne … so einen viel besseren
mich und … n. Auch wenn
halb. Hmm … uch einzigartig und
wied… … 182 und niemand
…mals diesen Ehrenplatz in meinem
…en einnehmen kann - vllt
geg… …n ich glücklich als seine
Ich: … Freundin sein, glücklicher
Er: „T… … es anders wäre - vllt
ung…
…ch mit einem anderen Jungen
an meiner Seite. Hm, … werde
ich nie aus meinem Herzen verbannen
können. Aber vllt kann ich
Platz machen für was neues. Nur
so jmd muss erstmal gefunden
werden ;) Hmm... wo führt das
noch alles hin...

* Und ziemlich viel vom restlichen Inhalt auch.

27.10.2008, Montag

WAS SUCHE ICH?
WOVOR LAUFE ICH WEG?

Hey Ho, ich hab grad Platz zu
Hause am Freitag [illegible] das
oder Samstag? Ach [illegible] es ihm
falls voll Stress mit [illegible].
Wieder wegen der ganz alten
Geschichte dass ich mich
„in sein Leben mische" weil
ich mich mit seinen Freund[illegible]*
gut versteh. Und mit [illegible]
der ja mittlerweile zu einer
meiner [illegible] Freundinnen
geworden ist! Er ist jedenfalls
voll abgefangen dass wir ihn
alle voll anpissen und er
nur so „asoziale Homofreunde"
hat, die [illegible] an seine
Mädchen [illegible]machen – das

* MARIE

war wieder 'ne [illegible] kam [illegible]elung auf
mich und Ch[illegible] ja sowas
[illegible]teresse
halt. Hmm... 'Dann war erst
wieder ignorieren angesagt, bis
ich irgendwann gestern meinte:
„Lass uns nicht streiten" wo er dann
gesagt hat: „Streiten wir?"
Ich: „Ich hoffe nicht"
~~Er~~: „Tun wir nicht. Und wir können
uns ja auch mal in den Ferien
treffen..."

182 ja nicht [illegible] gra[illegible]ass ich nicht
mitmach, es [illegible] zu schon wieder
So wie Anfangs. Aber ich bin
immer noch die beste - und sogar
einzige richtige, Freundin mit der
er alt und zu seinem Spaß hat.
Und Sex und Freundschaft
gehört für mich nicht zusammen.
Irgendwann muss das mit uns
mal was werden ... Er meinte
ja sogar er wills auch mal
mit mir versuchen, nur jetzt
nicht. Lol, echt :D
Aber er meinte er weiß nämlich
mehr als er* [illegible] überhaupt
noch liebt [illegible] hat jedenfalls
keinen Bock mehr mit ihr

* MARIE

zusammen zu kommen und hab auch kein Interesse mehr daran sich auch nur mit ihr zu treffen. Ich kein Plan, ich werd's auf mich zukommen lassen, so wie immer.

↑ ↑

ICH WAR LETZTENS MAD UND HABE RICHTIG VIELE SEITEN (aus meinem Notizbuch) RAUSGERISSEN UND VERBRANNT.

HABE EIN PAAR ÜBERBLEIBSEL JETZT HIER ~~WIEDER~~ EINGEKLEBT. MEHH!

↳ hier sind sie eh besser aufgehoben, weil Ana immer in meine Notizen schaut!! >.<

(HABE MICH WIE SO OFT VON MEINER WUT ÜBERWÄLTIGEN LASSEN ABER ES SCHNELL BEREUT, SO VIELE ERINNERUNGEN VERNICHTET ZU HABEN.. UND HAB DESHALB ALLES WIEDER AUS DEM MÜLLEIMER GEFISCHT LOL)

Schreibe immer seltener in mein Tagebuch, seit Lucas es mal entdeckt und drin gelesen hat; bei meinem Notizbuch vermutet er nur Zeichnungen (und die interessieren ihn nicht, deshalb schaut er nicht rein) leider guckt Ana aber regelmäßig. ohne zu fragen (und manchmal ohne, dass ich am Platz bin), in mein Notizbuch, weshalb ich meine niedergeschriebenen Gedanken dort nicht (mehr) drin lassen kann. Vielleicht muss ich sie immer hier drin aufbewahren und mein Tagebuch zukünftig Zuhause lassen, mal sehen. Stressig, dass niemand meine Privatsphäre zu respektieren scheint ... >.<"

Ich bin nicht mehr ich. Ich habe alles für dich aufgegeben, alles für dich verändert, bin nicht mehr, wer ich mal war. Aber ich weiß nicht mehr wer ich war. Ich weiß auch nicht mehr was aufgesetzt und was echt ist. Ich habe mich verloren – für dich. Und dabei gefalle ich dir jetzt nichtmal. Oder gefalle ich dir gerade deswegen nicht mehr? Ich sehe nur dich, doch wer bin ich? Bin ich überhaupt noch was wert wenn ich dich besser kenne als mich selbst? Ich weiß nicht wie ich bin.

seit ich dich hab' erkenne ich mich nicht wieder.
das kann schon positiv sein aber manchmal hinterfrage ich, ich ob ich so sein will..
ich war immer stur; dickköpfig; uneinsichtig und rechthaberisch.
es war mir egal, was das mit sich brachte.
wenn meinen willen durchzusetzten bedeutete, dass ich mit einem
für mich wichtigen menschen streit hatte; dann war mir das egal.
niemals hätte ich einen rückzug gemacht, meine fehler eingestanden,
oder gar gesagt, dass ich falsch liege;
bei dir ist das anders.
ich bin anders.
die oberste priorität ist; keinen streit mit dir zu haben.
einfach nur, damit du nicht sauer auf mich bist.
genervt. oder gestresst.
und um das aufrecht zu erhalten;
würde ich zu so vielen dingen bloß „ja und amen" sagen;
wo ich sonst endlose diskussionen angefangen hätte.
das ist komisch. es verwirrt mich.
aber wenn zwischen uns nicht alles in ordnung ist;
wird mir wirklich unglaublich schlecht.
ich bekomme bauchschmerzen; sitze total leergefegt da.
nur weil du mir wegen irgendwas böse bist.
ich komme nicht mehr runter, bis ich das geklärt habe; bis alles wieder gut ist.
ich werde nicht mehr ruhig; kann nicht schlafen;
und manchmal sitze ich so hilflos auf meinem bett und weine einfach nur.
so war ich nie.
ich war nie weinerlich oder emotional.
nun fühle ich mich manchmal echt wie eine memme.
oder wie ein braves weibchen, was alles tut, um's dem mann recht zu machen.
das habe ich verachtet früher; weißt du..
und auch jetzt geht es mir noch gegen den strich;
dass ich dann plötzlich so bin.
das passt nicht zu mir. nicht zu der pia, die ich kenne.
so bin ich nur bei dir.
ich sorge mich auch mehr um dich als um mich.
ich würde dir folgen; egal wohin.
einfach nur aus selbsterhaltungstrieb. weil ich weiß, ich würde kaputt gehen,
wärst du einmal nicht mehr an meiner seite.
niemals zuvor war mir ein mensch so unglaublich wichtig.
mir fehlen wirklich die worte um auch nur annähernd zu beschreiben,
was du für mich bist.
ich habe das gefühl, alles was ich sage, ist zu wenig.
alles was ich sage, könnte nie ausreichen, um auszudrücken, was ich fühle.
du bist der mittelpunkt meines lebens.
das; worum sich alles. alles. alles dreht..
und auch wenn ich immer gedacht habe, mir kann sowas nicht passieren
oder so werde ich niemals sein..

nun ist es so. ich bin schwach. bin ich bei dir; bin ich schwach.
ich kann es nicht ändern.
ich war immer unabhängig und dachte auch es würde kein problem sein,
das auf ewig zu bleiben.
nun muss ich mir eingestehen, dass meine gefühle und meine gedanken
ganz allein nur von einem anderen menschen abhängig sind. und das bist du.
nicht nur das. alles. mein ganzes ich.. ich bin von dir so abhängig!
ich liebe dich reicht nicht aus. ich brauche dich.
du bist alles. alles.

fuck

FUCK OFF LUCAS!!

Donnerstag, 10.

Mir tuts so weh dir weh zu tun. Vielleicht lässt es dich auch ~~kalt und~~ ich wünsche es mir nur. [illegible] du liegst schon den ganzen Tag im Bett und es geht dir nicht gut. Wegen mir? Weil ich Schluss gemacht hab?

weil ich zum ersten mal wirklich
ernst gemacht habe und nicht
angekommen bin um mich
zu entschuldigen? Wir reden nicht
mehr seit Dienstag. Du könntest
mich anschreiben. Ich würde
antworten. Ich vermisse dich.
Wenn ich dich traurig mache tut's
mir Leid. Aber tut das weh,
weißt du? Ich kann's nicht
ertragen. Bitte spring über deinen
Schatten. Lass mich nicht
gehen. Bitte. Lass uns nicht
fallen. Wir gehören zusammen.
Ich liebe dich...

DAS LOCH IN MEINER BRUST STOPFEN

ich hätte am liebsten, dass du dich überhaupt garnicht mit irgendeinem anderen mädchen treffen willst, ich hätte am liebsten dass du genauso oft an mich denkst wie ich an dich und an niemand anderen, dass du mich genauso sehr vermisst wie ich dich und ich garkeine angst haben müsste dich iwie zu verlieren weil du mir zeigen würdest dass du nur mich liebst

kitty (19:25):
ich hätte am liebsten
dass ich nie den verdacht hätte dass du andern mädchen schöne dinge schreibst

kitty (19:26):
dass ich ganz genau wüsste
du schreibst nur mich mit baby an
und keine andere
nur mir schreibst du dass du mich vermisst
und dass du mich jetzt gerne bei dir hättest
ich hätte am liebsten dass alle neidisch auf mich wären

kitty (19:27):
weil du nie weich werden würdest
wenn andere dir schreiben

kitty (19:28):
dass jeder sehen würde dass alle sich nur sie zähne an dir ausbeißen würden
weil du andere garnicht nötig hättest
ich hätte am liebsten dass ich garnicht über solche dinge nachdenken müsste
weil sie einfach selbstverständlich wären

kitty (19:31):
ich würde so gern einmal von dir hören
dass ich für dich der wundervollste mensch auf der welt bin
und du nur mich willst

kitty (19:32):
so wie du es für mich bist
alles was ich mir von anfang an, seit ich dich kenne, wünsche.. ist deine gedanken lesen zu können. vielleicht hätte mir das so viel erspart oder einfacher gemacht. denn ich war so blind. wirklich, ich hätte es sehen müssen.

ICH HABS GESEHEN

ich will wieder bauchweh haben, wenn ich im zug sitze und die nächste haltestelle schdf ist.
ich will wieder schüchtern neben dir sitzen, aus angst, mich zu blamieren.
ich will wieder gänsehaut bekommen, wenn du mich berührst.
ich will dir wieder ins gesicht lachen, weil mir die worte fehlen für mein glück.
ich will wieder dein gesicht sehen, wenn du dich über meine eigenarten amüsierst.
ich will wieder kindisch sein mit dir und stundenlang nur auf dem bett liegen und lachen.
ich will wieder provozieren, dass du mich in den klammergriff nimmst.
ich will dich wieder necken.
ich will wieder überwältigt sein, wenn ich dich anschaue und merke, wie wundervoll du bist.
ich will wieder mit dir southpark anschauen und über cartman lachen.
ich will wieder in deinem arm liegen.
ich will dir wieder beim schlafen zusehen.
ich will wieder mein gesicht an deinem rücken haben und deinen duft einatmen.
ich will wieder hören wie du lachst.
ich will wieder hören wie du lachst und ich der grund dafür bin.
ich will, dass du mich wieder fragst, wieso ich mich eigentlich ständig so freue.
ich will dir wieder sagen können, dass du der grund bist.
ich will wieder durch dein haar streicheln.
ich will wieder in deine augen schauen.
ich will wieder deine lippen küssen.
ich will wieder auf deinem bauch liegen.
ich will wieder die decke zurückklauen und dich von der matratze schubsen.
ich will dich wieder aufwecken, so wie ich's immer tu.
ich will wieder dein verschlafenes gesicht nach dem austehen sehen.
ich will wieder, dass du dich um 5h morgens über einen vogel aufregst.
ich will wieder hören, wie du meeeh sagst.
ich will mich wieder mit dir über gewitter freuen.
ich will wieder mit dir fruchtsalat essen.
ich will mit dir wieder auf die ganze welt pfeifen.
ich will wieder mit dir ‚der seewolf' anschauen.
ich will wieder hören ‚da haben sich echt zwei gefunden' wenn andere uns zusammen erleben.
ich will wieder all' deine kaugummis aufessen.
ach, ich will. ich will. meeeehh.. !
du bist mein allerbestester freund, tschatz. :>

Ich war heute bei Glucas, wir haben gestritten, weil er die ganze Zeit über nur am PC war und mich keines Blickes gewürdigt hat, irgendwann hat er mich dann einfach rausgeschmissen, während es draußen in Strömen geregnet hat – he doesn't give a fuck!
Hab das Marie geschrieben und 5 Minuten später stand sie mit dem Auto vor seiner Tür und hat mich mit zu sich genommen.
Das war das erste Mal, dass ich bei ihr war! Ihre Mama hat mir Kuchen gebracht und wir haben Sailor Moon geguckt und sie hat mir auch angeboten, bei ihr zu übernachten (aber ich hatte nichts dabei und bin deshalb lieber heim gefahren).
Ich mag sie so gern und es ist richtig crazy, dass wir uns anfreunden, obwohl ich was mit Glucas hab °° !

Zion (21:34):
was hast du schon zu verlieren
du denkst einfach falsch

kitty (21:34):
dich

Zion (21:34):
was hab ich damit zu tun

kitty (21:34):
du passt iwie auf mich auf
aber das macht sonst niemand mehr

Zion (21:34):
du nimsmt mich aber nich als vaterersatz oder xD

kitty (21:34):
nein

Zion (21:34):
gut ^^

kitty (21:35):
ich hab wirklich nur dich

Zion (21:35):
ja schon seit nem jahr

kitty (21:35):
und wenn ich bei dir bin denk ich iwie
dass mir nichts passiert
und ich hab auch keine angst

Zion (21:35):
ja wir gehören ja irgendwie auch zusammen

kitty (21:36):
denkst du das wirklich

Zion (21:36):
yah schon

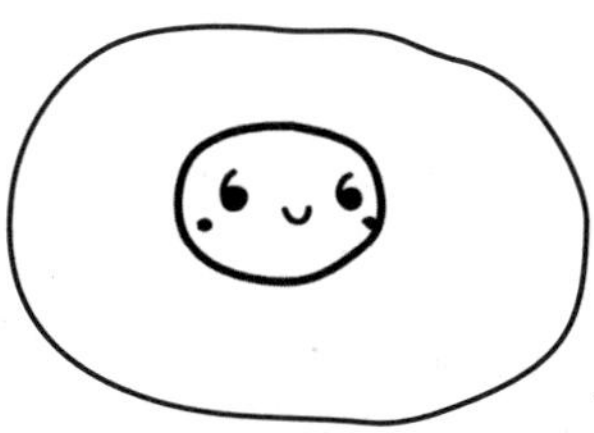

kitty (21:36):
ich auch

Zion (21:36):
haha gut ^^

vielleicht habe ich es auch gesehen und bloß die augen verschlossen. es ist zu weit weg, ich kann es nun nicht mehr sagen.. aber rückblickend tut es immernoch so weh und ich weiß nicht, ob sich das je legen wird. weißt du, meine gefühle haben sich nicht geändert. ich sehne mich heute noch genauso nach deiner nähe wie damals und wer sagt mir, dass es bei dir nicht auch noch genauso ist? du hast mich nicht so geliebt wie ich dich. dennoch.

verstehst du, ich hätte alles für dich gemacht. von dem ersten gespräch an hattest du mich und ich glaube das wusstest du. du hättest alles mit mir machen können und nichts hätte sich geändert.

es gibt da so dinge, die ich einfach wissen muss;
vielleicht, damit ich was das betrifft endlich ruhe finden kann.
was war es für dich, damals, als ich dir meine welt zu füßen gelegt habe? ich möchte nicht, dass du der frage ausweichst; ich möchte, dass du dich ernsthaft damit auseinandersetzt, denn das bedeutet mir wirklich sehr viel.

ich würde einfach gern wissen, ob ich für dich bloß ein kleines dummes mädchen war, was dir in dem zeitraum das gegeben hat, was marie dir nicht geben konnte. ob es dir angst gemacht hat, als du gemerkt hast, was für ausmaße meine gefühle haben.
hattest du ein schlechtes gewissen?
hast du mit dem gedanken gespielt den kontakt abzubrechen?

wenn ich jetzt daran denke, fallen mir so viele augenblicke ein, die ich einfach nicht deutlich genug gesehen habe. weißt du noch, als du mir eine woche, nachdem ich mein erstes mal mit dir hatte, gesagt hast, dass du mich nicht mehr liebst?
das war das bisher schlimmste gefühl, was ich jemals hatte. und für mich ist das nicht schleichend gekommen es war einfach von jetzt auf gleich.

oder als ich dir den brief geschrieben hab. in dem ich dir sagte, dass ich angst habe, dass du doch noch nicht so ganz auf marie „scheißt“ und sich vielleicht nochmal was entwickelt, wenn sie es zulässt. als du den gelesen hast saßen wir am bahnhof in schorndorf und ich habe in deinem blick gesehen, dass ich recht habe. ich hab's gesehen und ich musste die tränen unterdrücken. aber ich wollte es einfach nicht wahr haben.

ich kann bis heute nicht sagen, ob du es so gut vor mir verborgen hast oder ob ich einfach nur zu blind war. matt hat es mir oft genug unter die nase gerieben, dass du dies über marie gesagt hast oder jenes mit ihr unternommen hast.. ich glaub' du weißt nicht, wie viel ich im nachhinein erfahren hab. oder sagen wir mal: als es so ziemlich am ende war.

ja, ich weiß, das ändert jetzt nichts mehr. ist doch jetzt egal, wie du sagst. aber ich weiß nicht, ob du verstehen kannst, dass es mir wirklich wichtig ist, ganz genau zu wissen, wie es war. und zwar von dir und nur von dir, von niemand sonst. nicht um dir irgendwelche vorwürfe zu machen, sondern um endlich klarheit zu haben. ich will mich nicht mehr so unwissend und dumm da stehen sehen.

ich kann das echt nicht ertragen, zu wissen, dass marie genau weiß, was du alles für dinge gesagt hast über mich und das was zwischen uns war, als ich dich geliebt hab: das ist so demütigend irgendwie... du hast es ihr gesagt und nicht mir..

also. du hast ihr gesagt, dass du mich für sie jederzeit fallen lassen würdest, richtig? dass es zwar ganz schön war aber ich im endeffekt keinerlei bedeutung für dich habe, richtig? du hast mir nie gesagt, dass es so für dich war. ich dachte wirklich, ich hätte dir was bedeutet..

ja, du hast mich wissen lassen, dass du sie „anders" liebst. anders, oder auch mehr. aber ich wusste nicht, dass du mich so leicht hättest vergessen können. wenn ich daran denke, wie sehr ich damals gelitten habe und wie viel ich für dich empfunden habe, dann tut das wirklich weh.
mir wird schlecht, wenn ich mir vorstelle, was sie über mich gedacht hat oder denkt.

ich war letztendlich wirklich nur der lückenbüßer, so hast du es ihr doch gesagt? ich weiß es nicht. ich komme noch nicht dahinter, wie du bist. immer, wenn ich denke, ich weiß es, zeigst du mir eine andere seite – oder du zeigst sie mir eben nicht..

ich weiß nur, dass ich dich bewundere, für das, was du bist. du bist der wundervollste und komplexeste mensch, den ich kenne.
und jeder, der von dir liebe erfährt, sollte sich so geehrt fühlen – das meine ich wirklich ernst. deswegen habe ich auch immer darum gekämpft, von dir geliebt zu werden. ich habe immer gedacht, ich wäre zu schlecht dafür. und das bin ich immer noch nicht ganz losgeworden. auch, weil du mir sagst, du fühlst anders für mich als für die mädchen, die du davor geliebt hast..

aber du willst es mir nicht erklären und das macht mich so verrückt irgendwie.
du bist ein guter mensch.
ich weiß nur nicht, was du tief im innern wirklich fühlst, begehrst oder denkst. ich würde so viel dafür geben, wenn du dich mir ganz öffnen würdest und ich nicht mehr im dunkeln tappen müsste. vielleicht könnte ich dann dein ganzes handeln viel besser verstehen..

weißt du, das ist keine aufforderung an dich, dass du jetzt irgendwas änderst. ich schreib' mal wieder einfach nur so runter, was ich denke und du kennst mich...
das ist warscheinlich wieder alles viel zu lang und viel zu sehr drum herum geredet.

ich öffne mich dir so, wie ich mich noch nie jemandem geöffnet habe. ich sage dir, was ich an dir schätze und..
ach.. andersrum weiß ich eigentlich gar nichts. du sagst du liebst mich aber das hast du früher auch gesagt. ich weiß nicht, was es ist.

du bist wie martin eden. im innern. aber martin eden lernt sich auszudrücken und er sagt was er fühlt und denkt. er findet schöne worte dafür und weiß ganz genau, wie er es formulieren muss, damit es bei seinem gegenüber auch so ankommt, wie er es meint.

20. 02. 2009

Mein Leben hat sich um 180° gewendet und honestly: Ich gebe keinen Fick mehr, lasst mich alle für immer in Ruhe.
Wenn man nach meinem Tod auf die Idee kommen sollte, meine Tagebucheinträge zu veröffentlichen, ist das hier der richtige, um anzufangen (alles davor war peinliche + unwichtige Scheiße.)
Ich habe hier viele Monate nicht mehr hineingeschrieben, was daran lag, dass ich einigermaßen happy war.
Ich habe den Jungen bekommen, den ich immer haben wollte und nun den verloren, den ich immer hatte.
Dieses Leben ist 1 Joke.
01.01.09, ich lag mit Lucas auf seinem Bett und hab ihn gefragt, zum tausendsten Mal. Dann meinte er: „Reicht es dir nicht so wie es grad ist?"
Ich hab Nein gesagt. Dann waren wir zusammen, ab dem Zeitpunkt.
Und sind es noch. But whatever.

Momo zu verlieren war so viel
schlimmer als ich es mir jemals
hätte vorstellen können und ich
verabscheue mich dafür, dass ich
die Anzeichen verdrängt habe, weil
ich viel zu viel Angst davor hatte.
Es geschah am 10.02.09 und mein
Leben ist seitdem nichts mehr wert.
10 Tage ist es her, die sich anfühlen
wie eine Ewigkeit ohne ihn.
Wieso bin ich überhaupt noch
hier oh gott töte mich
doch einfach

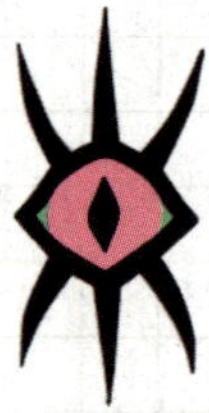

pia lebt in ihrer glitter flitter bunte wolken
und seifenblasen glitzerwelt °!

Auf leisen Sohlen geht sie die Treppe hoch, dreht sich immer wieder um – ist auf der Hut.

Stille. Um sie herum ist es dunkel, eine alles verschlingende, tiefe Finsternis. Ein beklemmendes Gefühl macht sich in ihr breit.

Sie weiß nicht, wo sie hingeht, und doch tragen ihre Füße sie zielsicher weiter.

Eine große Halle – oder ein kleines Zimmer?

Es ist so schwarz, wo sind die Wände?

Gellende Schritte auf kaltem Stein, kleine Gestalt rennt auf sie zu. Bleibt stehen.

Ein Mädchen. Schreit: „Wie konntest du das nur vergessen ???" –

Schweißgebadet sitzt sie in ihrem Bett.

Blick zum Wecker. 05:30 Uhr.

SØЯЯY

Weites, endloses Land; apokalyptisches Szenario..
verbrannte und zerbombte Häuser, eine tote
Stadt um mich herum. Dann eine Frau..
leuchtend weiß.. ein Gefühl von Sicherheit
und Wärme überkommt mich.. als würde
ich diese Frau seit Anbeginn der Unendlichkeit
kennen. Sie tritt auf mich zu, lacht mich
an und spricht direkt in meine Seele:
„Hey.. was ist nur mit dir los"
Ich weine ... und wache auf.

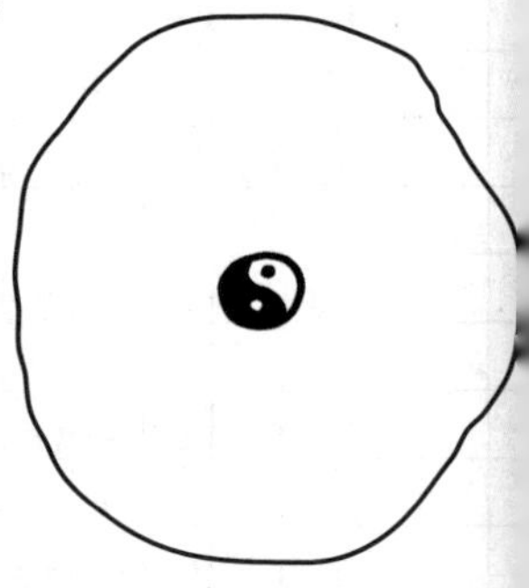

Parallelwelt
alles ist schöner, größer, besser
infrastruktur, essen, menschen - wie ein traum
Menschen haben spezielle mentale kräfte
wenn es regnet, fallen geschliffene diamanten
vom himmel (man sammelt sie auf, aber
nicht gierig, es scheint normal zu sein)
Wenn es Nacht wird, ziehen die

Menschen auf die Straßen
(fressen oder gefressen werden)
und bewerfen ~~andere~~ einander mit den diamanten, die an ihnen haften bleiben und ihnen die Lebenskraft aussaugen (und auf den Besitzer der Diamanten übertragen – er muss sie wieder einsammeln)
Je mehr Diamanten an dem Körper haften, desto größer die Chance, dass der Betroffene daran stirbt.
Nicht nur mit Diamanten, auch mit Messern geht ~~Menschen~~ jeder auf jeden los.
Ich bin mit meiner Schwester unterwegs, Papa ruht sich in einem Zelt am Park aus.
Plötzlich kommen aus einer Seitengasse zwei Motorradfahrer, ein junges Paar, und fangen an uns zu jagen.
Wir rennen zurück, schreien nach

Papa, der sofort aus dem Zelt kommt.
Ich renne immer weiter, höre hinter mir
meine Schwester.
Ein Motorradfahrer ist mir auf den
Fersen, ich treffe ihn mit fünf Diamanten,
er geht zu Boden.

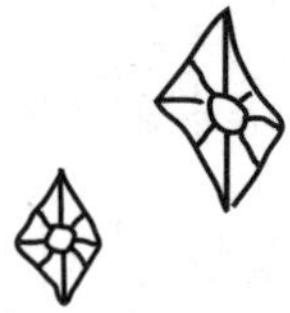

Dann wird es ganz still.
Ich rufe den Namen meiner Schwester
aber sie antwortet erst beim 3. Mal.

Sie sagt, ich solle nicht herkommen,
ihr Bein sähe schlimm aus.
Ich komme trotzdem.
Ihr Oberschenkel ist zerfleischt (Messerangriff?)
Sie sagt, sie spüre ihre Beine nicht mehr und
ihre Augen auch nicht.
Ich frage sie, ob sie sehen kann, sie sagt
nein.
Ich fange an zu weinen und sage, das ist
sicher nur vorübergehend..

Ich habe von Momo geträumt. Endlich wieder. Aber es war an sich einfach kein schöner Traum, deswegen ist es ein bisschen komisch, sich darüber zu freuen. Ich habe ihn halt schon so lang nicht mehr gesehen und hoffe jede Nacht darauf. Ich krieg leider die Reihenfolge, wann was passiert ist, nicht mehr auf die Reihe; weiß auch nicht mehr alles; aber auf jeden Fall ging es die ganze Zeit um ihn, obwohl er nicht wirklich da war. Ich weiß noch, dass ich ein T-Shirt an hatte, was voller Blut war – besonders an einer Seite; und ich erklärte ein paar Leuten, die mich danach fragten, dass das seins ist, sein Blut, weil ich ihn gestützt habe, als er verletzt war. Ich hatte das T-Shirt jedenfalls die ganze Zeit an (wollte es auch nicht ausziehen) und irgendwann, als ich alleine draußen war, in einem ziemlich schönen Garten, kam Momo auf mich zu. Aber nicht so, wie er zuletzt aussah, er war wieder um die 10 Jahre alt. Er hat mich lang umarmt, dann war er wieder weg.

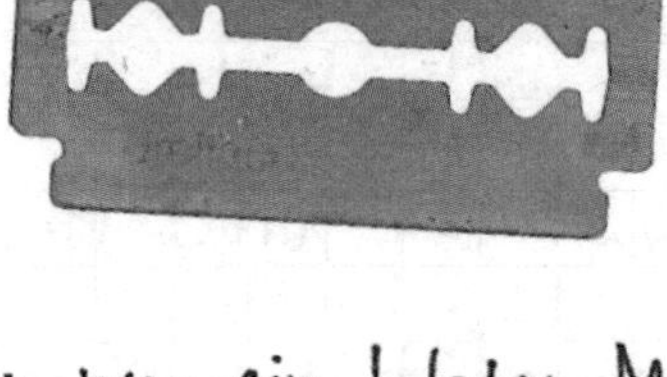

Ich war ein letztes Mal in Momo's Zimmer und habe diese Klinge aus seiner Schreibtischschublade mitgehen lassen. Nun werden wir doch noch Blutsgeschwister.

Ich möchte nur einmal wieder wissen, wie es war, als Tod für mich etwas war, was alten Menschen widerfährt. Keine Erlösung, sondern etwas, was ganz weit weg ist. Wie es war, noch niemanden verloren zu haben.
Als meine Mama mir abends vorgelesen hat und mein Papa neben meinem Bett gewartet hat, bis ich eingeschlafen bin.
Als ich am Wochenende ganz früh aufgestanden bin, um Cartoons zu gucken und Barbie zu spielen.. mit meiner Schwester.
Als ich im Sandkasten nach Katzengold gegraben hab, am Bach gespielt hab.
Eine Zeit ohne Hoffnungslosigkeit und Trauer, in der ich jeden Tag Frühstück, Mittagessen und Abendbrot bekommen und gegessen hab, bis ich satt war, ohne über die Zahl auf der Waage nachzudenken oder an Appetitlosigkeit zu leiden.. Als ich nich drauf achten musste, irgendwie über die Runden zu kommen..
Als ich glücklich war, wenn ich mir von meinem Taschengeld Seifenblasen kaufen konnte.
Als ich, bis es dunkel wurde und die Straßenlaternen an gingen, auf der Straße gespielt habe; als ich geweint hab, wenn ich mir meine Knie aufgeschlagen hab

und nicht, weil das Leben mich erschlägt. Als ich noch meine Wände bemalt habe, gern gelernt hab, morgens mit Lea mit dem Fahrrad zur Schule gefahren bin glücklich war. einfach glücklich und unbeschwert. nicht belastet und zerstört von allem, was nach und nach auf einen niederprasselt und alles kaputt macht. Als mir der Blick in den Spiegel noch herzlich egal war, die Zeit, als ich kein Make up gebraucht hab, um raus gehen zu können.

Als ich noch ins Freibad gegangen bin, weil ich nicht die Blicke anderer auf mir gespürt hab. Als ich mit Lulu Pokémon gespielt hab. Die Zeit, in der alles zum ersten Mal passiert ist, keine Wiederholungen. Als ich aufgeregt war, in der Nacht vor meinem Geburtstag.. In der Zeit, als Mama mich flüsternd geweckt ~~hat~~ und mir ~~meine~~ Sachen rausgelegt hat. Als ich Dennis Liebesbriefe geschrieben, aber nie mit ihm geredet hab. Eine Zeit, in der ich warmes Gras unter meinen nackten Füßen gespürt hab. Als ich keine Narben hatte. Als ich gesund war.

Wo ist sie hin, diese Zeit?

Wann habe ich sie verloren?

Wann bin ich so geworden, an welchem Punkt? Ich möchte nur einmal wieder wissen, wie es war, ein Kind zu sein, das beschützt und geliebt wird. Das sich um nichts sorgen muss. Ein Kind, für das Familie noch alles ist und nicht ein Haufen Heuchler.

Evanescence – Bring Me To Life
HIM – Join Me
Marilyn Manson – If I Was Your Vampire
Farin Urlaub – OK
Crystal Castles – Char
HIM – Resurrection
Casper – Herz aus Holz
Rammstein – Rammlied
Bring Me The Horizon – The Sadness Will Never End

Casper – Herz aus Holz

Das ist ein Unterschied..
Auch wenn man sich gar nicht mehr sieht,
den Rest des Lebens nicht;
Ist es ein Unterschied,
ob man weiß:
Da draußen irgendwo ist Momo.
Wenn ich will kann ich ihn sehen.
Morgens frühstückt er,
abends schaut er sich was im Fernsehen an.
Er kennt die Musik die neu raus kommt
und die Filme.
Oder:
Moritz ist tot. Weg. Für immer.
Selbst wenn ich wollte..
Unmöglich.
Momo macht nichts mehr.
Ich kann in sein Zimmer gehen
und weiß er wird nie wieder auf dem Stuhl sitzen.
Ganz ehrlich - das mein ich ernst..
Ich wäre sehr glücklich,
wenn ich wüsste, Momo lebt
aber ich werd ihn den Rest des Lebens nicht mehr sehen.
Das wäre schimm, ja.
Aber es wäre nicht so schlimm wie jetzt. Es wäre tröstend.
Ich wüsste er ist irgendwo,
sitzt im Garten und grillt mit seiner Familie.
Oder sitzt vorm PC und zockt.
Oder liegt im Bett und träumt.
Und lebt noch in der selben Welt wie ich.
Und ich muss nicht jedes mal aufs Neue denken:
Ich hasse es, Momo hat es nicht mehr kennen gelernt
und deshalb hass ich es.
Er hat das neue Rammstein Album nicht mehr gehört.
Er wollte sich call of duty holen -
hat er nicht mehr.
Das ist als wär er eingefroren und alles, was jetzt kommt, is weniger schön,
weil ich weiß: Er wird das niemals kennen lernen.
Das entfernt ihn noch mehr von mir.

..Auch wenn man bei WOW irgendwann bis Level 90 spielen kann,
werde ich mir denken: „verfluchte scheiße, [redacted] I MISS YOU ist nur Level 80"
Das klingt vielleicht blöd, aber ich weiß nicht wie ich's sonst beschreiben soll.
Bei jedem Schritt den ich in seinem Haus mache,
denk ich: Momo war hier auch.
Er stand mal genau hier und hat genau dort hingeschaut.
Oder hat das angefasst.
Und dann sitz ich irgendwo und stell ihn mir vor,
wie er so war, seine Größe und so weiter.
Stelle mir vor, wie er grad irgendwo lang geht
zB durch die Küche, hält am Kühlschrank, nimmt sich was raus
und geht in sein Zimmer. Dann sitzt er da vorm PC,
dreht sich ab und zu um zum Fernseher,
sieht was witziges, überlegt sich ne Theorie - wie immer
und erzählt mir davon.
Dann sagt er wahrscheinlich „rofl mach mal rtl 2"
Ich kann ihn dann fast sehen, wie er da lang läuft.
Sein Gang und so weiter. Ich schau ihm quasi zu;
ich steh im Wohnzimmer und seh ihn an mir vorbeigehen.
Für ihn bin ich nicht da, ich seh ihn in einer anderen Zeit.
Aber ich weiß ja; da ist er mal lang gelaufen..
Es wird einfach nicht besser.
Es geht nur weiter weg
und manchmal fragt man sich: Ist das überhaupt passiert?
War er wirklich mal da oder hab ich das nur geträumt?!
Weil die Zeit ohne ihn immer länger wird
und das aktuelle Geschehen...
Davon weiß er nichts.
Er ist nicht da.

Und es ist irgendwie als würde man sich weniger kennen,
immer weniger.
„He Momo, ich weiß gar nicht mehr was du grad so machst,
was in dir vorgeht.
was beschäftigt dich grad?" Ich habe keine Ahnung.
Ich will vielleicht mal wissen was der von irgendeinem neuen Produkt hält,
was grad erst rausgekommen ist.
Aber er kennt's nicht.
Und sagen könnt er's mir auch nicht.

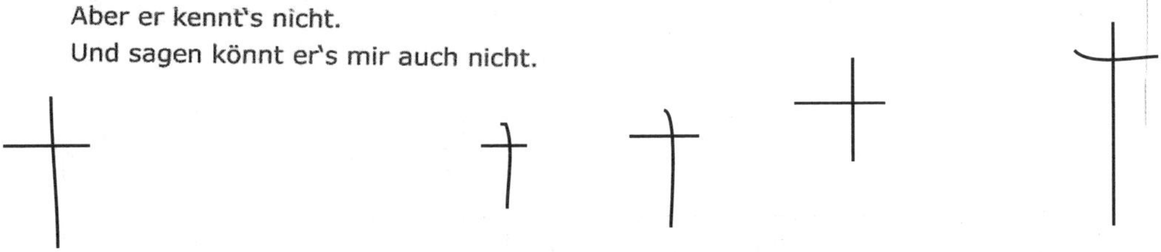

Nicht leugnen kann ich wahrlich, dass diese blasse Haut unzählige Male von Tränen benetzt wurde, dass diesen Smaragden, mit denen ich so viel Leid gesehen, einst ~~Tränen~~ kleine Bäche entflohen, suchten sich ~~den~~ ihren Weg über die Wangenlandschaft sich vermischend mit rotem Lebenssaft, ganz so, als würde alle Trauer, alle Enttäuschung mit ihnen aus dem Bewusstsein gespült werden. Nur eine Illusion, ein naives Zulassen von Schwäche. Doch nun sind diese Augen getrocknet, hart und glasig, werden kein Ausbrechen von Gefühlen mehr dulden, niemals. So wende ich mich meiner Dunkelheit zu. Ein liebreizender Augenaufschlag verbirgt den Ekel vor all jenen, die meine Hülle begehren, meine nichtssagende, unbedeutende Fassade. Ich habe nur noch Hass für all jene übrig, die versuchen durch die mich nun umgebenden Dornenranken vorzudringen. Lasse sie blutend zurück, geschunden von den Dornen meiner Seele. Haare schwarz wie Ebenholz und Lippen rot wie Blut, eine Falle, genau wie die lieblichen, süßen Worte, die sie verlassen und niemals ihre Wirkung verfehlen.

Worte, die alle Dornen vergessenlassen, niemals auf den Gedanken kommend, dass das Dunkle in mir liegt – oder noch fataler – dass ich selbst die Dunkelheit bin! Ich bin leer, nichts hinter meinen funkelnden Augen, ein jämmerlicher Betrug, der eine undurchdringliche Mauer erschafft um das schmierige Elend zu verbergen.

LiL PEEP – The Way I See Things
Marina and the Diamonds – Valley Of The Dolls
LiL PEEP – Live Forever
Muff Potter. – Alles war schön und nichts tat weh
Melanie Martinez – Sippy Cup
LiL PEEP – Praying to the Sky

Ich will mit niemanden reden aber muss das grad loswerden OMG fühle mich so schrecklich. War gestern bei Olga und ihr älterer Bruder Patrick steht voll auf mich.. Am Anfang war alles gechillt, wir waren draußen unterwegs und ich hab mich extrem volllaufen lassen, gegen 1 sind wir zu Olga und Patrick nach Hause und er hat einfach meine Hand genommen (is ja nicht schlimm) und Olga dann schon so: "AAH, ~~ich~~ ihr wärt so ein süßes Paar!" Ich war voll neben mir und hab mich bei denen aufs Gästebett gelegt, was bei Pat im Zimmer stand. Ich weiß gar nicht mehr, wie alles gekommen ist, war einfach nur müde und wollte Momo vergessen, aber irgendwann war dann noch ein

Freund von Olga da, Domi, und ab da
wurd's so richtig komisch. Eigentlich steht
der auf Olga aber hat mir die ganze
Zeit Komplimente gemacht, was für
hammer Augen ich hätte und so ein
„hammer Gesicht" hätte er noch nie
STANDARDSATZ ANSCHEINEND
gesehen und nur so'n Scheiß. okeee?
Aber Patrick kam irgendwann zu mir
auf's Bett und hat den Arm um
mich gelegt: „Wenn's dich stört dann
sag's einfach!" und ich nur: „Jaja,
kein Ding" hab mir nichts dabei
gedacht, blöd eigentlich.. vllt war ich
auch einfach zu müde. Ich hatte die
ganze Zeit die Augen zu und irgend-
wann lag er halb auf mir.. die
anderen waren aber auch noch da.
Irgendwann ist er eine rauchen gegangen
und Olga is zu mir gekommen:

„Weißt du, was mein Bruder grad gesagt hat? ›Ich glaub, ich hab mich verliebt‹ wtf. Sie meinte noch, dass es ihm wohl voll ernst ist und ich ihn nicht verarschen soll – aber ich hab doch gar nichts gemacht! Und was soll ich da schon groß zu sagen, er ist nett und ich mag ihn, so wie man jemanden nach 3 Begegnungen mögen kann, außerdem ist mein bester Freund gestorben, wieso lässt niemand mich in Ruhe ins Koma saufen???
Sie hat mich gefragt, ob ich mir was mit ihm vorstellen könnte und dass sie das voll schön fänd, ich meinte nur „Keine Ahnung, kann ich echt nicht sagen" es war sooo unangenehm und random und überfordernd?!
Hab ihr dann noch gesagt, dass ich

mal stark hoffe, dass er nicht (erwartet) denkt,
dass wir zusammen sind oderso o.ö
woraufhin sie direkt meinte: „Nee,
quatsch" sowas würde er nicht denken,
der lebt in der Realität und so <.<
Dann kam aber nochmal diese Domi
ins Spiel, der wohl zu Patrick meinte,
ich hätte gesagt, dass Patrick komisch
wär und keiiin Plan, son Kack halt.
Der ist dann auf mich zugekommen,
hat mich gefragt, ob das stimmt und
ich hab gesagt: „Nee, hab ich nicht
gesagt, wenn ich ein Problem mit
dir hätte würd ich es dir selbst
sagen" und er dann: „Ja okay, ich
glaub dir, weil Domi steht eh auf
dich; der meinte, wenn ich nichts
von dir will, will er es bei dir
versuchen" Okaaay, ich kam mir vor

wie in nem falschen Film – lasst mich einfach mal in Ruhe? „Du weißt ja, wie ich zu dir stehe und es ist mir ernst, ich will nicht verarscht werden!" Wie zur Hölle bin ich da rein geraten?! Indem ich absolut nichts getan hab?? Genau das war wahrscheinlich der Fehler. Er hat die ganze Zeit so Andeutungen gemacht, auch vor den anderen, dass er es bereuen würde so viel getrunken zu haben, weil er Angst hat irgendwas zu vergessen. Dann gabs noch Stress mit Domi, weil der ja Kacke erzählt hat usw, den haben sie dann rausgeschmissen (dazu kam noch, dass er was mit Olga hatte und meinte er liebt sie, bevor er meinte er steht auf mich – was geht ab bei diesen Typen?) Dann war ich ne Zeit lang mit Patrick allein auf diesem Bett und mehr lief zum

Glück nicht. Die Zeit verging voll schnell, um halb 7 hat er mich dann zum Bhf. gebracht .. ich wollte nicht mit ihm alleine sein aber Olga meinte, sie könnte nicht mehr und müsste ins Bett. Toll, thx und so. Wir standen ewig am Bahnhof aber die Bahn kam nicht – wir haben ne 3/4 Std. da rumgesessen und es war mir soo unangenehm =(Ich war so froh, als sie endlich kam, wollte so schnell wie möglich weg – hab ihn kurz umarmen wollen aber er hat mich nicht losgelassen „Ich muss jetzt einsteigen.." und dann HAT ER MICH GEKÜSST !! >.<
Nur ein flüchtiger Kuss auf den Mund, weil ich mich sofort weggedreht hab. Ich heul gleich, wieso kann ich nicht einfach in Frieden gelassen werden, fuck off ___________

Es wäre besser gewesen, wir einen Vater gehabt zu haben (und die wie da gewesene Person idealisieren und zu ihr aufsehen zu können), als einen Erzeuger zu haben, den zu hassen ich gezwungen bin.
Ich bin so unglücklich darüber, wir einen Vater gehabt zu haben, obwohl er da war.
Ich meine einen, der sich bei Aufführungen vom Platz erhebt und seine Begeisterung kund tut.
Einen, an dessen starke Schulter ich mich hätte anlehnen können, an kalten Tagen. Hätte jemand Interesse an mir gezeigt, hätte er sich dem prüfenden Blick meines aufmerksamen Vaters unterziehen müssen – und der

hätte mir seine Gedanken mitgeteilt,
ohne mich zu bevormunden.
Frei aber beschützt!

Ich hätte so sehr diese Vaterrolle gebraucht; jemand, bei dem ich immer das kleine Mädchen sein kann, ohne, dass er es ausnutzt.
Das vermisse ich wohl am meisten und ich frage mich, ob das irgendwas in meiner Wahrnehmung verschoben hat. Gestörtes Verhältnis zu Männern?
Wie abstoßend ich sein muss, wenn jemand, der mein Vater hätte sein sollen, mich nichtmal gesehen hat. Hab ich nichts besseres verdient, als diese abscheuliche Kreatur, die jener

zweifellos ist? Bin wohl einfach nicht gewollt.
All diese ~~B~~ unkontrollierten Besäufnisse und Schläge, sowie das ignorieren meiner Gefühle und Bedürfnisse, machen ihn mir extrem widerwärtig. Ich kann noch nichtmal Menschen für mich begeistern, die durch familiäre Verbindung fast schon dazu gezwungen sind, Interesse zu zeigen. Aber was bedeutet schon Familie? Was ist Blut, wenn es Gedanken nicht übersetzen kann?
Die Zeit, in der ich irgendwen von ihnen für mich einnehmen wollte, ist endgültig vorbei.
Ich brauche niemanden.
Ich weiß, dass ich die ~~endgültige~~ WAHRE

Geborgenheit nur im Tod finden
werde. Ist es kindisch, sterben
zu wollen und an dem Gedanken
Gefallen zu finden, andere
Menschen ~~damit zu verletzen?~~
~~Oh, so bin ich wohl die Kindischste~~
~~von allen. Dass sie mich~~
haben verwelken lassen, soll
ihnen wenigstens dann noch 
bewusst werden, wenn es nicht
wieder gutzumachen ist.
Mögen die, die mich erst
verließen, leiden.
Die Seele wurde mir entrissen,
oder ist sie einfach nur erstickt?
Vielleicht kleingeschlagen?
Ich fühle eine Leere in mir,
die nicht zu bekämpfen ist.
Zumindest nicht dauerhaft, nicht

endgültig. Ich will Blut schmecken. Wer vermag mich nun noch zu verstehen, jetzt, wo du weg bist? Ich hab deine Nachricht verstanden und es tut mir Leid.

~~„So ist's mir oft~~ „So ist mir's oft, ich möchte mir eine Ader öffnen, die mir ewige Freiheit schaffte."

– Die Leiden des jungen Werther von Johann Wolfgang von Goethe

Das Gefühl des Hungers ist so erhaben und ich stelle zum wiederholten Mal fest, dass Kummer mir jeglichen Appetit raubt. Schlüsselbein und Hüftknochen in ihrer lieblichsten Form, meine Finger tanzen über die ~~hervor~~ hervorstehenden Rippen

WAH

Essen widert mich an, am liebsten würde ich einfach verschwinden, implodieren oder vielleicht in der Luft zersetzt werden in winzig kleine Partikel, die vom Wind weggetragen werden. So jung, so zerrüttet.

Alles was ich bin nicht viel mehr als Symptome des in mir schlummernden Wahnsinns, der nicht großartig aufgefordert werden musste, um auszubrechen.

Möchte verschwinden, nichts als Knochen sehen, aussehen wie du, in deinem Sarg. Innere Zerbrechlichkeit nach außen tragen.

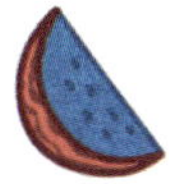

Is there hope for us?
Can we ma[illegible] it along?
I can't take the failure all
alone... Close your eyes, there's
nothing we can do.
I won't give up on you, so don't
give up on me...

Bring Me The Horizon – The Sadness Will Never End

messy hair, bloody arms,
boney figure, pale skin,
smokey eyes, short skirt,
bare ~~red~~ lips. blue, blue, blue.
stay away from the light,
your darkness will eat it.
look at me, so confident,
in the centre of the room,
all eyes on ~~my~~ the blank look
on my face. i own the room
and you'll never hear me speak
to you, i hardly ever speak.
gimme those pills but don't come
close, let's have a wild time
but don't you dare to see ~~my~~ the
forest inside of me. no.
it's shit. none of you impresses me.
y r u gone pls come back..

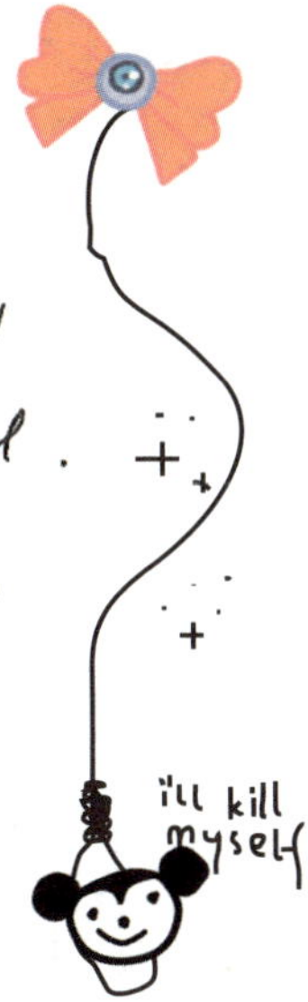

Ich muss auf die Suche
nach mir selbst gehen,
ich darf nicht noch mehr
Zeit in dieser Dunkelheit
verschwenden.
fuck all of them!! 

M, du bist wie ein Virus. Schwarze
Tinte in meinen Venen, eingenommen
nach deinem Tod mit deinen Ideen
und Gedanken. Du bist ich
ICH BIN DU. †

Ich fühlte mich verlassen vom Leben, allein. Versteckte mich immer mehr vor der Welt und den Menschen.

Der Blick zurück war der schmerzlichste, noch mehr als der Blick nach vorn.

Als er gegangen ist, als du gegangen bist. Du hast jedes bisschen Leichtigkeit mitgenommen. Ich erinnere mich, wie ich einst in meinem Zimmer saß und das Leben aus einer anderen Richtung betrachtete.

Das war der Moment in dem ich anfing zu denken.

Ich war ein kleines Mädchen mit dem Herz voller naiver Träume.

Die Zeit des Aufwachsens war die
Schlimmste meines ~~bisher so~~
~~kurzen~~ Lebens.

~~Noch heute weiß niemand von der~~
~~Zeit in der ich allein und war,~~
in ~~der ich mich selbst ausschloss~~
~~von der Welt.~~

Niemand ~~weiß~~ kennt die Bilder die
ich noch heute vor Augen habe.
~~Es war eine Prüfung und ich musste~~
~~sie alleine bestehen.~~ Ich werde sie auf ewig
~~für immer~~ in mir verschlucken.
~~Man wird oft gesagt ich sei kalt,~~
~~suche Abstand zu Menschen, schenke~~
~~niemandem wirklich Aufmerksamkeit.~~

Ich habe aufgehört mich zu erklären

~~Ich weiß mittlerweile, dass ich niemanden brauche~~.

~~Wie hätte mich jemand ganz~~, nicht einmal ich selbst weiß, wer ich wirklich bin.

Ich weiß nur, dass ich frei sein muss, ~~für immer. Sonst gehe ich ein wie eine Pflanze in der Wüste~~.

Ich will Kunst schaffen. Ich will Kunst sein. Für immer sollst du dich fragen, wer ich wirklich war.

~~Ich kenne meine Stärke~~.
~~Und~~ ich bereue nichts.

Danke an Community Editions, insbesondere Lucas,
für die Geduld und das Vertrauen in meine Vision.

Danke an meine Familie und Freunde und an jeden,
der meinen Weg bisher unterstützt hat.

Danke auch an Nele Thiemann,
für's Lesen und Beraten! :)
Illustration auf der ersten Seite
von Yuta Sakakibara, alle anderen
von mir selbst mit Unterstützung
von Brick aka Taddl aka dem Baba.
Layout, Text, Inhalt uaa. von Luna
Darko, erschienen bei

Community EDITIONS

Reinoldstraße 6, 50676 Köl
Gesamtherstellung ebenfal
Community Editions GmbH
www.community-editions.

MIX
Papier aus verantwortungsvollen Quellen
FSC® C106632
FSC www.fsc.org

ISBN 978-3-96096-050-8